메마른 빛

이슬 한 방울

메마른 빛, 이슬 한 방울 4

초판 1쇄 발행 | 2016년 1월 1일

교정교열 | 문보람
총괄 디자인 | 니시
표지 편집 | 서유미

펴낸이 | 김혜랑
펴낸곳 | 메르헨 미디어
등록일자 | 2012년 6월 27일
등록번호 | 제 2012-000141 호
ISBN 979-11-86170-91-5 04810
ISBN 978-89-98328-21-4 (세트)

※ 이 도서의 국립중앙도서관 출판시도서목록(CIP)은 서지정보유통지원시스템 홈페이지(http://seoji.nl.go.kr)와 국가자료공동목록시스템(http://www.nl.go.kr/kolisnet)에서 이용하실 수 있습니다. (CIP제어번호 : CIP2015033623)

nabinovel@nabinovel.net
http://nabinovel.net

메마른 빛 이슬 한 방울
vol.4
글 케얄
그림 니시
나비노블

Content_메마른 빛, 이슬 한 방울

No. 10 Episode

목숨을 건 약속

한번 힘이 빠지자, 쉽게 몸을 가눌 수가 없었다. 결국 수아는 하르페니언에게 안긴 채 방으로 돌아왔다. 그 주변을 리노체스 부인과 하녀들이 부산스럽게 오갔다.

정신이 멍했다. 방금까지의 일이 현실에서 벌어진 일 같지 않았다.

“수아, 괜찮나?”

하르페니언이 걱정스럽게 말하며 그녀의 흐트러진 머리카락을 살짝 귀 뒤로 넘겨주었다.

“아.”

수아는 눈을 몇 번 깜박여 초점을 맞췄다. 그녀를 보고 있는 금색 눈동자가 선명하게 눈에 들어왔다.

"괜찮아요. 그냥 몸에 힘이, 좀 없어서."

하르페니언은 수아의 자세가 편하도록 등 쪽에 푹신한 쿠션을 넣어 받쳐주었다. 이내 노크 소리가 났다. 카르니언이 불러온 특별 신관이었다. 하르페니언은 내키지 않는다는 듯 그녀에게서 떨어졌고, 신관은 공손하게 고개를 숙인 후 그녀에게 다가왔다. 이전의 태도가 사무적이었다면 지금은 한결 더 조심하는 모습이었다.

신관이 신성력을 주입하자 수아는 몸이 훨씬 가벼워지는 걸 느꼈다. 일단 상처는 다 나았으니, 나머지는 기력이나 체력의 문제일 터였다. 신관은 좀 더 휴식을 취하라는 말을 남기고는 하르페니언의 손짓에 따라 방에서 나갔다. 다시 그가 그녀에게 다가왔다.

"훨씬 나아졌어요."

또 괜찮으냐고 물어볼 것이 뻔해, 수아는 선수 쳐 그렇게 말했다. 하르페니언이 살짝 미소를 지으며 그녀에게 손을 뻗었다.

"그래도 좀 더 쉬어."

"그럴 거예요."

하르페니언은 부드럽게 그녀의 뺨을 한 번 쓰다듬은 후, 입술에 살짝 입을 맞췄다. 부드러운 것이 닿았다 떨어지는 정도의 가벼운 입맞춤이었다.

"그래, 어서 빨리…… 궁을 떠나자."

그건 거의 속삭임에 가까웠고, 수아에게만 들릴 듯한 목소리였다.

"네."

"여긴……."

뒷말은 이어지지 않았지만 수아는 그가 무슨 소리를 하려고 하는지 알 수 있었다. 수아는 부드럽게 웃으며 이마를 그의 이마에 마주 대었다.

"얌전히 쉴게요. 알이나 무리하지 마요."

하르페니언은 대답 대신 조금 더 그녀에게 몸을 기댔다. 그렇게 있기를 잠시, 그는 몸을 일으켰다.

"그럼."

"네, 다녀와요."

"금방 오지."

조금 전, 상황을 살피러 갔던 카르니언은 약간 굳은 얼굴로 되돌아와 하르페니언에게 우선 수아를 방에 데려다주고 다시 오길 청했고, 그 말에 따라 둘은 일단 방으로 돌아온 것이었다. 지금 황궁은 벌집을 쑤셔놓은 것보다 더한 꼴일 것이 뻔하니, 아무래도 하르페니언이 금방 올 것 같진 않았다. 하지만 일단 수아는 얌전히 고개를 끄덕였다.

탁. 문이 닫히는 소리에 수아는 가늘게 한숨을 내쉬었다. 이제 방에는 리노체스 부인과 리노체스 저택에서 온 하녀 한 명,

그리고 수아만이 남게 됐다. 리노체스 부인이 얼른 수아에게 다가왔다.

“아가씨, 세상에.”

그녀는 울상을 지으며 와락 수아의 손을 잡았다.

“무사해서 다행이에요. 맙소사, 큰일 당하지 않고 돌아오신 걸 신께 정말 감사드려요.”

거의 울먹거리는 목소리였다.

“정말 심장이 떨어져 나가는 줄 알았어요. 정말 다행이에요, 아가씨.”

몇 번이고 그 소리를 되풀이하는 통에, 수아는 차마 괜찮다고도 말하지 못했다. 리노체스 부인은 재판에 오지 못했다. 친림 재판이, 그것도 긴급 재판 형식으로 열린다는 소식을 듣자마자 기겁하여 하르페니언에게 직접 달려갔다가, 기사에게 가로막혀 발을 동동 구르고 있었으니까. 천만다행으로 이상한 낌새를 느끼고 방 밖으로 나온 하르페니언에게 상황을 설명할 수는 있었지만, 그 뒤로는 힘이 빠져 자리에 주저앉는 것이 고작이었다.

하르페니언이 재판장에 난입했을 때부터 폐정될 때까지의 실질적인 시간은 얼마 되지 않았다. 그래서 정신을 차리고 움직이려 했을 때는 이미 모든 사태가 종결된 후였다. 리노체스 부인은 뭐가 뭔지 모를 소란 속에서 아들이 보낸 하인으로부터 간략한 설명을 들었다.

그 뒤로 급히 방으로 돌아와 물을 데우고 주변을 다시 한 번 정리했다. 어차피 하르페니언과 수아가 바로 성 밖으로 나갈 것이 아니라면, 이 방으로 돌아올 수밖에 없을 테니까.

"친림 재판이라니. 세상에, 얼마나 무서우셨을까."

"음, 애초에 저를 벌하려고 연 재판은 아니니까요."

"네?"

무의식적으로 나온 소리에 리노체스 부인은 당황한 표정으로 그녀를 바라보았다. 수아는 순간적으로 얼버무렸다.

"아, 그냥 그런 느낌이 들어서요. 만약 저를 정말 벌하려고 했다면 그냥 잡아가면 되는 거였잖아요."

"재판이…… 꼭 공정하다고만은 볼 수 없어요, 아가씨. 보여주기 식일 때도 있죠. 지금 아가씨는 황태자 전하의 비호를 받고 있으니 더욱 절차가 필요했을 거고……. 으음, 솔직히 저도 도대체 무슨 일이 일어난 건진 잘 모르겠지만, 그래도 이렇게 무사하니 뭔가 운이 좋았던 게 아닐까요?"

리노체스 부인은 작게 숨을 내쉬었다.

"어쨌거나 아가씨가 머리 아프게 생각할 필요는 없어요. 일단 푹 쉬세요. 뒷일은 남자들에게 맡기고요."

수아는 무어라고 말하려고 입을 열다가 이내 고개를 끄덕였다. 실제로 황제의 의도가 어쨌든 당장 그녀가 할 일은 얼른 푹 쉬어 체력을 회복하는 것이었다.

"우선 뭘 좀 먹을래요? 아까 일어나서 아무것도 못 먹었잖아요."

그러고 보니 그랬다. 지금 당장은 그다지 배고픔을 느끼지 못하고 있었지만, 아무래도 한 입이나마 음식이 들어가면 꽤 허기가 느껴지겠지. 더구나 손끝이 꽤 찬 걸로 봐서 뭔가 먹긴 해야 할 것 같았다.

"네, 그래야겠네요."

"그럼 일단 따뜻한 수프를……."

수아는 리노체스 부인이 하녀에게 지시를 내리고, 그 하녀가 방 밖으로 나가는 것을 보며 아까 하르페니언이 받쳐준 쿠션에 푹 등을 기댔다. 그리고 버릇처럼 자신의 목에 손을 가져다 대다, 뭔가 허전하다는 걸 깨달았다.

"어?"

없다. 수아는 깜짝 놀라 고개를 숙이며 목과 가슴께를 더듬어봤지만 아무것도 없었다. 평소대로라면 손에 목걸이 끈이 잡히고 그 밑에는 이즈벳이 있어야 했다. 맙소사, 어디서 잃어버린 거지?

수아는 반사적으로 침대 위를 손으로 더듬거렸지만 막 자고 일어난 것도 아닌데 목걸이가 거기에 있을 리가 없었다.

"아가씨? 뭔가 떨어뜨렸나요?"

"목걸이……."

"네?"

"목걸이가 없어요. 알이 준 거요."

수아는 곧바로 침대에서 내려왔다.

"찾아야……."

"일단 좀 진정하세요, 아가씨. 언제부터 목걸이가 없었는지는 기억나요?"

언제 마지막으로 확인했더라? 수아는 기억을 더듬어봤지만 하도 정신이 없던 터라 잘 떠오르지 않았다. 설마 칼에 맞았을 때 망가진 건……. 아니, 시간 개념이 엉망이 되어 정확히 언제인지는 모르겠지만 어쨌건 본궁에 와서 확인했던 기억은 있었다.

"여기에 와서도 있었어요."

"그럼 옷 갈아입을 때 빠졌겠네요."

"그렇겠죠? 음, 설마 버리거나 누가 가져간 건……."

"황궁에서, 황태자 전하 손님의 물건을요?"

리노체스 부인은 말도 안 된다며 살짝 고개를 저었다.

"아마 따로 보관해놨을 거예요. 조금 후 레네가 돌아오면 알아보라고……."

곧 수아의 얼굴에서 초조함을 읽었는지 리노체스 부인이 부드럽게 웃었다.

"아니, 제가 잠시 나갔다 와야겠네요. 잠시라도 품에서 떼어놓기 싫은가 봐요?"

그 말에서 살짝 짓궂음이 느껴져, 수아는 이런 상황임에도 뺨이 확 붉어졌다.

"아뇨, 그냥 없어졌을까 봐 불안해서요. 알이 준 선물이기도 하고, 음……."

무엇보다 진짜로 없어진 걸까 봐 불안했다. 조금이라도 빨리 목걸이를 손에 쥐거나, 아니면 무사히 보관 중이라는 소리라도 들어야 안심이 될 것 같았다. 리노체스 부인이 이해한다는 듯이 고개를 끄덕였다.

"네, 아무래도 그렇겠죠. 그럼 잠시만 기다려주세요. 문밖 기사님들이 아무도 안 들여보낼 테니 걱정하지 마시고요."

"네. 죄송해요."

"어머. 그런 말씀 하시는 거 아니에요. 금방 다녀올게요."

곧 리노체스 부인도 방을 나서자, 방 안에는 수아 혼자 남았다. 그다지 넓은 방은 아니었지만 좁은 방도 아닌지라 주변은 순식간에 적막에 휩싸였다. 그 고요 안에서, 수아는 다시 한 번 쿠션 위로 몸을 기댔다. 옷이 조금 답답했다. 아무리 이 세계의 옷이 불편한 편이 아니라고는 하지만 그래도 드레스가 잘 때 입는 옷만큼 편할 리 없었다.

리노체스 부인이 돌아오면 갈아입고 자겠다고 할까. 아무래도 좀 피곤한데. 그나저나 목걸이는 무사히 있겠지? 알이 처음 준 선물인데…….

그러다 문득 깨달았다. 알이 처음 준 선물? 그 목걸이가?

그럴 리가. 이제까지 그녀는 받기만 하지 않았던가. 그가 준 물질적인 것만 따져도 맨 처음 받았던 옷과 액세서리부터 시작해서 지금까지 잔뜩이다. 반면 그녀는 뭘 줬던가. 기껏해야 초코바나…… 첫 데이트 때 샀던 디저트 정도다.

'주머니도 안 줬고.'

완성해놓기만 하고 줄 생각도 못 했다. 따지고 보면 주는 걸 미루다가 암살자를 만난 셈이었고.

수아는 조용히 한숨을 내쉬었다. 그는 언제나 그녀를 위해준다. 어쩌면 과도할 정도로. 아까만 해도 그렇다. 재판이 어찌어찌 잘 끝나서 다행이었지만, 만약 그녀에게 죄가 있다고 판명이 났다면? 그가 가만히 있을 리가 없었다. 아마 그 자리에서 그녀를 데리고 탈출했을지도. 아니, 아마가 아니라 분명 그랬을 거다.

머리가 어지러웠다.

난, 뭘 할 수 있지?

리노체스 부인과 카르니언은 그녀가 하르페니언 곁에 있어주기만 하면 된다고 했다. 하르페니언 또한 자신을 버리지 말라고만 했다. 하지만 그의 곁에 있는 건 오히려 그녀가 바라는 일이었고, 너무나 당연한 일이었다. 그것만으로는 안 됐다.

—신의 뜻입니다.

그 선언이 아직도 입안에서 맴돌았다.

진심이었다. 비록 진실은 아니라 하더라도, 온 마음을 다해 한 말이었다. 신의 뜻이기를. 부디 저주를 풀 수 있기를.

조금 전 하르페니언이 한 말이 떠오르자 저도 모르게 주먹에 힘이 들어갔다. 원하는 것이 너무 많이 생긴다고? 기대를 가지게 된다고? 그리고 그 끝에 하는 말이 고작 버리지 말아달라는, 곁에 있어달라는 말이다.

그래, 그것만으로는 안 됐다. 그는 더 많은 걸 가질 권리가 있다. 그가 원하는 모든 것을. 고작 여자 하나로 만족하는 황태자라니 말도 안 된다.

저주, 신, 열쇠, 시우.

아직 무슨 소리인지, 어떤 연관이 있는지 잘 알 수는 없었지만 어쨌거나 아주 막막하진 않았다. 그러니 할 수 있는 건 다 해볼 생각이었다. 무슨 일이든. 그 어떤 일이든. 재판을 거치고 나자 그 결심은 더욱더 단단해졌다.

그녀는 깊게 숨을 내쉬며 천천히 주먹을 풀었다. 어찌나 세게 쥐었는지 손이 저릿한 건 물론이고 손바닥에 손톱 자국이 깊게 남아 있었다. 진정해야 했다. 계속 긴장하고 초조해한다고 해서 해결될 일은 없을 테니까. 지금은 그냥 편안하게 휴식을…….

하지만 수아는 다음 순간 다시 힘이 들어가는 주먹을 보며 한숨을 내쉬었다.

결국 수아는 자리에서 일어났다. 어차피 침대에 계속 앉아 있어봤자 쓸데없는 생각만 할 것 같았다. 방이나 둘러볼까. 어차피 곧 식사도 해야 할 거고, 먹고 나면 바로 곯아떨어지도록 몸을 좀 움직이는 것도 괜찮겠지.

그렇게 방을 둘러보며 문가로 다가갔을 때였다. 어째 문밖이 꽤 소란스러운 느낌이었다. 여럿이 웅성거리는 것 같긴 한데, 무슨 말을 하는지는 잘 들리지 않았다. 황궁 대부분의 방이 그렇듯 방음이 잘되는 두터운 나무 재질로 된 문이었기 때문이다.

설마 또 두 번째 재판이 열린다거나 하는 건 아니겠지.

수아는 잠깐 인상을 찌푸리고, 문을 여는 대신 귀를 바짝 가져다 댔다.

"……만 하면 되잖아요!"

"시끄럽다!"

"전해주는 게 안 된다면, 한 번 노크만이라도요."

어디서 많이 듣던 목소리였다.

"이 앞으로는 아무도 지나갈 수 없다."

"하지만……."

수아는 더 이상 들을 필요도 없이 문을 벌컥 열었다. 문밖에는 정복을 입은 기사 두 명이 이 방을 지키듯 등을 돌리고 서 있었고, 그 맞은편에는 여관의 붉은 치마를 입고 있는 플로나와 아이린이 있었다. 반가운 모습을 보자 정신이 확 났다.

"플로나, 아이린!"

"수아!"

기사들 때문에 둘이 다가오지 못하고 있는 것이 보여, 수아가 반색하며 둘에게 다가갔다. 그들은 수아가 나오는 것까지는 막지 않았다.

"어떻게 여기까지 왔어?"

그 소리에 플로나는 기가 막힌 듯했다.

"어떻게라니. 지금 황궁 완전히 뒤집혔어."

걱정스러운 듯한 아이린의 목소리가 그 뒤를 이었다.

"그래애. 진짜 별 이야기가 다……. 무사했구나."

실제로는 얼마 되지 않았지만, 어쩐지 둘 다 굉장히 오래간만에 보는 듯한 기분이 들었다. 눈물이 나도록 반가웠다.

"보다시피 멀쩡해. 응, 일은…… 좀 많았지만."

아무리 걱정이 되었다고는 하지만 여기까지 찾아올 생각을 했다는 것도 감동이었다.

"아무튼 들어가서 이야기하자."

하지만 수아가 그렇게 말하자마자 기사 하나가 고개를 저었다.

"안 됩니다."

"네?"

"아무도 이 방 안으로 들이지 말라는 분부셨습니다."

"제가 들어오라고 해도요?"

"저희 임무는 이 방에 위험인물일지도 모르는 이들을 들이지 않는 겁니다."

플로나와 아이린도 기사의 말을 거들었다.

"그래, 수아. 그냥 무사한지 확인이나 하려고 온 거야."

"으응. 얼굴 봤으니 됐어. 원래는 쪽지를 전해주려고 했는데."

"몸조심하고."

"다음에 봐아."

그러면서 정말 돌아갈 모양새를 취하자 오히려 조급해진 건 수아였다. 누군가가 필요했다. 친구들. 편하게 말할 수 있는 이들. 어떻게 보면 관계자가 아닌 이들. 무엇이라도 좋으니까 대화를 하고 싶었다. 동시에 「밖」에서는 무슨 이야기가 오가고 있는지도 궁금해졌다. 하르페니언은 물론, 카르니언과 리노체스 부인이라면 절대로 이야기해주지 않을 소문들을.

"아냐. 이야기 좀 하자."

"어? 하지만."

힐끗, 플로나와 아이린의 시선이 기사를 향했다. 기사의 얼굴은 근엄했고, 수아도 자신의 임무를 충실하게 하는 기사에게 이들만 예외로 해달라며 우기고 싶지 않았다.

"너희들이 못 들어오면, 그냥 내가 나가면 되지. 아이린의 방으로 갈까? 아님 플로나?"

"안 됩니다!"

그녀의 말이 끝나기가 무섭게, 이번에도 기사 한 명이 먼저 반응했다.

"저희는 아가씨의 안전을……."

"기사님들 임무는 이 방에 누구를 들이지 않는 거라면서요?"

수아는 고개를 갸웃하며 정말 모르겠다는 듯 말을 이었다.

"그럼, 그 반대라면 상관없겠네요. 제가 나가는 거요."

기사 둘의 얼굴에 갈등하는 기색이 스쳐 지나갔다. 수아는 조금 미안한 생각이 들었지만, 딱히 자신의 말을 정정하지 않았다.

물론 이 방에서 진짜로 나갈 생각은 없었다. 아무리 친구들과 이야기하고 싶다고 해도 그건 터무니없는 위험을 무릅쓰는 일이었고, 그건 결국 그녀의 안전을 신경 써준 하르페니언에게도 미안한 일이었다. 그라면 기사들 둘을 배치한 것 외에도 다른 수단을 써서 방을 보호하고 있을지도 모르고. 하지만 찾아온 친구들을 그냥 보내고 싶진 않았기에, 약간은 억지라는 걸 알면서도 그렇게 말해본 것이었다.

"만약 그게 곤란하다면 제가 이 여관들의 신원을 보증할 테니 들여보내 주시든가요."

이번에는 기사들도 바로 답하지 못했다. 기사 둘은 서로 재빠르게 시선을 주고받았다.

사실 플로나와 아이린을 들이는 건 기사들 입장에서도 크게 문제는 안 될 것이다. 정말로 「아무도」 들이지 말아야 하는 거라면 리노체스 부인이나 리노체스가의 하녀들도 오갈 수 없을 테니까. 그러니 확실하게 보증된 사람이라면, 최소한 리노체스 부인이나 수아가 확인을 한 사람이라면 괜찮다는 말이겠지.

수아는 그렇게 생각하며 기사의 대답을 기다렸다. 이래도 안 된다고 하면 그녀의 생각이 틀렸다는 거니 그냥 포기할 생각이었다. 다행히 기사들의 대답은 오래 기다리지 않고 나왔다.

"그럼…… 아가씨께서 보증하신다면, 여관들을 들이셔도 됩니다. 그러니 나가시겠다는 말씀은 취소해주십시오."

"황태자 전하께서는 아가씨의 보호를 명하셨습니다."

수아는 고개를 끄덕였다.

"알겠어요. 들어와, 플로나. 아이린."

플로나와 아이린은 잠깐 기사들의 눈치를 보며 주춤거리나 싶더니, 이내 방 안으로 재빠르게 들어왔다. 수아는 마지막으로 방 안으로 들어가며 문을 닫았다.

"우와, 수아. 너 기사님들에게 겁도 없이!"

그리고 문이 닫히자마자 플로나가 입을 딱 벌렸다. 그 표정을 보고 수아가 작게 웃었다.

"뭐야, 무작정 찾아와서 기사님들이랑 실랑이 벌이고 있던 사람이 할 말은 아닌데?"

"어, 아니. 그냥 말이나 해보자고 생각했지."

아까 들은 바로는 그냥 말이나 해보자는 수준은 아닌 것 같았지만, 수아는 딱히 대꾸하지 않은 채 어깨만 으쓱였다.

"어쨌거나 앉아. 음, 차는……."

"아니, 차 마실 정도로 오래는 못 있어."

"으응, 일 중간에 빠져나온 거라."

"어? 일 중간?"

"정확히는 지금 난리가 나서, 아무도 일 안 하고 있지만."

"그래도오, 조금 있으면 부여관장님이 수습하러 다니실 거 같고."

여관들이 일을 내팽개치고 이탈할 정도라고? 수아가 눈을 동그랗게 뜨자 플로나가 한숨을 푹 쉬었다.

"왜 그렇게 의외라는 표정이야? 황태자 전하는 공식적으로 모습을 드러내셨지, 친림 재판은 열렸지, 저주가 통하지 않는 여관이 있다고 하지, 귀족 나리들은 줄줄이 기절해……. 당연히 완전 혼란 속이지."

아무래도 「밖」은 생각보다 훨씬 난리인 모양이었다. 거기에 아이린이 설명을 덧붙였다.

"일단 소문의 주인공이 수아, 너 같긴 했거든. 지금 황태자 전하와 연관된 여관은 너밖에 없으니까아. 근데 또 이야기를 들으면 들을수록 아닌 거 같기도 하고. 그래서 확인이라도 해보자

하고 온 거야."

"들리는 소리도 제각각이라 걱정이 되기도 했고. 크게 다쳤다, 이미 죽었다, 죽었는데 영혼만 남아 있다, 인간이 아니다……."

다시 한 번 한숨을 쉬면서 소문을 나열하던 플로나가 수아를 보며 안도하듯 웃었다.

"무사해서 다행이야, 수아."

"아…… 고마워."

수아도 얼굴에 부드럽게 미소를 띠었다. 그러다 한 박자 뒤늦게 반응했다.

"어, 잠깐? 내가 죽었다는 건 과장됐다고 치는데, 인간이 아니고 영혼만 남아 있다는 소리는 뭔데? 귀신?"

"그 정도는 약과야~."

아이린이 조금은 재미있다는 듯 웃었다.

"무슨 소문부터 이야기해줄까아? 이야기만 듣고 있으면 연극이 수백 편은 만들어질 것 같더라."

"네가 그분…… 그러니까 황태자 전하께 납치당해 감금되어 있다는 건 그다지 자극적인 이야기 축에도 안 껴."

어이가 없으면 웃음이 나오는구나. 수아는 피식피식 웃으며 플로나와 아이린을 테이블 쪽으로 안내했다.

셋은 그제야 좀 편하게 이야기하며 의자에 앉았다. 방 안에 있는 테이블은 그다지 크지 않았지만, 의자 네 개가 딸려 있어

셋이 앉기에는 충분했다. 다과가 없다는 게 좀 아쉽긴 했지만 상황이 이러니 어쩔 수 없었다.

"소문이야 이것저것 너무 많아서, 다 말하려면 밤을 새워도 모자랄걸?"

"극단들은 아마 축제 분위기일 거야. 몇 년은 소재 걱정 없을걸?"

"집필해서 좀 팔아볼까 싶었다니까아?"

"그거 괜찮네!"

둘은 까르르 그렇게 말을 주고받다가, 동시에 수아에게 시선을 돌렸다.

"그래서 수아 이야기 먼저 듣는 게 좋을 거 같아."

"그래. 우리가 들은 거야 대부분 헛소문일 거고."

"어떻게 된 거야?"

수아는 잠깐 둘을 바라보았다. 의도한 건 아니었지만 괜찮은 기회였다. 여관과 내관 모두는 수아가 회궁으로 간 걸 알고 있었을 뿐만 아니라 플로나와 아이린이 그녀와 가까이 지내는 것 또한 잘 알고 있었다. 그런 이들이 수아와 직접 이야기해봤다며 입을 열기 시작한다면 고용인들은 둘이 하는 말의 꽤 많은 부분을 믿게 될 것이다. 고용인들 사이에서의 소문이란 귀족들에게는 별 상관이 없겠지만 평민들에게는 그렇지 않겠지. 수아는 속으로 한 번 심호흡을 한 뒤 입을 열었다.

"일단 너희들이 들은 소문이 어떤 건지는 잘 모르겠지만, 아마 일부는 사실일 거야. 내가 가족들과 떨어져서 낯선 장소에서 헤매고 있을 때, 몬스터에게 습격을 받았거든. 그때 구해준 사람이 있었어. 당시에는 내가 제국어를 못했으니까 누군지 몰랐고, 그 사람도 나를 리노체스 백작가에 맡겨놓고 바로 떠났어. 그런데 최근에 다시 만났지."

플로나와 아이린의 얼굴에서 웃음기가 순식간에 사라졌다. 그 사람이 「누구」인지 아마도 바로 짐작한 탓이리라. 플로나는 뭔가 말하려고 했지만 그보다 수아가 먼저 말을 이었다.

"지금은, 음, 서로 마음을 확인하고 연인 사이가 됐고. 여기까지는 일단 사실이야."

그 말을 들은 플로나와 아이린의 표정은 참 볼만했다. 플로나는 말하려던 자세 그대로 굳었으며 아이린은 숨을 쉬고 있는지도 의심스러운 모습이었다. 최소한 친구에게 연인이 생겼다는 말을 들은 모습은 아니었다.

"연……인?"

의외로 먼저 입을 연 건 아이린이었다. 끊어질 듯 가느다란 그 목소리에, 수아는 담담하게 긍정했다.

"응, 연인. 여러모로 정신없어서 깨닫지를 못하고 있었는데, 알고 보니까 내가 계속 좋아하고 있었더라고. 그래서 먼저 고백했지."

일단 거짓말은 아니다. 「고백」은 그녀가 먼저 했다. 하르페니언은 그전에 보트에서……. 그녀는 얼굴이 붉어지는 것을 진정시키며 최대한 아무렇지도 않은 말투로 말했다.

"그리고 지금 이건…… 사고로 내가 다쳤거든. 그래서 그 사람이 날 치료받게 하려고 여기로 데려온 거 같아. 정신을 잃어서 그사이의 기억이 잘 없어. 그러다가 친림 재판을 받았어. 내가 악마와 계약을 했다면서 무슨 마법사가 고발했다던데? 나에게 저주가 통하지 않는다는 걸 증거로 들더라."

둘은 차마 무슨 말을 꺼내지 못하는 것 같았지만, 그녀를 바라보는 시선만은 강렬했다. 수아는 가볍게 고개를 끄덕이며 그 시선에 답했다.

"저주가 나에게 통하지 않는다는 것도 진짜거든."

그게 결정타였다. 플로나와 아이린은 기절하지 않은 게 신기할 정도로 충격을 먹은 것 같았다. 둘 다 얼굴에서 핏기가 모두 사라져 새하얗게 질려 있었다.

수아는 그런 그들을 가만히 바라보았다. 아무래도 걱정스러웠다. 혹시 그 마법사처럼 악마와 계약했기 때문이라고 여기는 것은 아닐까. 동시에 속이 조금 후련하기도 했다. 이 둘에게는, 최소한 하르페니언의 존재를 제대로 알리고 싶었다. 그것이 비록 통할지는 몰라도.

수아는 초조함을 숨기며 다음 말을 기다렸다.

"그……."

한동안 침묵이 이어진 다음, 이번에 소리를 낸 건 플로나였다. 하지만 무슨 말이 입 밖으로 채 나오기도 전에 노크 소리가 들렸다. 그리고 누가 왔나 확인할 틈도 없이 문이 열렸다.

문이 열리는 소리와 함께 수아는 그곳으로 시선을 돌렸고, 이내 황금빛 눈동자와 시선을 마주쳤다.

하르페니언이었다.

순식간에 분위기가 얼어붙었다.

플로나와 아이린은 곧바로 튕기듯이 자리에서 일어나 하르페니언을 향해 허리를 숙였다. 그 안에서 가장 당황한 사람은 수아였다. 그녀도 따라 일어났지만 당연히 하르페니언에게 고개를 숙이지는 않았다. 그가 황태자라는 건 알고 있었지만, 신분제 사회에서 태어나고 자란 것이 아니라 그런지 「어떤」 위치라는 걸 잊곤 한다.

지금도 그랬다. 둘이 예를 갖추는 것을 머리로는 이해하면서도 정작 눈앞의 모습은 너무나도 낯설고 생경했다.

그가 말했다.

"친구들인가."

"네. 플로나와 아이린이에요. 어, 걱정해서 와줬기에 들어오라고 했는데……."

더구나 둘 다 정말 보기 민망할 정도로 부들부들 떨고 있었다. 하지만 하르페니언은 무심한 시선으로 플로나와 아이린을 잠깐 바라봤을 뿐이다.

"그럼 나중에 오지."

"어, 아니에요! 어차피 둘 다 곧 돌아가려고 했고……."

"어차피 나도 그대에게 오늘은 좀 늦는다는 말을 전하려고 온 것뿐이니 괜찮아."

분명 하르페니언에게도 둘이 공포에 질려 있는 모습이 보일 텐데, 그는 정말 아무런 신경을 쓰지 않는 것처럼 보였다.

"저녁 식사 후에 보지."

그는 곧바로 등을 돌렸고, 수아는 저도 모르게 그런 그를 불러 세웠다.

"아, 잠깐만요!"

그러자 다시 금색의 눈동자가 수아에게 머물렀다.

"왜 그러지?"

그의 목소리는 태연했다. 수아는 그가 괜찮은 「척」을 하는 것이 아니라, 정말로 아무렇지도 않다는 걸 깨달았다.

누군가가 그를 두려워한다는 건 숨을 쉬는 것만큼이나 자연스러운 상황인 것이다. 최소한 그에겐.

수아는 그에게 한 걸음 다가갔다. 모르겠다. 이대로 하르페니언이 나가게 놔두는 것이 나은지, 아니면 붙잡는 것이 나은지. 머리는 전자를 택하라고 말하고 있었지만 그냥 넘길 수가 없었다. 이건 아니었다.

"친구들, 소개해줄게요."

그래서 결국 그렇게 말했다. 그제야 하르페니언은 조금 당황한 눈빛으로 그녀를 보았다.

"아니, 난……."

수아는 하르페니언에게 다가가 그의 팔을 붙잡았다. 하지만 그와 동시에 뒤쪽에서 털썩 쓰러지는 소리가 났다.

"어?"

수아가 고개를 돌려보니 아이린이 그대로 기절해 있었다. 플로나가 쓰러진 그녀를 붙잡은 채 새파랗게 질린 얼굴로 아이린의 머리를 받치고 있었다.

"……기사 하나를 들여보내지."

수아는 그 말이 한숨을 내쉬는 것 같이 들렸다. 하르페니언은 그대로 등을 돌렸고, 이번에는 수아도 그를 붙잡지 못했다.

기사 한 명이 들어와 기절한 아이린을 침대에 안아 누여주었다. 긴장이 극에 달해 기절했다는 게 뻔히 보였기에 제대로 숨을 쉬고 있는 것만 확인하고 별다른 조치는 취하지 않았다. 하르페니언은 기사를 부르고 곧바로 나갔는지 보이지 않았다. 곧 기사까지 나가자 방 안에는 기절한 아이린을 제외하고는 플로나와 수아 둘만 남았다. 둘은 침대 옆에 의자를 끌어다 놓고 앉았다. 플로나는 기절한 아이린을 바라보며 뭔가 생각에 잠겼고, 수아는 완전히 풀이 죽어 입을 다물었기에 방 안은 고요하기만 했다.

겨우 그의 팔을 잡은 것뿐인데 아이린이 기절했다는 게 말이 되나. 물론 조금 전 키스로 귀족들을 단체 기절시킨 그녀였기에 머리로는 납득이 가면서도, 동시에 이해가 가지 않았다. 하지만 이내 아이린이 하르페니언에 대해 얼마나 좋지 않게 말했는지, 밸란을 쫓아낼 때 하르페니언과 잠깐 스친 것만으로도 얼마나 공포스럽게 묘사했는지가 떠올랐다. 여기에 하르페니언이 누군가에게 그런 취급을 받는 것에 익숙하다는 사실까지.

기분은 완전히 수직으로 하강했다.

'그냥 소개해주려고 하지 말걸…….'

너무 성급했다.

그때 갑자기 플로나가 수아 쪽으로 홱 고개를 돌렸다.

"수아."

"어?"

"너, 정말로 황태자 전하를 사모하는 거야?"

대답은 반사적으로 나왔다.

"응."

"황태자 전하도 너를 총애하시고?"

"어……. 그렇지?"

총애라는 단어가 조금 거슬렸지만 어쨌거나 틀린 말은 아니었다.

"저주가 통하지 않는 것도, 사실이라는 거지?"

"안 통해."

그 말에 플로나는 조금 더 바짝 수아에게 다가왔다. 그 기세에 오히려 수아가 뒤로 물러났지만 그녀는 아랑곳하지 않고 덥석 손을 잡았다.

"그것뿐이야?"

"응?"

"아니, 말을 바꿀게. 너, 네 의지로 황태자 전하 곁에 있는 거야?"

무슨 소리냐고 되묻고 싶었지만, 플로나의 눈빛은 무섭도록 진지했다. 초록빛이 도는 눈동자가 똑바로 그녀를 응시하고 있었다. 수아는 순순히 고개를 끄덕였다.

"응. 내 의지야."

그녀는 잠시 수아와 시선을 맞추다, 이내 한숨을 쉬며 손을 놓았다.

"그래, 그렇구나."

"플로나?"

"아까 소문 이야기 했잖아."

플로나는 그제야 간신히 얼굴에 미소 비슷한 것을 만들었다.

"별 이야기가 다 있어. 납치 감금 이야기는 농담이 아니야. 좀 더 자세히 이야기하자면 황태자 전하가 네 가족을 인질로 잡았다, 악마의 힘으로 세뇌시켰다, 몸속에 악마를 넣었다, 대충 이런 식이거든."

수아는 입을 딱 벌렸다.

"뭐?"

"이보다 더 허무맹랑한 이야기도 많지만……. 그래서 궁금했던 거야. 딱히 소문을 다 믿는 것도 아니지만, 곧 너를 제물로 삼아 그 피로 무슨 의식을 할 거라는 이야기도 있다 보니 좀 불안해서."

말이 되느냐고 외치고 싶었는데, 도대체 어디서부터 반론을 해야 할지 알 수가 없었다.

"이런 소문의 전제조건이 네가 저주가 통하지 않는다는 걸 깔고 나온 거라…… 애초에 그 부분부터 사실일 리가 없다고 생각해서 아이린이 좀 많이 놀란 것 같아."

플로나의 목소리는 평소와는 달리 조곤조곤했다.

"사실 나도 좀 안 믿기기도 하고. 아이린이 원래 이런 자극에 좀 약하잖아. 너무 마음 상해하지 마."

"음, 마음 상했다기보단……."

고개를 저으려다 보니, 마음 상한 게 맞는 것 같기는 했다. 확실히 어쩔 수 없다면 어쩔 수 없는 일이다. 신에게 저주받은 사람에 대한 공포, 그 뿌리가 깊디깊다는 것 정도는 아직 하르페니언에 대해 안 지 얼마 안 된 수아가 보아도 심각할 정도였으니까.

하지만, 그래도…….

미간을 찌푸리는 수아를 보는 플로나의 표정은 조금 전보다는 좀 풀려 있었다.

"진짜 이상해."

"응?"

"수아, 너 말이야. 처음에는 이민족이니까 다른 게 당연하다고 생각했는데 그 수준이 아니네. 황태자 전하를……. 하, 진짜 다른 민족 정도가 아니라 다른 세계에서 온 것 같다니까."

그 말에 수아는 호흡을 잠깐 골랐다. 그리고 최대한 태연하게 말을 이었다. 아까 하려다가 못 한 이야기가 남아 있었다.

"응. 뭐, 사실 그래."

"엉?"

"진짜로 나, 다른 세계에서 왔다고."

그 말에 플로나의 몸이 굳었다. 무어라 묻고 싶은 것 같았지만 입술만 벙긋거릴 뿐 딱히 목소리가 흘러나오진 않았다.

수아는 꿀꺽 침을 삼켰다. 아무렇지도 않은 척 말했지만 입 안이 탔다. 하지만 이 정도는 말해두지 않으면 안 됐다. 저주가 통하지 않는 이유. 신의 뜻이라는 건 참으로 편리한 핑계였지만 그 한마디로 모두가 믿어주기를 바라는 것은 무리였다. 최소한 그 신의 뜻을 어떻게 알았는지 정도는 의심할 터였다. 처음 황궁에 들어왔을 때부터 수아와 함께 지냈던 플로나라면 더욱더 그럴 것이었다.

그러니까 최소한, 어느 정도는 사실을 풀어 납득시키지 않으면 안 됐다. 그리고 지금이 가장 자연스럽게 말할 수 있는 타이밍이었다. 그것이 소문을 퍼뜨리기에 가장 「효과」적인 방법이기도 했고……. 무엇보다도 그걸 떠나 플로나와 아이린에게는 털어놓고 싶은 이야기였다. 그녀가 어디서 왔는지를.

"흔히 말하는 이계인이라는 거야."

"자, 잠깐. 너 사막 민족이라고 했잖아!"

"아……. 그게……."

수아는 어색하게 웃었다.

"미안, 거짓말이었어. 그렇지만 내가 이계인이라고 광고하고 다닐 순 없어서……. 그래서 알이 가짜 신분을 만들어줬어."

플로나는 뚫어지라 수아만을 바라보고 있었다. 수아는 그 시선을 의식하며 말을 천천히 이어나갔다.

"그 외에는 딱히 속인 것 없어. 이 세계로 떨어질 때, 숲 속으로 떨어졌거든. 그때 몬스터에게 죽을 뻔한 걸 구해준 것이 그 사람이고, 나를 리노체스가에 맡긴 것도 그 사람이야. 그때까지 난 아무것도 몰랐어. 왜 갑자기 낯선 세계에 떨어져야 했는지, 왜 가족과 헤어졌어야 했는지……. 내가 20년을 살아온 세계에서 갑자기 내팽개쳐진 거야. 정말 막막했지. 거기서 나를 도와준 게, 그 사람…… 황태자 전하였어."

지금 플로나에게 말하는 수아의 이야기는 대부분이 사실이었기에 그녀는 솔직하게 이야기했다.

하르페니언이 한 번도 찾아와 주지 않았지만 수아는 그를 그리워했고, 그래서 당당히 한 사람의 몫을 하기 위해 황궁 여관으로 들어온 것까지. 단지 아이린이 준 책에서 본 시우의 메시지 이야기만은 제외했다.

그렇게 이야기는 순식간에 회궁에서 「알」이라는 남자와 재회한 데까지 흘렀다.

"비밀호위 같은 거라고 해서 알에 대한 이야기는 남에게 하지 못했지만, 그 외에는 플로나 너도 아는 바대로야. 그러다가 「알」이 황태자 전하라는 걸 알게 된 다음이 좀 혼란스럽긴 했지만, 솔직히 난 다른 세계에서 왔는걸. 신이 뭔지, 황족이 뭔지 머리론 알지만 실제로 와 닿는…… [체감]……. 아무튼 그런 게 없었어. 그러니까 다들 무서워해도 왜 그러는지 의아했던 거고."

"아, 그래서……."

"응."

"그래, 그런 거면 대충 이해가 간다. 뭔 애가 이렇게 경계심이 없나 싶었는데……. 응, 그래, 응."

플로나는 머리가 아프다는 듯 이마를 짚었다. 수아는 어색하게 미소를 지었다.

여기까지는 진실.

"무엇보다도, 그 사람이 신의 저주를 받았다는 황태자 전하라는 걸 안 순간 깨달았거든."

그리고 이것은, 진심을 담은 거짓.

"난, 이 사람의 저주를 풀기 위해 이 세계로 온 거라는 걸."

"뭐?"

"그전까지는 아무것도 몰랐어. 하지만 정말 한순간에 깨달았지. 난 그 사람을 만나러 이 세계로 왔고, 저주를 풀기 위해서 이곳으로 왔다는 거."

속인다는 죄책감은 없었다. 만약 본인의 기억을 조작할 수 있다면 수아는 기꺼이 그렇게 할 것이었다. 어차피 알의 저주는 풀릴 건데, 그리고 내가 그렇게 만들 텐데, 그 도중에 약간의 왜곡이 있는 게 뭐가 어때서?

"내가 회궁으로 느닷없이 지원한 것도 그 때문이야. 나도 그땐 왜 그랬는지 몰랐거든. 그냥 그곳으로 가야 한다는 생각밖에 없었어. 그래서 너희에게도 내가 왜 회궁에 지원했는지 확실히 말하지 못했고. 근데 깨달은 후에 돌이켜 생각해보니 알겠더라. 나는 그 사람을 위해 이 세계로 왔는걸. 그 사람에게 가야 하는 건 당연했던 거지."

플로나는 다시 한 번 침묵했다. 그리고 소리 비슷한 걸 낸 것은 약간 시간이 흐른 후였다.

"……세상에."

신음 비슷한 소리를 내며 두 손으로 머리를 감싸 쥐었다

"잠깐, 나 지금 한꺼번에 너무 많은 이야기가 들어와서……."

그 모습이 혼란에 빠진 것 같기는 해도, 다행히 이 터무니없는 거짓말쟁이를 어떻게 해야 하나 고민하는 건 아닌 것 같았다. 다행이었다.

플로나는 무언가를 계속 수아에게 물으려고 하는 것 같았지만 입을 열었다 닫았다, 시선을 방 구석구석으로 돌렸다 말았다 하는 수선스러운 모습만을 보일 뿐이었다.

결국 플로나는 몇 번이나 작은 한숨을 내쉬더니 결심한 듯 크게 고개를 끄덕였다.

"그러니까. 요약하자면 너는 황태자 전하를 사모하고, 저주를 풀 거며, 그래서 같이 있다는 거지? 그건 신의 뜻이고?"

"응."

"맙소사."

그녀는 한 번 더 크게 한숨을 내쉬었다.

"알았어. 나 참, 이 말 아이린이 들었으면 한 번 더 기절했을지도 모르겠다. 애초에 황족과 여관의 로맨스라니 현실감이 없어. 아니, 이계인과 이 세계 사람과의 로맨스가 더 현실감이 없나? 그렇게 따지면 이계인이 황궁에서 여관을 하고 있다는 것 자체가 이상하고……. 또 그 이계인 여관이 신의 뜻에 따라 신의 저주를 풀……."

뭔가 말하면 말할수록 꼬이더니, 결국 플로나는 머릿속을 정리하는 걸 포기했다.

"어차피 내가 이해할 만한 영역이 아니네."

플로나는 어깨를 한 번 으쓱이며 방 안을 둘러보더니, 물 주전자와 컵이 있는 걸 보고는 그쪽으로 다가가 컵에 물을 따라 단숨에 마셨다. 그리고 다시 한 컵을 따라 수아에게 가져다주었다.

마침 꽤 갈증이 났던지라 수아도 그 물을 꽤 달게 마셨다.

그녀가 한 잔을 다 마시고 컵을 내려놓자 보이는 건 훨씬 부드러운 표정의 플로나였다.

수아는 탐색하듯 그런 그녀를 바라보았다. 이해할 만한 영역이 아니라는 게 이성적으로 생각해봤자 소용이 없으니 그냥 수아의 말을 믿어주겠다는 건지, 진짜든 아니든 이해가 힘드니 그냥 못 들은 걸로 하겠다는 건지 가늠할 수가 없었다.

"뭘 그렇게 눈치를 봐?"

"어? 아니, 그게……."

"세상에는 말로 설명할 수 없는 이야기들도 많으니까."

"그럼 믿어주는 거야?"

"믿어주고 자시고……. 있지, 수아. 난 바닷가에서 자랐어. 지금이야 집안이 어찌어찌 성공해서 돈도 꽤 있게 됐고, 그래서 난 황궁에서 여관까지 해먹고 있다지만 그래도 내 어린 시절은 언제나 천둥이 치는 항구였어. 결코 부유하다고는 할 수 없는 마을이었고, 그래서 대부분 사람들의 배는 낡았었지."

그녀는 느닷없이 과거 이야기를 시작했다. 초록색 눈동자가 온화하게 빛났다.

"그 때문인지는 몰라도 바다에 나가 돌아오지 못하는 아저씨들도 많았어. 아직도 기억나. 언제나 기도했어. 무사히 돌아오게 해주세요, 하고. 우리 아빠도 실종된 적이 있었지. 다행히 무사히 돌아오시긴 했지만. 반면 영영 돌아오지 못한 아저씨들도 있었어. 아니, 많았지. 그럼 그 기준은 뭐였을까? 기도를 더 많이 하면 무사히 돌아오나? 아니면 평소에 행실이 좋으면?"

플로나는 작게 미소 지었다.

"아니, 그런 거 다 상관이 없더라고. 그냥 그건 운이었어. 당시의 나는 그걸 바다의 「마음」이라고 생각했지. 바다가 변덕을 부려 자기 몸 위에 오른 사람들을 삼켰다가, 내키는 대로 그중 몇 사람을 놔주는 거라고. 그것에 대해서 이상하다고 생각한 적은 없었어. 바다는 원래 그런 거잖아? 그걸 도대체 뭐라고 설명하겠어. 음, 말이 좀 길게 늘어졌는데……. 지금 그때 느끼는 것과 좀 비슷한 것 같아. 바다에게 가서 왜 어떤 사람들은 죽이고 어떤 사람들은 살리느냐고 따져봤자 답은 없잖아. 존재 자체를 부정해도 바다는 그냥 거기에 있고. 뭐랄까, 누군가가 아무리 분석하려고 해도 그것과는 전혀 상관없는? 그러니까 내가 네 이야기를 뭐라고 평가하고 받아들이든 말든, 그냥…… 그건 사실이구나. 그런 생각이 들었어."

"플로나."

"이야기해줘서 고마워, 수아. 힘들었겠네. 다른 세계에 갑자기 와서 적응하려고 했으면."

순간 눈물이 핑 돌았다. 수아는 눈물을 떨어뜨리지 않기 위해 입술을 깨물었고, 플로나는 그런 그녀의 표정을 보지 못한 체하며 얼른 화제를 전환했다.

“그나저나 황태자 전하라……. 진짜 대단하네. 사실 난 지금도 그분이 무서워 죽을 거 같아. 너야 다른 세계 사람이라 모르겠지만, 나는 어릴 때 잘못하면 그분이 와서 잡아간다는 이야기를 듣고 자랐을 정돈걸. 과장 조금 보태면 그분이 옛이야기에 나오는 마왕 같은 존재가 돼서 세상을 멸망시키기로 했다는 이야기를 들어도 아, 역시 그랬구나 싶을 정도? ……엇, 이 이야기 황태자 전하 귀에 들어가면 나 그대로 사형대로 끌려갈 텐데, 너 설마 친구를 팔아먹진 않겠지?”

그렇게 말하면서 눈을 크게 뜨는 플로나는 여느 때의 모습이라, 수아는 저도 모르게 풋 웃고 말았다.

“알은 들어도 별로 신경 안 쓸 거야.”

“어? 그냥 그 이름으로 부르는 거야?”

“응. 가명이 아니라 애칭이래서.”

“애……칭……. 어, 그래.”

플로나는 잠깐 인지 부조화가 온 것 같은 표정을 짓다가 이내 고개를 절레절레 저었다.

“뭔가 평범한 연인 같은…… 느낌이네.”

“연인 맞잖아?”

“으음……. 그렇게 되나?”

아무래도 플로나는 「그」 황태자를 대상으로 이런 대화가 오가는 것이 영 어색한 모양이었다.

"일단 네가 황태자 전하를 매우 사모하는 건 알겠어. 그런데 그분도 너에게 잘해주셔?"

"당연하잖아. 굉장히 다정해."

"다정……."

플로나는 아까와 같은 표정을 한 번 더 지었다.

"안 되겠다. 상상이 안 가."

"난 오히려 다른 사람들이 이해가 안 가는데. 사실 저주만 아니면 더할 나위 없잖아? 잘생겼지, 실력 좋지, 성격 좋지……."

"그니까 그 마지막 게 문제라고."

어차피 평행선인 이야기다. 플로나는 다시 자리에서 일어나 아예 물 주전자와 다른 컵 하나를 테이블로 가져왔다. 수아가 그것을 얼른 받아 물을 따르며 물었다.

"근데, 소문이 도대체 어떻길래 그래?"

"음, 그게……. 솔직히 대부분은 몰라도 되는 소문이야. 게다가 말했잖아, 극단이 몇 년은 소재 걱정이 없을 정도라고. 어차피 네가 계속 황태자 전하 곁에 있으면 어느 정도는 들리지 않을까?"

"그렇구나."

"아, 이건 좀 알아두는 게 좋나."

플로나는 새삼 문 쪽을 힐긋 보더니 목소리를 조금 낮췄다.

"너를 통해서 황태자 전하가 황위를 차지하려고 한다는 말도 있어."

덩달아 수아도 목소리를 낮췄다.

"나를 통해서?"

"나라고 해서 황궁 권력 구도나 상황에 대해 잘 아는 건 아니니까 좀 비약이 있겠지만……. 일단 이건 아이린과 같이 한 말이야. 지금 황태자 전하에게 후계자가 있다면 어떻게 될 것 같아?"

"후계자?"

"한마디로 후손. 자식이지. 지금이야 황태자 전하가 곧 돌…… 아가시면 황자 전하가 황태자의 위에 오를 거라고 여기고들 있잖아. 그러니까 폐태자를 시키지 않는 거라고. 하지만 황태자 전하가 생전에 자식을 남기고 돌아가시게 된다면 굉장히 복잡해진다는 거지."

그 소리를 듣는 순간 수아의 마음 한구석이 서늘해졌다. 가정이라는 걸 알면서도 그가 죽는다는 이야기를 들으니 순간 흠칫하게 된다. 그래서, 플로나가 말하고자 하는 이야기를 조금 늦게 이해했다.

"어? 잠깐, 자식이라는 건……."

"유일하게 저주가 통하지 않는 여자가 있다면, 당연히 취해서 자식을 얻으려 하겠지. 아기 말이야."

순식간에 얼굴에 확 열이 올랐다.

"아, 아, 아, 아기라니!"

아기. 어, 그러니까 그렇지. 가능하지. 근데, 그……. 어. 허둥거리는 수아를 보며 플로나가 피식 웃었다.

“나나 아이린은 저주가 통하지 않는다는 부분부터 안 믿었으니 실제로 그럴 리가 없다고 생각하긴 했어. 하지만 저주가 통하지 않는 여인이 있으니 자식을 낳을 수 있다고 거짓 소문을 퍼뜨리고는, 어디서 황실과 전혀 상관없는 아이를 데려와서 본인의 아이라고 할 수 있겠다고는 생각했지. 그리고 그렇게 되면 아이를 낳았다고 알려진 여자를 살려둘 리가 없을 거고. 그리고 정말, 만에 하나 저주가 통하지 않는다는 것이 사실이라고 한다면 더더욱 확실하게 가둬두고 아이를 얻으려 하지 않을까? 어느 쪽이든 너에게는 최악이라고 생각해서 걱정했어.”

전자야 아예 방향이 다른 이야기였고, 후자는 저주받은 황태자가 여자 하나를 가두고 억지로 후계자를 가지게 한다는, 듣기만 해서는 묘하게 현실적인데 실제로는 말도 안 되는 이야기였다.

“진짜 말도 안 되는 이야기네. 알이 그럴 리가 없잖아.”

“……되게 절대적인 믿음이네.”

“응?”

“넌 정말 불안하지도 않아? 네가 처음 그분과 함께한 건 수도로 오는 며칠 동안이었고, 그 뒤에 재회한 것도 따지면 얼마 안 된 거잖아. 네게 저주가 통하지 않는 것이 사실이라면 황태자 전하 입장에선 널 옆에 두는 게 당연히 이득인 거고…….

어, 그러니까 꼭 황태자 전하가 문제라는 게 아니라, 여자를 취하려면 사탕발림처럼 잘해주는 사람들이 꼭 있는 법이잖아."

이번에는 수아가 피식 웃었다. 사탕발림이라. 그 단어와 알처럼 어울리지 않는 사람도 또 없을 터였다.

"난 알을 믿어. 그리고 설사, 날 속이고 있다고 한다면 그건 그거 나름대로 상관없다고 생각해. 어차피 내 목숨은 알 거니까."

플로나는 그녀의 말에 어이가 없다는 듯 입을 살짝 벌렸다.

"너, 너…… 진짜 엄청 빠졌구나."

"응. 솔직히 외모만 봐도 멋있잖아. 객관적으로 봤을 때. 안 그래?"

성격적인 부분이 먹히지 않자, 이번에는 나름 외모로 승부수를 던져보았지만 플로나의 반응은 그다지 긍정적이진 못했다.

"그…… 솔직히."

그녀는 진지하게 말했다.

"사실 무서워서 잘 모르겠어. 더구나 황족이신걸. 나 똑바로 쳐다본 적도 없어."

"그럼 다음에는 제대로 쳐다보면……."

"그렇게 나를 사형대로 끌려가게 하고 싶어? 불만 있으면 먼저 말로 해줘!"

다음 순간, 둘은 푸훗 하고 웃음을 터트렸다. 그 후에야 둘 사이의 긴장이 어느 정도 풀려, 간신히 평소와 같은 페이스로 대화를 나눌 수 있게 되었다.

얼마 지나지 않아 수아의 음식을 담은 트롤리를 끄는 하녀가 돌아왔고, 거의 곧바로 리노체스 부인도 돌아왔다. 리노체스 부인은 방 안에 다른 사람이 있고, 그중 한 사람은 침대에 누워 있다는 것에 다소 놀란 눈치였으나 곧 수아에게 간단히 설명을 듣고는 고개를 끄덕였다.

"그럼 식사는 함께하겠네요."

그녀는 바로 음식을 더 가져오라 지시하려고 했으나, 대답은 수아가 아닌 플로나에게 나왔다.

"아뇨. 저희도 돌아가 봐야 하고요. 갑자기 죄송했습니다."

플로나는 예의 바르게 고개를 꾸벅 숙였다.

"단지 제 동료가 의식을 차리지 못하고 있으니, 도움을 요청드려도 될까요?"

"물론이죠."

리노체스 부인의 지시를 받은 하녀가 다시 방 밖으로 나갔다가 황궁의 하인과 함께 들어왔다. 하인은 정신을 차리지 못하고 있는 아이린을 조심스레 안아 들었다. 수아는 여관 구역까지 배웅을 해주고 싶었지만, 이 방에서 나가는 것이 현명한 행동이 아니라는 걸 알기에 그 마음을 눌러 삼켰다. 플로나는 방을 나서기 직전 수아를 한 번 꼭 껴안고는 작게 속삭였다.

"부디, 행운을. 행복해야 해."

진심인 그 목소리에, 수아는 저도 모르게 목이 멨다. 그래서 겨우 한마디만을 할 수 있었다.

"고마워."

어느 정도의 계산이 있어 아무렇지도 않은 척, 타이밍을 잡아 사실을 밝혔다고는 하지만 사실은 굉장히 긴장했었다. 최악의 경우에는 악마의 사주를 받은 것이 아니냐며 비난하든가, 그것까지는 아니더라도 이제까지 속인 거냐며 외면할지도 모른다는 생각도 했었으니까.

플로나와 아이린이 그렇게 되돌아간 후, 수아는 하녀가 준비해온 식사를 받았다. 그녀는 따뜻한 수프를 천천히 떠먹으며 리노체스 부인의 말을 들었다.

"목걸이는 처음 옷에 걸려 있던 게 맞았나 봐요."

"아! 다행이네요. 없어진 게 아니구나."

수아는 반색했다. 하지만 다음 순간 리노체스 부인은 조금 곤란하다는 듯 말했다.

"그런데 지금 그 목걸이가, 황태자 전하께 있다고 해요."

"네? 알에게요?"

"네. 황태자 전하의 손님에게서 나온 귀중품이다 보니 함부로 다룰 수 없다면서, 황태자 전하께 「돌려」 드렸다고 하네요. 원래대로라면 바로 아가씨에게 되돌아오는 게 맞았겠지만, 황태자 전하께 필요 이상으로 겁먹는 사람들이 있다 보니……."

수아는 수프에 빵을 찍다 말고 어깨를 축 내렸다.

그러니까 알은 내가 그 목걸이를 잃어버린 걸 알고 있다는 이야기지? 잃어버린 걸 가장 알리고 싶지 않았는데. 리노체스 부인은 그런 수아의 표정을 어떻게 해석했는지 작게 한숨을 내쉬었다.

"아무래도 불편하죠? 다들 필요 이상으로 겁을 먹고. 그래도 조금만 더 참으세요. 치료가 필요해서 여기 머물고 있던 건데, 이제 거의 다 상처가 나으셨잖아요? 그럼 곧 거처를 옮길 수 있을 거예요."

"옮겨요?"

"회궁이나…… 아니면 저희 저택에 들어와도 좋고요. 아니면 황태자 전하도 외곽에 저택을 가지고 계시니까요. 아가씨도 한 번 가봤었죠? 어디로 가게 될진 황태자 전하께서 결정하시는 거겠지만요."

"하지만 바로 떠나야 하지 않을까요?"

"네? 어디로……. 아, 황태자 전하의 임무 말씀이군요."

리노체스 부인도 그 건에 대해서는 알고 있었던 듯했다.

"하지만 아가씨 몸도 안 좋은데 바로 떠나실 순 없잖아요. 최소한 며칠 정도는 더 있어야 할 텐데, 계속 이 방에 있을 수는 없으니까요. 위험하기도 하고요."

사실 수아는 거의 정신을 잃고 있어 잘 알고 있진 못했지만,

지금 이곳에 머물고 있는 것은 여러 명의 긴장 속에서 이루어지는 일이었다.

이 방은 본궁이긴 하지만 외곽인 4구역에 있었다. 여관에 불과한 아이린이나 플로나까지도 쉽게 찾아올 수 있을 정도의 장소라는 것이다. 좀 더 깊숙한 중앙 쪽으로 방을 옮기면 무슨 일이 있을 때 오히려 독이 될 터이고, 그렇다고 본궁을 나가면 고위 신관들을 불러오기가 번거로워질 테니 타협점을 찾은 것이 여기였다. 당연히 보안이나 요리, 고용인 등 모든 것이 문제가 될 수밖에 없었다. 예를 들어 수아가 먹을 음식 하나를 조리해 오는 것도 간단하지가 않았다. 리노체스가의 요리사가 4구역의 주방을 빌려 직접 요리를 했고, 혹시나 모를 사태에 대비하기 위해 꼭 한 명 이상의 하녀나 하인이 요리 과정을 처음부터 끝까지 지켜봤다. 마지막으로는 독검사까지.

수아는 이런 세세한 것까진 알지 못했지만 주변 이들이 그녀의 안전에 굉장히 신경 쓰고 있다는 것 정도는 짐작할 수 있었다.

"음, 그러네요. 말하는 게 너무 늦었지만 여기까지 와주셔서 고마워요, 리노체스 부인."

"어머, 무슨 말을. 당연히 해야 하는 일인걸요."

음식을 배불리 먹자 노곤해졌다. 그 뒤 수아는 간단히 씻고는 다시 침대에 누웠다. 먹은 뒤에 너무 바로 눕는 게 아닐까 싶었지만, 눈을 감는 순간 의식은 순식간에 멀어졌다.

다음 날은 내내 먹고 자는 것으로 보냈다. 고위 신관도 두어 번 더 다녀간 기억이 있다. 하르페니언과 카르니언도 한 번씩 다녀갔지만 둘 다 바빠 보이기도 했고, 수아도 재판할 때의 피로가 남아 있었는지 줄곧 꾸벅꾸벅 졸았기 때문에 잠깐 얼굴을 보는 정도의 수준이었다.

하지만 하루를 그렇게 보내자 그다음 날은 거짓말처럼 정신이 말짱해졌고 몸도 개운하기 짝이 없었다. 완전히 방전되었다가 충전된 느낌이었다. 그래서 회궁으로 언제 옮겨도 되겠느냐는 질문에, 지금도 상관없다고 곧바로 말할 수 있었다.

"회궁으로요?"

"아무래도 여기는 위험하니까. 다른 곳이 좋나?"

"아뇨. 다들 걱정하고 있을 거고요."

수아는 하르페니언과 아침 식사를 하고 있었다. 수프와 빵, 샐러드, 과일 등의 간단한 메뉴였지만 입맛이 돌아서 그런지 상당히 맛있었다. 식사도 좋았지만 무엇보다 하르페니언과 함께 식사를 하고 있다는 것 자체가 좋았다.

재판도 겨우 그제였고, 어제도 잠결에 봤는데도 어째서인지 굉장히 오래간만에 보는 듯한 느낌이 들었다.

"그대가 힘들면, 하루 정도 더 쉬다가……."

"전 괜찮아요. 알이야말로 피곤해 보이는데요?"

잠이나 제대로 잔 걸까. 면도는 제대로 한 것 같았지만 전반적으로 좀 초췌한 분위기였다. 수아는 하르페니언에게 불쑥 다가가 시선을 맞췄고, 하르페니언은 순간적으로 그런 그녀의 시선을 피했다.

"……제대로 안 잤죠?"

"음, 아니."

그는 곤란한 듯 얼버무렸다. 그래도 거짓말을 하지는 않았다.

"일이 조금 많아서."

"아……. 아무래도 그렇겠네요. 제가 여기에 있으니까 알이 이것저것 신경 쓸 게 많은 거죠? 그럼 바로 옮겨요."

그 말과 동시에 스푼을 탁 내려놓는 수아에게 하르페니언은 당황한 얼굴을 했다.

"잠깐, 무리하지 않아도 돼."

"무리하는 게 아니라니까요? 저도 여기가 편하지만은 않아요. 계속 다들 신경 쓰는 게 보이기도 하고요. 어차피 회궁으로 옮긴다고는 해도 그냥 몸만 가면 되는 거 아니에요?"

"그렇긴 하지만."

"다들 보고 싶기도 하고요. 렉스도요. 그러고 보니 렉스는 알 안 온다고 삐쳐 있는 거 아니에요?"

다른 사람들을 생각할 여유까지 돌아온 걸 보면, 확실히 회복이 되긴 됐나 보다. 다들 얼마나 당황했을까? 카르니언의 말로 미루어 보면 이런 습격이 처음은 아닌 것 같았지만, 그래도 일상처럼 있는 일도 아니었을 테니 많이들 놀랐겠지.

"그러면…… 식사 후에 옮기도록 하지."

그렇게 말은 하지만 여전히 걱정이 서려 있는 얼굴을 한 그를 보고, 수아는 쿡 웃었다.

"저 안 부서져요. 그냥 궁을 옮기는 것뿐인데, 무슨 유리잔 대하듯이 그래요."

하르페니언은 그 말에 따로 대답하지 않고 잠시 수아를 바라보다 바로 리노체스 부인에게 시선을 돌려 무어라고 지시를 내렸다. 하긴, 칼에 맞아 죽을 뻔한 게 고작 며칠 전이니 과보호하는 것이 이해가 안 갈 것은 아니었다.

수아는 회궁으로 옮길 때 뭔가 챙길 게 있나 생각해봤지만, 스스로 이곳으로 온 것이 아니다 보니 소지품이 따로 있을 리가 없었다. 하나만 빼고.

"아, 맞다. 알."

"응?"

"그 목걸이, 알에게 있다면서요?"

"목걸이?"

"알이 사준 이즈벳 목걸이요. 옷에 걸려 있는 걸 제가 깜빡 못 봐서……."

그녀는 살짝 눈치를 보면서 말했다. 설마 화는 내지 않겠지만, 선물 준 걸 아끼지 않는다고 오해할 수도 있을 것 같아서였다. 하지만 그는 외려 조금 의외라는 표정으로 그녀를 바라보았다.

"어? 설마 알에게 없어요? 리노체스 부인이 분명히……."

"아냐. 확실히 그 목걸이는 나에게 있긴 한데."

그는 조심스레 말했다.

"그게 아직도 필요한가?"

"네? 혹시 어디 망가졌어요?"

"아니, 그게 아니라. 가진 지 조금 오래됐으니까 슬슬 질릴 때가 아닐까 하고."

도대체 무슨 소린지 알 수가 없었다. 수아는 두어 번 눈을 깜박였다.

"질려요? 제가?"

"아닌가? 하지만 보통 여자들은……."

"여자?"

다음 순간 수아는 눈을 가늘게 떴다.

"무슨 여자요?"

"아니, 그게."

흠칫한 하르페니언이 당황하며 손을 내저었다. 그 모습을 보니까 더 수상했다.

하긴 저렇게나 멋진 남자인데, 아무리 저주에 걸렸다고 해도 접근하는 여자들이 없지는 않았을 것이다. 아무리 신의 존재가 절대적이라고는 하지만 그런 걸 무시하는 사람들은 어디에나 존재하는 법이다. 오히려 안 된다고 생각하면서도 어쩔 수 없이 그에게 끌린다는, 비련의 여주인공을 연기하는 여자가 있었을지도. 그 또한 스스로가 저주받았다고 자책하니 그런 여자에게 다가가지 못하고…….

아니, 그런 순수한 로맨스였으면 장신구에 질린다는 말도 안 나왔겠지. 그럼 어떤 여우 같은 여자가 접근해서 그 옆에서 아양이라도 떤 걸까? 그는 황태자고, 그러니까 돈도 많고 지위도 있고……. 그래서 애정을 주는 척하면서 받아먹을 걸 다 받아먹었다던가.

어쩌면 하르페니언은 그런 여자에게 진심으로 반했었을지도 모른다. 하지만 그 여자는 적당히 받아먹을 걸 받아먹은 후 역시 저주받은 사람하고는 안 된다고 차버린 거야.

수아는 순식간에 머릿속에서 소설 한 편을 완성했다.

'그래! 그럼 처음 사귀기 시작할 때 그렇게나 몸 뺀 게 이해가 가.'

그런 수아의 분위기가 안온하지 못했는지, 하르페니언은 급히 한마디를 덧붙였다.

"보통. 일반적으로. 통상적인 의미에서의 여자들 이야기야."

얼굴도 모습도 모르고, 존재조차도 확실하지도 않은 여자에게 막 적의를 불태우려던 수아는 그런 하르페니언을 약간 의심스럽게 바라보았다.

"그러니까, 대부분의 여자들이 액세서리 같은 건 쉽게 질려하기 때문에 저도, 그 목걸이가 질려서 버렸다고 생각한 거예요? 그래서 알도 그냥 버렸고?"

"아니, 버리진 않았어."

그는 급히 품속을 더듬어 수아의 목걸이를 꺼냈다.

"그냥 그대가 질린 게 아닐까 싶어서……."

"그럴 리가 없잖아요!"

수아는 저도 모르게 목소리를 높였다가 헙 하고 입을 다물었다.

"그, 화내는 게 아니라요. 그냥…… 알이 준 선물이잖아요. 질리다니. 제가 그 목걸이를 얼마나 소중하게 생각하는데요. 그래서 실수로 잊어버렸다고 생각했을 때는 정말로 아찔했어요."

그녀는 하르페니언에게 다가가 그의 얼굴을 올려다보았다.

"알도 그래요. 알이 준 선물이잖아요? 그럼 절대 몸에서 떼지 말라는 말 정도는 해줘요."

금안에 약간의 파동이 일었다.

"소중하다고?"

"당연하잖아요."

"내가 준 목걸이라서?"

"그래요."

다음 순간 금빛 눈동자는 부드러운 기운을 담은 채 웃었다.

"그렇군."

그 모습은 정말로 기뻐 보였다. 수아는 속으로 혹시 정말 과거에 그를 이용해먹은 여자가 없었는지 꼭 알아봐야겠다고 생각하며, 빙글 뒤를 돌았다. 하르페니언은 끼고 있던 장갑을 벗고는 조심스럽게 목걸이를 그녀의 목에 둘렀다.

맨손이라서인지 고리를 끼는 것은 금방 끝났다. 하르페니언은 목걸이를 손가락으로 부드럽게 쓸어내렸다.

"알?"

"그러고 보니 처음에도 이랬지. 이 목걸이를 사던 날."

"아, 그렇죠. 그때도 알이 걸어줬어요."

수아가 뒤를 돌아보지 않고 답했다. 작게 웃는 소리가 났다.

"그때도 꽤, 삿된 마음을 품었다고 생각했는데."

"네?"

"지금은 더하군."

뭔가 부드러운 것이 목덜미에 와 닿았다. 그것이 그의 입술이라는 걸 깨닫는 데에는 많은 시간이 필요하지 않았다. 이내 그의 팔이 옴짝달싹하지 못하게 허리를 휘감았다.

"읏, 알……."

손가락이 목덜미 근처를 지분거리다 어깨를 쓸어내렸다. 그리고 다음 순간, 손가락이 다시 올라와 옷자락을 헤집었다. 어깨가 반 정도 드러나자, 수아는 깜짝 놀라 반사적으로 그에게서 벗어나려고 했다. 하지만 몸은 꼼짝도 하지 않았고, 하르페니언의 손가락은 어깨 위의 무언가를 어루만지고 있었다.

"아, 알?"

"흉터가……."

수아는 조금 전과 다른 의미로 몸을 바짝 긴장시켰다.

"네. 조금……. 어, 보기 흉해요?"

고위 신관에게 몇 번이나 치료를 받았는데도 흉터는 완전히 사라지지 않고 있었다. 눈으로 봐도 꽤 선명할 정도니 촉감은 말할 필요도 없었다. 분명 티가 크게 나겠지 싶어 불안한 마음으로 물어보자 잠시 대답이 없었다. 그걸 긍정의 의미로 받아들인 수아가 급히 말했다.

"치료받으면 옅어진다고…… 없어질 수도 있다고 했어요."

여전히 대답은 없었다. 불안해진 수아가 천천히 고개를 모로 틀자, 굳은 얼굴로 입술을 깨문 채 그 상처를 노려보듯 바라보고 있는 하르페니언의 얼굴이 슬쩍 보였다.

"……미안."

"알?"

"그래, 칼에 베였으니 흉터가…… 남을 수밖에 없겠지. 그대의 피부에 이런……."

낮게 억누른 목소리였다.

"미안."

옅은 흉터는 힐링 연고만 꾸준히 발라도 생각보다 빨리, 금방 없앨 수 있다. 하지만 이렇게까지 깊은 흉터라면 아무리 신성력을 쏟아붓는다 해도 완전히 없던 것처럼 나을 수는 없다.

"아뇨, 전."

수아가 작게 숨을 들이켰다. 그래, 이런 사람이었지. 자신을 노린 암살자의 잘못까지도 자기 탓으로 돌리는, 그런.

"전혀 신경 쓰이지 않는다고 하면 거짓말이긴 하죠. 하지만 알이 사과할 일도 아니잖아요?"

잠시간의 침묵. 그리고 이내 거의 쥐어짜는 듯한 작은 목소리가 들려왔다.

"그대는…… 모르겠지만, 그대를 해한 이는."

"알을 노리는 암살자였다, 그거요?"

흠칫, 맞닿아 있던 몸이 떨렸다. 좁은 시야로 보이는 금안이 불안한 듯 시선을 피했다.

"알고 있었나."

"네. 리노체스 부인이 말해줬어요. 제가 졸랐거든요. 말해달라고."

수아는 작게 웃었다. 정말로 이런 사람이다. 본인을 해하러 온 암살자가 다른 이를 다치게 했다는 것마저 모두 자신의 책임이라 생각하는 남자.

수아는 다시 고개를 바로 하고, 대신 그가 안고 있는 품에 몸을 기댔다.

"그러니까, 그게 왜 알의 탓이에요? 알이 죽여달라고 암살자에게 의뢰를 한 건 아닐 거 아니에요. 알도 피해자인데."

"수아."

"사과하지 말아요. 그런 말, 싫다고 했잖아요."

그가 부자연스럽게 입을 다물었다. 그래도 용케 그러니 그대 곁을 떠나겠다느니, 뭐 그런 소리는 하지 않는다. 그것만으로도 많은 발전이다. 수아는 그렇게 생각했다. 하긴, 표현 방법이 그래서 그랬지 버리지 말아달라는 말은 결국 그녀 곁에서 그 스스로 떠날 생각이 없다는 뜻이 아닌가. 그녀는 배시시 웃으며 아무렇지도 않은 듯한 말투로 말을 이었다.

"음, 그래도 역시 계속 남는 흉터인걸요. 아무래도 마음에 걸린다면……."

그가 수아의 목소리에 바짝 긴장하는 것이 느껴졌다.

"이거, 없어질 때까지 알이 책임지면 되겠네요. 그렇죠?"

"……책임?"

"네. 다른 사람에게 보여줄 일 없이, 알만……."

뭔가 말을 하다 보니 좀 엄하게 빗나간다는 느낌이 들었지만, 도중에 끊으면 더 분위기가 이상해질 것 같았다.

"알만, 어, 보는 거죠."

다시 짧은 침묵이 지나갔다.

역시 말이 너무 엉뚱했나. 어깨가 드러나는 드레스는 꽤 있으니까, 자칫하면 그냥 평생 꾸미지 못하고 꽁꽁 감싸고 다닐 수밖에 없게 되었다는 원망으로 들렸을 수도 있다. 그렇게 속으로 초조해하고 있을 때, 하르페니언이 조용히 그녀의 이름을 불렀다.

"수아."

그녀를 안은 팔에 힘이, 바짝 들어갔다.

"……그대는 정말 이상해."

나직한 목소리였다.

"왜, 평범하게 나를 원망하거나 하지 않는 거지? 그대는 내 탓이 아니라고 하지만, 그대가 그냥 본궁에서 여관 일을 하고 있었다면 그런 놈과 마주칠 일도 없었을 거야. 그대는 자칫하면 죽을 뻔했고 몸에는 지워지지 않을 흉터까지 남았지. ……그러면, 아무리 작더라도 원망이 생겨나는 것이 당연하지 않나."

"알."

수아는 조용히 그녀의 허리를 단단히 휘감고 있는 하르페니언의 팔에 살짝 손을 얹었다.

"그게 이상하다는 거예요. 당연히 원망은 들죠. 그런데 왜, 그 대상이 알이라고 생각해요?"

원망이 생기면, 그 상대가 되는 것이 「당연」하다니. 그런 당연 따위는 필요 없었다.

"알을 해치려고 그런 사람을 회궁에 보낸 이들에겐 견딜 수 없을 정도로 화가 나요. 알이 아니라, 그 사람들에게요."

수아의 말이야말로 특별할 것도 없는, 정말로 당연한 소리였다. 그게 이상하다니.

순간 울컥하는 기분이 들었다. 왜 이걸 설명하고 있어야 하는 걸까. 이상한 걸 당연하다고 믿고, 당연한 걸 이상하다고 믿고. 왜, 알이.

"그러니까 알이야말로 이상한 생각 하지 말아요. 제가 알의 곁에 있는 것이야말로 당연한 거니까."

수아는 단정 짓듯이 그렇게 말했다. 하르페니언은 한 박자 늦게 대답했다.

"그런가."

"그래요."

수아의 어깨 위에서 멈춰 있던 그의 손이 천천히 움직이며 그녀의 흉터를 부드럽게 어루만지듯 쓰다듬었다.

그 간지러운 느낌에 수아는 살짝 몸을 떨었다.

"그대는 내 곁에 있겠다고 한 걸, 전혀 후회하지 않는군."

"……알은, 저와 다시 회궁에서 만난 걸 후회해요?"

"설마."

"저도 그래요. 아니, 그때 만나지 못했다면 아직도 찾고 있었을 거예요. 계속 그렇게 말했잖아요?"

가까이 맞붙어 있는 하르페니언의 몸에서 두근거리며 뛰는 심장의 움직임이 느껴졌다. 체온은 따뜻했고, 그의 팔은 그녀의 몸을 흔들림 없이 고정한 채로 그녀를 단단히 안고 있었다.

그래, 이걸로 됐다. 수아는 그냥 그런 생각이 들었다. 최소한 지금의 그는 그녀를 밀치지 않았다. 이것만으로도 많은 발전이 아닌가. 하르페니언은 배척받은 기간이 길었다. 겨우 한두 마디의 말로, 한두 번의 말로 거의 그녀의 나이만큼이나 긴 그 세월을 덮을 수는 없는 법이다.

그러니까.

"사랑해요, 알."

계속 말하면 된다. 그에게 닿을 때까지, 망설임 없이 그가 그녀를 취할 수 있을 때까지, 계속. 실제로 그는 조금씩 그녀에게 다가오고 있으니까.

상처를 쓰다듬던 손이 떨어졌다. 그리고 조금 더 부드러운 것이 어깨에 닿았다.

그는 조심스럽게 그녀의 어깨에, 흉터 위에 입을 맞췄다. 그러고는 그녀를 좀 더 깊게 품에 안고는 나직한 목소리로 속삭이듯 말했다. 바로 귀 옆에서 들리는 목소리와 숨결이 그녀를 간지럽혔다.

"……나는, 그대가 나와 떨어져 있는 것이 좋을 거라고 여겼어. 내 주변에 있는 죽음을 그대에게까지 옮기고 싶지 않았으니까."

"알."

"그래서 계속 생각했어. 정확히는 계속 생각「만」 했지. 비겁하기 짝이 없는 짓이었어. 결국 아무것도 모르는 척 그대의 손에 선택권을 내줬지. 그냥 내가 그대 곁에서 떠나면 됐던 것인데도."

그는 고해하듯 말했다. 하지만 그 목소리는 더 이상 흔들리지 않고 있었다.

"지금도 어쩌면 핑계일지도 몰라. 그대가 나를 사랑한다는 말에 자비를 구하고 매달려 그대의 목을 낚아채고 있는 걸지도. 하지만 설사 그렇다 하더라도……."

하르페니언은 작게 숨을 들이쉬고는, 조금 더 또렷한 목소리로 말했다.

"이제 못 놔줘."

그것은 선언이었다. 하르페니언은 말을 맺는 것과 동시에 그녀의 턱을 잡고는 입을 맞췄다.

방금까지의 나직한 목소리와는 다르게 거의 그녀를 잡아먹을 듯한 키스였다.

"읏, 읍…… 흡……!"

수아는 그의 이름을 부르려고 했지만 하르페니언은 그녀에게 그럴 만한 시간을 주지 않았다. 입술이 잠깐 떨어져 숨을 들이쉬는 순간 다시 한 번 입을 맞춰왔다. 그가 거칠게 그녀의 입안을 휘저었다. 그것이 몇 번이나 이어지다 그가 간신히 그녀를 놔주었을 때 수아는 급하게 공기를 들이켜며 휘청거렸다.

"수아."

하르페니언도 약간 숨을 몰아쉬면서도 그런 그녀를 바로 세우며 똑바로 눈을 맞춰왔다.

"그대를 원해. 하지만 내 옆에 있는 건 그대의 목숨을 위협하는 일이겠지. 그러니, 수아. 그 목숨을…… 내게 맡겨줘. 내가 숨 쉬고 있는 한."

"알……."

간신히, 그의 이름을 부를 수가 있었다. 그녀를 흔들림 없이 응시하고 있는 금빛 눈동자는 그 어느 때보다도 진지했다.

순간 아무런 소리도 들리지 않았다. 보이는 것은 오로지 그의 눈. 숨 쉬는 방법을 잊어버렸다는 생각까지 들었다. 아니, 어쩌면 이대로 시간이 멈춰버렸는지도 몰랐다.

영겁과도 같은 시간이 흐른 것 같았다. 하지만 실은 눈 한 번 깜박일 정도의 찰나의 순간이라는 것도, 동시에 알았다.

수아는 목소리를 내지 못했다. 단지 간신히, 아주 간신히 미약하게 고개를 끄덕였을 뿐이다. 하르페니언은 그것만으로도 됐다는 듯 설핏 입가에 미소를 띠었다. 그리고 그녀를 부드럽게 품에 안고 속삭였다.

"사랑해."

그 순간 확신했다.

이 사람은, 더 이상 그녀를 놓지 않을 거라고.

안도감과 함께 자신의 귀에까지 들릴 정도로 심장이 거세게 뛰었다. 그야말로 미친 듯이.

"뭔가…… 평화롭네."

회궁으로 돌아온 지 나흘. 수아는 멍하니 중얼거렸다.

"그렇지, 뭐."

그리고 그 앞에서 고기를 다지고 있던 카르니언이 고개를 끄덕였다. 수아는 황송하게도 황자 전하가 친히 손질한 식재료들을 보면서 살짝 고개를 기울였다.

회궁으로 돌아온 후, 생활은 순식간에 평소와 같이 돌아갔다. 물론 돌아온 직후에는 걱정과 안도를 한순간에 쏟아내는 비에린느 부인과 베슨, 루시 그리고 낑낑거리며 그녀의 주변을 빙빙 도는 렉스 때문에 정신이 없었다. 하지만 그것도 그날 오후뿐. 다음 날부터는 여느 때와 같은 시간이었다.

하르페니언은 떠나기 전에 이것저것 준비할 것이 많다며 자리를 비웠지만, 수아는 딱히 할 일이 없었다. 떠날 준비를 한다지만 가져갈 짐도 거의 없었다. 결국 수아는 몸도 꽤 회복되었겠다, 바로 회궁의 여관 업무로 복귀했다. 비에린느 부인은 딱히 만류하지 않았고, 수아도 그냥 무작정 쉬는 것보다는 뭔가 일을 하는 것이 좋았다.

떠나기 전에 커튼은 모두 갈고 싶었는데.

수아는 부지런히 일했다. 다치기 전과 비슷한 일상이었다. 조금 달라진 것이 있다면 아침에 하르페니언을 보지 못하게 된 것 정도였다. 최대한 빨리 떠날 준비를 하려면 시간을 길게 낼 수가 없다고 했다.

대신 저녁에는 잠깐 볼 수 있었다. 이미 회궁 사람들에게 더 숨길 일도 없으므로 저녁 식사 후 식탁 정리를 할 때쯤, 그가 아예 식당으로 오는 것이다. 물론 그렇게 본다고 해봤자 겨우 몇 분가량. 그 후 그는 다시 돌아갔고, 수아도 몸이 많이 회복되었다고는 하지만 종일 일을 하고 나면 피곤했으므로 별다른 생각을 할 틈도 없이 곯아떨어졌다.

이 외에 한 가지 더 변동이 있다면 카르니언의 존재였다. 전에도 요리를 하러 가끔 주방으로 오긴 했지만 이번에는 첫날을 제외한 사흘 연속 내내 오후에 찾아와, 저녁은 물론 다음 날 아침과 점심까지 모두 준비해놓고 돌아갔다.

아무리 본인이 자발적으로 온다지만 황자 전하를 주방에서 혼자 일하게 놔둘 수도 없어, 결국 수아의 일정에는 그가 요리를 하는 동안 같이 주방에서 돕는다는 스케줄이 추가되었다. 나쁘진 않았다. 아니, 그렇게 요리를 돕는 중에 카르니언에게 마음껏 궁금한 점을 물어볼 수 있다는 점이 좋다면 좋았다.

단지 하르페니언의 여자관계에 대한 수확은 전혀 없었다. 오히려 형님이 무슨 여자를 사귀어봤겠느냐는 의문 가득한 반문만을 받았을 뿐이다.

대신 하르페니언의 다른 과거 이야기를 들을 수 있었다. 카르니언이 아는 만큼만이라고는 하나 꽤 다양한 이야기들이었다. 카르니언의 입장에서 보는 하르페니언은 새로웠고, 또 듣는 맛이 있었다. 물론 그의 이야기대로라면 하르페니언은 지금까지 살아 있는 것이 신기할 만큼 수십 수백 번 죽을 고비를 넘긴 상태이긴 했지만.

현 상황에 대해서도 대략 이야기를 해줬는데, 그의 말을 한마디로 축약하면 현재 황궁은 혼란의 도가니 안이었다.

그야말로 마른하늘에 날벼락, 치열한 눈치 싸움. 하긴 황제가 느닷없이 황태자의 존재와 저주를 공식적으로 인정하고 그 저주가 통하지 않는 이를 무죄로 방면한 데다 심지어 황태자에게 돌아오라는 말까지 남겼으니 그 의도가 뭔지, 어떻게 처신해야 하는지 난리가 날 만도 했다.

"그야말로 발칵 뒤집혔어. 가라앉아 있던 흙탕물이 다시 위로 떠오른 거지."

특히나 요 1~2년간은 하르페니언의 존재를 부정하던 이들도 꽤 조용한 편이었다고 했다. 어차피 그는 죽을 테니까. 곧 황궁을 떠나, 두 번 다시 돌아오지 못할 테니까.

그러나 만약, 저주가 풀려서 돌아온다면?

재판은 거의 불가능하다고 생각했던 그 가능성을 다시 수면 위로 올렸다. 그래서인지 지금 회궁으로 들어오는 길목에는 병사들이 보초를 서고, 그 관리를 무려 황실 기사가 직접 하고 있는 모양이었다. 수아는 전혀 모르던 사실이었다.

"뭐, 지금 암살자들을 보내는 작자들이 있다면 그냥 접시 물에 코 박고 죽어야겠지만."

"응?"

"여러 면에서 볼 때 지금 덤벼드는 건 진짜 미친 짓이거든. 일단 황제 폐하. 친림 재판 이후 딱히 말씀이 없으시긴 하지만, 형님이 병사들을 보초로 세우고 그 관리를 황실 기사에게 명한 것에 대해서도 역시 말씀이 없으셨거든. 형님이 황실 기사를 부려도 된다는 암묵적인 허락이야. 이걸 어차피 곧 떠날 사람 때문에 황궁을 소란스럽게 하지 말라는 뜻으로 해석하는 작자들도 있는 모양이지만, 어쨌거나 지금 당장 달려들라는 소리는 아니지."

"아……."

수아는 재판에서 봤던 황제의 눈빛을 떠올렸다. 하르페니언과 같은 금안. 그 안에서 따스한 느낌을 받았다는 생각이 들었던 건 아무래도 단순한 착각이 아닐 가능성이 컸다.

"형님도 곧 떠나시잖아. 솔직히 해코지를 하려면 그때가 더 좋은 기회일 거고. 가뜩이나 이목이 모여 있고 경계도 최고조인 지금 황족에 대해 수작을 부리는…… 으음, 물론 세상에는 그런 멍청이들이 널려 있으니 오히려 역을 찌르겠다는 헛생각을 할 수도 있긴 하겠지만, 그런 놈들이 고용한 암살자가 제 역할을 할 것 같진 않아."

결국 지금의 평화는 역으로 말하면 철저하게 지켜진 평온함이라는 소리였다. 그리고 한정적인. 반대로 말하자면, 곧 하르페니언과 떠나면 암살자들이 종합 선물 세트처럼 잔뜩 온다는 뜻이기도 했다. 카르니언이 아는 걸 하르페니언이 모를 리는 없으니 당연히 대비책을 세우겠지만, 혹여나 그 과정에서 또 비슷한 일이 일어날까 봐 걱정이 됐다.

만약 그녀를 지킨답시고 그가 다치는 상황이 온다면…….

생각조차 하기 싫은 그 상상에 수아는 작게 고개를 저었다. 벌써부터 이런 걱정을 할 필요는 없었다.

"아, 그런데 카일은 여기서 계속 이러고 있어도 돼?"

그가 이야기해준 상황만 보더라도 황자가 여기서 한가하게 있을 상황은 아닌 것 같은데. 실제로 하르페니언은 수아에게 얼굴도 비치기 힘들 만큼 바빴다. 하지만 카르니언은 태연하게 답했다.

"이게 지금 내 할 일이니까."

"응?"

"형님 명령이시거든. 너 잘 챙겨 먹이는 거."

그는 씩 웃었다. 꽤 즐거운 듯한 미소였다.

"누가 나에게 요리로 부탁을 했는데, 심지어 그 대상이 형님이라고. 당연히 제1순위지."

그는 금방이라도 눈을 반짝반짝 빛낼 기세였다. 수아는 방금 전까지 하던 생각을 잊은 채 풋 하고 웃었다.

"황자 전하가 그래도 돼?"

그는 어깨를 한 번 으쓱했다.

"솔직히 이번 일에서의 내 역할은 뭘 한다기보다는 시달리는 쪽이라. 그리고 내가 여기 종일 있는 것도 아니니, 큰 문제는 없어."

하긴 카르니언이 이곳에 있는 시간 자체는 길지 않았다. 고작해야 두어 시간 정도. 그 안에 모든 요리를 하고 간다는 것이 대단하다면 대단했다.

그는 프라이팬을 들고 다진 고기를 볶기 시작했다. 순식간에 맛있는 냄새가 부엌을 채웠다. 카르니언은 능숙하게 프라이팬을 든 손을 흔들며 이어 말했다.

"그리고 이것도 길지 않을 텐데. 너, 곧 형님이랑 떠나잖아?"

아무리 길게 잡아도 떠나는 날은 일주일 안이지 않겠냐고 물으며 카르니언은 한숨을 내쉬었다.

"좋겠다, 형님과 단둘이 여행이라……."

"음, 뭐……."

수아는 무의식적으로 목에 맨 이즈벳을 만지작거렸다. 하르페니언이 떠오르며 얼굴이 확 붉어졌다. 그런 수아를 보던 카르니언이 조금 톤을 바꿔 말했다.

"그래서, 나도 같이 가고 싶지만 무리겠지."

"어, 어?"

"현실적으로도 불가능하지만…… 가능하다고 해도 단둘의 여행을 방해한다며 형님 눈빛에 맞아 죽고 싶지 않으니까."

그 말에 수아의 표정이 더 붉어졌다. 시선을 돌리는 수아의 모습에 카르니언은 조금 더 짓궂게 웃었지만, 더 이상 무어라고 놀리지는 않았다. 일단 더 이야기하기엔 시간이 얼마 없었다.

곧 다진 고기에 소스를 넣어 버무리고, 샌드위치 속을 만들고, 다른 재료들과 짓이기는 등 세 가지로 조리를 마친 카르니언은 나머지도 순식간에 요리를 마무리 짓고는 뒤처리까지 끝냈다.

"그럼 오늘은 여기까지. 내일 또 올게."

"아, 응. 고생했어."

"뭘. 잘 챙겨 먹고. 아, 이 접시랑 저 접시에 있는 음식은 오븐에 꼭 데워 먹어야 해."

카르니언은 마지막까지 그렇게 몇몇 주의사항을 알려주고는, 아무래도 시간을 좀 지체했는지 잰걸음으로 부엌을 빠져나갔다. 수아는 그 뒷모습을 잠시 보고 있다가 완전히 시야에서 사라지자 작게 한숨을 내쉬었다.

하르페니언.

다시 한 번 그 이름을 떠올리자 심장이 쿵쿵 뛰기 시작했다. 어떠한 전조도 없이 다시 뺨에 홍조가 오르고 만다.

요 며칠은 정말 잠깐씩 얼굴을 보는 게 다였다. 그럼에도 별로 불안하지 않았던 것은 이제 계속 그가 옆에 있으리라는 확신이 있기 때문이었다. 이런 큰 사건이 있었음에도 그는 혼자 떠난다는 말을 하긴커녕, 오히려 자기 곁에 있으라며 목숨을 달라는 소리까지 했다. 그 말은 이제 수아가 온 힘을 다해 그를 잡고 있지 않아도 된다는 이야기였다.

대신 다른 문제가 생겨났다. 있는 힘을 다해 그를 무작정 잡아당기는 걸 그만두자 거기에 다른 생각이 들어찬 것이다.

그러니까 그가 얼마나 멋있나, 뭐 그런 것들.

농담이 아니었다. 아주 잠깐 얼굴을 보는 사이에도 심장이 미친 듯이 뛰었다. 새삼 더 반한다는 말이 무엇인지 알 수 있었다. 그전에도 어떻게 이런 감정을 느낄 수 있을까 싶을 만큼 그를 사랑한다고 생각했는데, 지금 느끼는 감정은 그 이상이었다. 전에는 어떻게 아무렇지도 않은 척 옆에서 이야기를 하고 그에게 매달렸는지 모르겠다. 자신을 바라보는 금색 눈동자만 봐도 숨이 막혀서 가만히 보고 있을 수가 없었다. 특히 커다란 손이라든가 넓은 어깨라든가 하는 표현이 왜 로맨스 소설에서 자주 나오는지 확실하게 깨달았다. 똑바로 그를 쳐다볼 수조차 없었다.

만나는 시간이 짧아 그나마 동요를 감출 수 있긴 했지만. 더구나…….

“하아.”

한숨이 절로 나왔다. 자꾸 마지막에 했던 포옹이, 입맞춤이 떠올랐다. 그때 선연히 느낀 것이 있었다. 이 사람은, 나를 가지고 싶어 한다. 말 그대로 머리끝부터 발끝까지 모두. 확실히 그는 「남자」였다.

그러니까.

'알도 키스 이상의 생각을 하겠지?'

지금 와서 이런 생각을 하는 것이 어처구니없을 만큼 당연한 것이었다. 하지만 실제로 수아는 그런 부분에 대해서 깊게 생각해본 적이 없었다. 그냥 하르페니언이 좋았고, 그가 옆에 있는 것이 좋을 뿐이었다.

그녀는 더할 나위 없이 붉어진 얼굴을 손으로 부채질했다. 성인 남성. 따지면 그녀와 다섯 살 이상 차이가 난다. 떠올려보면 여러모로 기미가 있긴 했다. 애초에 처음 키스한 것도 동의 없이 한 거고, 그 뒤로도……. 물론, 그녀가 거부하거나 망설이는 기미를 보이면 멈추긴 했지만, 계속 그러는 게 가능할까. 더구나 더 이상 그가 물러서지 않을 거라고 결심한 지금은.

수아는 어쩔 줄 모르는 기분이 되어 고개를 툭 떨어뜨렸다. 싫은 게 아니다. 싫은 건 아니지만…….

무서웠다.

그냥, 지금 관계였으면 좋겠다. 서로가 서로를 좋아하는, 놓을 수 없는, 옆에만 있어도 좋은. 하지만 지금 상태에서 멈출 수는 없는 거겠지. 영원히 지금 같을 수는 없을 것이다. 결국 관계는 세월과 함께 변할 수밖에 없다. 좋은 쪽으로든, 나쁜 쪽으로든.

지금도 알이 좋다. 말로 표현할 수 없을 만큼, 그를 사랑하고 또 사랑한다. 그의 모든 것이 오롯이 좋았다.

그녀를 보는 눈동자도, 목소리도, 부드럽게 쓰다듬는 그의 손도, 내쉬는 숨결 하나하나까지도. 그런데, 그렇게 된 후 여기서 더 좋아하게 되면 어떻게 되는 걸까. 그건 내가 아닌 것이 아닐까? 그에게 좋지 않은 쪽으로 집착하게 되는 게 아닐까?

그는 또 그녀를 어떻게 생각할까. 절대 그럴 리는 없겠지만, 정말, 아주 혹시나, 그녀에게 흥미를 잃게 되진 않을까? 어차피 저주가 풀리게 된다면 그의 유일한 여자는 그녀가 아니게 될 테니까.

문득 어떤 책에서 본 구절이 생각났다. 사랑에서는 짝사랑이 제일 편할 수도 있다고. 그냥 어떤 상황에서든 좋아하기만 하면 되니까. 꿈만 꾸면 되니까. 하지만 사귀기 시작하면 그건 현실이 된다고. 좋은 것도 있지만, 나쁜 것도 잔뜩 온다고.

자신이 너무 필요 이상으로 멀리 나가고 있다는 건 알았지만, 도대체 이 기분을 어떻게 진정시켜야 할지 모르겠다. 머릿속이 엉키고, 결국 뭐가 뭔지 모르게 되는 이 엉망인 감정을……. 이런 생각을 하는 자신이 싫었지만, 생각을 멈출 수가 없었다.

수아는 이즈벳 목걸이를 다시 한 번 쓸어내리면서 크게 한숨을 내쉬었다.

그날 저녁, 수아는 하르페니언에게서 떠나는 날을 들을 수 있었다. 이틀 후의 오후.

조금 급작스러운 감은 있었지만, 회궁으로 돌아온 이후에는 언제 출발해도 이상하지 않을 거라는 사실을 알고 있었기에 별로 당황하지는 않았다. 단지 정말 「떠난다」는 것 자체가 조금 싱숭생숭할 뿐이었다. 결과는 두 가지 중 하나일 테니까.

저주를 풀고 둘이 같이 돌아오든가, 아니면 회궁으로는 두 번 다시 돌아오지 못하든가.

내일은 아예 얼굴을 보지 못할 테니 모레 오후에 보자는 말을 남긴 하르페니언은 곧바로 돌아갔다. 식사를 끝나고 정리할 때쯤 하르페니언이 찾아오는 것을 당연하게 여기게 된 회궁 식구들이 그가 식당을 나서는 것을 확인하고는 수아에게 다가왔다.

"일손이 또 딸리겠네, 망할 년."

비에린느 부인이 빈정거리듯 말했다. 물론 수아는 이제 그런 그녀의 말이 정말 수아에게 유감이 있어서가 아니라는 걸 알고 있었다. 그래서 수아는 빙긋 웃으면서 답했다.

"죄송해요."

"아이고, 이 계집애 보게. 결국 황태자 전하를 모시는 건데 왜 사과를 해?"

옆에서 베슨이 그렇게 끼어들며 핀잔을 줬다.

"……잘 다녀와요."

루시는 순순하게 인사를 했다. 여전히 하르페니언을 볼 때는 그 눈에 공포심 가득한 빛을 띠었지만 단지 그뿐, 딱히 수아를 말리거나 하지는 않았다.

그 「황태자 전하」와 수아가 사귄다는 것을 안 후에도, 곧 같이 떠난다는 걸 안 후에도 태도 변화 없이 평소처럼 수아를 대해주는 사람들. 그에 대한 개인적인 생각이야 어쨌든, 수아에게는 거의 아무것도 묻지 않은 채 있는 그대로 상황을 받아들여 주는 사람들의 존재가 가슴이 찡할 만큼 고마웠다.

그 뒤로는 평소대로였다. 그릇을 모두 부엌으로 가져다 놓은 후 수아와 루시가 설거지를 하고는 마무리됐다.

다음 날도 특별한 일은 없었다.

회궁 식구들은 모두 그녀를 평소처럼 대했다. 단지 수아로서는 마지막으로 일을 정리할 하루를 얻은 셈이었다. 그녀는 미리 싸놓은 짐을 마차로 내보내고, 어제 카르니언이 해놓은 요리를 아침과 점심으로 챙겼다. 그리고 플로나와 아이린에게 각각 편지를 썼다.

어차피 떠나기 전에 다시 얼굴을 못 볼 거라고 예상하긴 했지만 막상 이렇게 되니 아무래도 섭섭했다. 둘도, 너무 섭섭하게 여기지 않아주면 좋을 텐데.

그 후로는 회궁을 한 바퀴 둘러보며 정리하고, 그녀가 나간 뒤에도 제대로 된 음식 재료가 올 수 있는지를 확인했다. 후원은 물론 정원에서도 그녀를 졸졸 따라다니며 원을 그리고 있는 렉스를 쓰다듬으며 특별히 커다란 고깃덩이를 다져서 주고, 살점이 잔뜩 붙은 뼈도 던져줬다. 커다란 하얀 개는 그녀가 다치고 돌아온 후부터 유독 그녀의 주변을 뺑뺑 돌았다. 저게 널 지켜주려고 하나 보다, 하고 베슨은 껄껄 웃었고 실제로 어떻든 수아는 그런 렉스가 귀여웠다. 수아는 마지막까지 최대한 렉스와 시간을 보내고, 다시 요리를 하러 온 카르니언과 적당히 이것저것 이야기를 나누고, 저녁 식사를 한 뒤 회궁에서의 마지막 밤을 보냈다.

그리고.

"알."

다음 날 오후, 따로 환송은 없었다. 어제 저녁 식사와 오늘 회궁 식구들에게 아침과 점심을 마지막으로 챙겨주면서 나눈 인사로 충분했다. 단지 렉스만이 후원에 서 있는 하르페니언 근처에서 낑낑거리고 있을 뿐이었다. 그는 몸을 숙여 렉스를 쓰다듬고 있다가 그녀의 발걸음 소리에 고개를 들었다.

검은색 후드가 달린 망토, 검은색 장갑, 검은색 옷, 눈 바로 밑까지 올려 쓴 검은 천. 그 사이에서 금빛 눈동자가 그녀에게 시선을 맞춰왔다.

"왔나."

"네."

마치 처음 만났을 때의 모습 같았다. 그때는 정말로 무서워서 숨이 막혔었는데 지금은 숨이 막힐 만큼 멋있어 보였다. 다시 한 번 가슴이 뛰었다. 심장 소리가, 맥박 소리가 귓가로 커다랗게 울렸다.

차마 그를 똑바로 쳐다볼 수가 없어 수아는 슬쩍 시선을 내렸다. 그러고 보니 단둘이 이렇게 만나는 건 정말 며칠 만이구나. 그 뒤로 처음이기도 했다. 수아는 정신없이 뛰는 가슴을 느끼며 새삼스레 이 사람이 자신의 「연인」이라는 사실을 다시 한 번 자각했다.

하르페니언은 수아의 태도를 어떻게 해석했는지 그 이상의 말을 하지 않고 정원 쪽으로 몸을 돌렸다. 수아도 그를 따라 걸었다.

마차는 정원에서 대기하고 있었다. 당연히 그 주변에는 아무도 없을 거라고 생각했던 예상을 깨고, 한 사람의 모습이 보였다. 수아는 마부 복장을 한 처음 보는 남자의 모습에 조금 당황했다.

꽤 젊어 보이는 마부는 새파랗게 질린 얼굴로 하르페니언을 향해 고개를 숙였다. 그리고 긴장한 동작으로 마차 문을 열어주려고 했으나, 하르페니언은 그를 손짓으로 물리고는 직접 문을 열고 수아에게 손을 내밀었다. 수아가 조심스레 그 손을 잡고 마차에 타자, 이내 하르페니언이 마차에 오르고 문이 닫혔다.

마차가 천천히 움직이기 시작했다. 마차 밖으로 흘러가는 풍경에 잠시 눈을 두던 수아는 다시 맞은편에 앉은 하르페니언에게로 시선을 옮겼다. 하지만 금색 눈이 그녀를 똑바로 바라보고 있는 것에 흠칫하고는 반사적으로 고개를 확 떨궜다. 침묵이 손에 잡힐 듯이 느껴졌다.

마차 안이 이렇게나 좁았나? 전에는 분명 누워 잘 수도 있을 정도로 안락하고 넓다고 생각했는데, 이 마차는 그때보다 더 고급이고 넓었음에도 어쩐지 비좁게만 느껴졌다. 느껴지는 건 덜컹거리는 흔들림과 바로 앞에 있는 하르페니언밖에 없었다.

생각해보면 문이 닫히면 마차는 일종의 밀실이다. 단둘이 있는, 좁디좁은 그런 공간. 지금 바로 수도 밖으로 나가는 것이 아니라는 건 들어서 알고 있었다. 외곽에 있는 하르페니언의 저택에 들러 하룻밤을 묵고, 내일 아침 일찍 수도 밖으로 빠져나간다고. 하지만 수도 안에서의 이동이라고 해도 다른 사람이 있을 줄은 생각도 하지 못했다. 그러니까, 하르페니언과 이렇게 둘이 마차 안에 있게 될 거라고는.

자신도 모르게 몸이 뻣뻣해졌다.

"수아."

먼저 침묵을 깬 것은 하르페니언이었다. 수아는 화들짝 놀라 그를 쳐다보았다.

"네?"

"보고 싶었다."

다정한 목소리에 뺨이 훅 달아올랐다.

"단지 그동안 너무 바빠서……. 일부러 그대를 방치한 건, 아닌데……."

그리고 그제야, 수아는 하르페니언도 그녀만큼 긴장하고 있다는 걸 깨달았다. 그는 몇 번이나 말을 고르는 듯 입을 움찔거리며 조심스레 이어 말했다.

"……화났나."

평소의 수아라면 그에게 매달리듯 다가가 계속 재잘거렸을 터였다. 하지만 그러기는커녕 오히려 주저하는 듯한 모습이니 당연히 하르페니언이 이상하게 여길 수밖에 없었다.

수아는 급히 고개를 저였다.

"아뇨, 그게 아니라……."

금빛 눈동자 안에 깃든 불안함이 보였다. 싫었다. 그가 불안해할 일은, 그가 흔들릴 만한 일은 너무나도 많으니까. 그러니까 최소한 자신의 일로 이런 표정을 짓게 하고 싶진 않았다.

"그냥……."

그녀의 말에 그가 바짝 신경을 집중하는 게 느껴졌다. 하지만 수아는 이 뒤로 무슨 말을 이어야 할지 잘 떠오르지가 않았다. 솔직하게 말한다 하더라도 표현이 애매했다. 갑자기 관계가 너무 깊어지는 게 무서웠어요? 알이 너무 잘생긴 걸 새삼 자각해서 그랬어요? 혹은 알이 저주가 풀리면 저에 대한 마음이 식을까 봐 불안했어요? 뭘 말해도 온건하게 들리지가 않을 것 같았다.

"그러니까, 그냥…… 어. 긴장해서 그랬어요. 두근거려서."

하지만 시간을 끌어봤자 악화될 뿐이라, 수아는 일단 나오는 대로 말했다. 그리고 말하고 보니까 딱히 거짓말도 아니었다. 한번 말이 나오니 조금 긴장이 풀렸다. 다음 말은 더 쉬웠다.

"이렇게 천천히, 둘이서만 같이 있는 건 오래간만이잖아요. 저도 알 보고 싶었어요."

진심이기도 했다.

그 말에 하르페니언의 경직이 눈에 띄게 풀어지는 것이 보였다. 그 모습이 미안하기도 하고, 귀여워 보이기도 해서 수아는 빙긋 미소를 지었다.

"처음부터 잘 못 볼 거라고 이야기해줬잖아요. 겨우 그런 걸로 화 안 내요. 음, 다른 여자랑 바람피운 게 아닌 이상?"

"설마."

하르페니언도 그제야 피식 미소를 지었다. 그 안도하는 모습에 수아는 비로소 여유를 가지고 그를 바라볼 수 있었다.

확실히 더 멋있어졌어.

가슴이 다시 뛰었다. 아까와 같은 숨도 쉬지 못할 정도는 아니었다. 설레는 느낌과 비슷한 그런 두근거림이었다.

“몸은 좀 괜찮나.”

“네, 여관 일도 계속 했는걸요. 알이야말로 식사는 좀 챙겨 먹으면서 일했어요?”

“카일 녀석이 있었으니까.”

“아.”

하긴, 아무리 하르페니언이 그녀의 식사만 부탁했다 하더라도, 카르니언이 식사를 챙겨주는 대상에서 「형님」을 제외했을 리가 없었다. 필사적으로 따라다니면서 하나라도 더 먹이려고 했겠지. 조금 안심이 되는 동시에 카르니언이 조금 걱정됐다. 아무리 그래도 황자 전하인데, 정말 그렇게 부려먹어도 됐던 걸까.

“카일에게 제 식사도 챙기라고 부탁했다면서요? 덕분에 세 끼 풍족하게 먹긴 했는데……. 바빴겠네.”

그러고 보니 오늘은 얼굴도 보이지 않았다. 물론 어제 인사를 하긴 했지만, 한동안 못 볼 텐데 얼굴은 비춰주지. 그동안 너무 힘들어서 드디어 해방이다! 이런 건가?

"수아."

"네?"

"간신히 이제 둘이 됐는데, 그렇게 다른 남자를 신경 쓰는 모습은……."

"네? 그게 무슨……."

다른 남자라니, 그러니까 그거 카일 이야기? 수아는 반사적으로 입을 살짝 벌렸다.

"카일요?"

하르페니언은 입을 여는 대신 살짝 미간을 찌푸렸다. 거의 미세하기까지 한 변화였지만 그것만으로도 충분했다.

풋, 웃음이 나왔다. 여전히 동생을 신경 쓰는 그의 모습이 당황스럽기도 했지만 그 이상으로 안도가 든 까닭이었다. 수아가 차마 크게 소리도 내지 못하고 쿡쿡거리며 웃자 하르페니언은 조금 불퉁한 목소리로 말했다.

"웃긴가."

"푸훗, 아뇨, 그게……."

그렇게 웃고 있는 사이, 마차가 멈췄다. 황궁에서 저택까지는 그다지 먼 거리가 아니긴 했지만, 정말 금방이었다.

하르페니언이 먼저 마차에서 내려 수아를 내리도록 도와주었다. 하지만 그녀가 마차에서 완전히 내린 이후에도 하르페니언은 수아의 손을 놓지 않았다.

수아가 눈을 동그랗게 뜨고 그를 바라보았지만, 그는 시선을 피한 채 그녀의 손을 계속 잡고 있을 뿐이었다. 수아는 부드럽게 미소 지으며 그런 그의 손을 살짝, 그렇지만 힘을 주어 꼭 마주잡았다.

마차가 선 곳은 저택의 정원이었다. 봄꽃은 거의 진 후였고 여름 꽃들이 조금씩 피어나고 있었다. 익숙한 모습인 동시에 약간은 낯설었다. 기억과 대부분 비슷했지만 아무래도 세부적으로 다른 부분이 눈에 띄었기 때문이리라.

겨우 하루 묵었던 곳. 하지만 계속해서 그리고 또 그렸던 장소였다. 이곳에서 하르페니언과 헤어졌기에, 그리하여 돌아오면 그를 다시 만날 수 있을 거라 생각했기에. 이곳을 찾아오고 싶었지만 리노체스 부인이나 루펜은 장소를 알려주지 않았다.

"오셨습니까."

초로의 집사가 고개를 숙였다. 역시 기억에 있는 이였다.

"그라냣."

하르페니언이 그의 이름을 불렀다. 그러고는 수아에게 시선을 돌렸다.

"한 번 만난 적이 있었지."

"네. 그라냣이라고 해요?"

"그렇습니다, 아가씨."

집사가 수아에게도 고개를 숙이며 답했다.

그 어투에서 느껴지는 것은 분명한 호의였다. 그러고는 자신의 뒤에 잔뜩 긴장하며 서 있는 소년을 수아에게 소개했다.

"여기는 셴입니다. 혹시 외부로 심부름시킬 일이 있으면 찾아주시면 됩니다."

"아, 안녕하십니까!"

심부름꾼 소년 셴이 긴장하며 인사했다. 아직 어린 소년인 그는 표정을 숨기는 것에 익숙지 않았고, 그래서 전에는 제국어로 대화하는 것이 불가능했던 수아가 제대로 이곳의 말을 하는 것이 신기하다는 감정이 표정에 그대로 드러나 있었다. 수아는 그런 반응이 꽤 재미있어 한 번 빙긋 웃어주었다.

"루펜은?"

"도착해서 기다리고 계십니다. 리노체스 부인도 함께 오셨습니다."

그 의외의 소리에 수아는 조금 놀랐다. 그러고 보니 둘과는 딱히 인사를 하지 않긴 했다.

"카일은?"

"황자 전하께선 부엌에 계십니다."

"네?"

하지만 그 소리에는 더 놀랐다. 수아가 저도 모르게 반문하자 그라났은 조금 더 구체적으로 답했다.

"새벽에 도착하셔서, 계속 그 안에 계십니다."

어쩐지 얼굴을 안 비쳤다 했더니, 그냥 처음부터 여기에 있었던 모양이었다. 아니, 그보다 새벽? 부엌에 계속? 무슨 만한전석이라도 차리려고?

하르페니언은 수아의 손을 조금 더 강하게 잡으며 자연스럽게 그라낫에게 말했다.

"자네가 정신없겠군."

"이 저택에 이렇게나 사람이 많은 건 처음이니까요. 그래도, 가끔은 이런 분위기도 좋겠지요. 마침 저녁 만찬 준비가 완료되었으니, 바로 식당으로 가시지요."

저택 안으로 들어서자 안 또한 그녀의 기억과 굉장히 비슷했다. 단지 당시에는 으리으리하게 느껴졌는데, 지금은 깔끔하고 단아한 곳 정도로 인식되는 것이 다를 뿐이었다. 그리고 하르페니언의 험담을 하던 황궁 하녀 둘 대신에 리노체스 저택의 하녀들이 있었고, 모든 사람과 말이 통했다.

"어서 오십시오."

식당 앞에서 장난스럽게 웃으며 사람들을 맞은 카르니언은 황실의 창고를 아예 털어 왔다며 즐겁게 웃었다. 확실히 저녁 메뉴는 수아가 이제까지 이 세계에서 먹었던 음식들 중 가장 화려하고, 독특하고, 다양했다. 뭐가 뭔지 도무지 짐작도 할 수 없는 음식도 보였다.

루펜과 리노체스 부인은 요리하는 카르니언에게 익숙하지

않았기에, 아니 사실 이렇게 본격적으로 직접 요리를 하리라고는 생각도 못 하고 있었기에 매우 당황했고, 그다음으로는 황자가 손수 만든 요리를 먹어야 한다는 사실에 매우 난감해했다. 그랬기에 식사를 시작할 때의 분위기는 어색하기 짝이 없었다.

하지만 음식을 조금씩 먹기 시작하면서 분위기는 점점 풀려가기 시작했다.

맛있다.

처음에는 무슨 맛인지도 모른 채 먹던 루펜과 리노체스 부인의 표정이 점점 변해갔다. 그건 수아도 마찬가지였다. 물론 그의 솜씨를 알고는 있었지만, 충분한 시간과 재료를 들여 한 요리는 차원이 달랐다. 모두가 결코 예의로만은 보이지 않는 모습으로 카르니언의 요리 솜씨에 대해 찬탄을 표했고, 카르니언은 즐거운 듯 웃었다.

수아는 먹을 수 있는 한계까지 먹었고, 심지어 하르페니언조차 그녀가 본 것 중 가장 많은 양의 음식을 먹었다. 결국 식사가 끝났을 때, 과한 정도가 아니라 사람 대비 심각하게 양이 많았던 음식은 상당히 줄어 있었다.

정말 목까지 음식이 찬 기분이었다. 그건 수아만의 감각이 아니었는지, 이어진 티타임에서는 아무도 디저트에 손을 대지 않았다.

꼭 그래서는 아니겠지만 티타임은 꽤 일찍 끝났다. 이야기도 딱히 잘 다녀오라는 송별의 말과 그 외 잡담 몇 가지밖에 없었는데, 아무래도 내일 아침 출발하는 둘에게 미리 인사를 하기 위해 마련된 자리이기 때문인 것 같았다.

하르페니언에게 충정 어린 신하로서의 교본과 같은 인사를 한 루펜은 수아에게 시선을 돌려, 잘 부탁한다는 딱 한마디만을 했다. 주어는 없었지만 누구를 뜻하는 것인지 모를 리가 없었다. 리노체스 부인은 하르페니언에게 공손히 인사한 뒤, 수아에게 잘 다녀오라며 그녀를 꼭 껴안았다.

단지, 카르니언만이 상큼하게 인사를 던졌다.

"내일 봐."

"내일?"

"그럼 가보겠습니다, 형님."

카르니언은 수아의 말에 대답하지 않고 몸을 돌렸다. 내일도 올 생각인가. 형님 사랑도 참 지극하다.

셋이 돌아가자 저택 안은 놀랄 만큼 조용해졌다. 하르페니언과 수아도 서로 잘 자라는 인사를 나눈 후 각자의 방으로 돌아갔다. 꽤 피곤했다.

아무래도 너무 먹었다고 후회하던 참이었다. 밤이 깊어가다 못해 이제 새벽이라고 볼 수 있는 시간인데도, 수아는 잠들지 못하고 깨어 있었으니까. 꽤 피곤했지만 포만감이라는 건 쉽게 무시할 수가 없는 존재였다. 심지어 눕는 것조차 무서워 수아는 그냥 협탁 위에 램프를 켜놓고 침대에 앉아 책을 읽었다. 그러다 이제 슬슬 잠들어야 하지 않을까 싶은 생각이 들 때, 노크 소리가 들렸다.

"어? 누구?"

혹시 잘못 들었나 싶어 반문했지만, 이내 대답이 들려왔다.

"수아."

익숙한 목소리였다. 수아는 당황해 직접 달려가 문을 열었다. 밖에 서 있는 것은 정말로 하르페니언이었다.

"알?"

새벽 두 시에 가까운 시간이었다. 수아가 잠옷에 숄을 두르고 있는 모습인 것처럼, 그 또한 당장에라도 잠자리에 들 것처럼 가벼운 차림이었다. 검은색 일색이 아닌 얇은 셔츠 한 장만 입은 하르페니언의 모습은 상당히 오랜만이었다. 아직 이 세계에 온 지 얼마 되지 않았을 무렵, 말을 배우기 위해 여관에서 그의 방문을 두드렸을 때 입고 있던「잠옷」. 목을 완전히 가리지 않고 있어 쇄골 사이를 타고 내려가는 붉은색 문신이 살짝 보였다. 평소와는 완전히 분위기가 달랐다.

"들어가도 되나."

"어……. 네, 음, 네."

수아는 당황하며 뒤로 한 걸음 물러섰다. 하르페니언은 곧바로 방 안에 들어와 문을 닫았다. 철컥, 문 닫히는 소리가 유난히 크게 들렸다.

수아는 하르페니언에게 보이지 않게 속으로 심호흡을 했다. 오늘 아침, 마차에 타기 전의 긴장이 되살아나는 느낌이었다. 그가 이렇게 수아의 방으로 찾아온 것은 거의 없던 일이었다. 처음, 그녀에게 옷을 전해주러 들어왔을 때 외에는 한 번도. 최소한 그녀가 알기엔 그러했다.

"아직 깨어 있었군."

"책을 좀 읽느라고요……. 알이야말로 안 잤어요?"

수아는 어색하게 미소 지으며 물었다. 하지만 그 대답에 그녀는 정말 진심으로 웃어버렸다.

"배가 불러서."

따지면 오늘 저녁 식사에 참여한 사람들은 모두 같은 증상을 느끼고 있지 않을까 싶었다. 아니, 보통 음식이 남으면 고용인들에게도 돌아가니 이 저택의 모두는 잠을 이루지 못하고 있지 않을까.

"그러게요. 정말 그 음식은 너무했어요."

"맛있지 않았나?"

"고문이라고요. 배는 부른데 눈앞에는 아직 맛도 못 본 음식이 잔뜩."

그건 그렇다는 듯 하르페니언은 살짝 고개를 끄덕였다.

"그나저나 정말 무슨 일이에요? 일단 의자에 앉……."

수아가 그에게 자리를 권하며 테이블 쪽으로 몸을 돌렸다. 동시에, 뒤에서 그녀를 잡는 손이 느껴지는가 싶더니 다음 순간 수아는 그의 품 안으로 들어가 있었다. 하르페니언이 뒤에서 그녀를 끌어안은 것이다.

어찌나 놀랐던지 목소리가 나오지 않았다. 그다지 강한 힘도 아니고, 그저 매달리듯 양팔로 그녀의 어깨를 가볍게 두르듯 껴안은 것뿐인데도 꼼짝할 수가 없었다.

"아, 알?"

"……이제, 그렇게 불러주는 건 그대뿐이군."

그가 그녀의 어깨에 얼굴을 묻었다. 얇은 천 너머로 닿는 그 느낌에 수아는 흠칫 몸을 떨었다. 뜨거웠다.

"보고 싶었어, 정말로."

"보, 보고 있잖아요……?"

"더."

그가 말을 할 때마다 입술의 움직임이 그대로 어깨에서 느껴졌다. 간지럽기도 하고 부끄럽기도 해서 어떻게든 이 자세에서 벗어나고 싶었지만, 차마 하르페니언을 뿌리칠 수 없었다.

"수아."

그는 다정하게 그녀의 이름을 부르며 쇄골 쪽에 입을 맞췄다. 그 느낌에 수아는 다시 한 번 움찔 몸을 떨었다. 동시에 머릿속에 빨간 불이 켜졌다. 그러니까, 어, 지금 이거…….

확, 뺨에 불이 올랐다. 뺨만이 아니었다. 귓불까지 열기가 올라간 것이 느껴졌다. 어깨를 감싸고 있던 하르페니언의 팔 하나가 조금 내려가는가 싶더니 이내 그녀의 허리를 단단하게 휘감았다.

"수아."

그가 다시 한 번 그녀의 이름을 불렀다. 확, 그의 입술이 닿은 자리마다, 그의 손이 닿은 자리마다 열이 올랐다. 둘 다 옷이 너무 얇았다. 얇은 천 너머로 체온은 물론 맥박이 뛰는 것까지 모두 느껴질 정도였다. 머리가 아찔했다. 뭘 어떻게 해야 할지를 몰랐다.

싫은 건 아니다. 싫은 건 아니지만……. 달콤하고, 간지럽고, 상대는 더할 나위 없이 사랑하는 사람이다.

그와 가까워지는 기분이 드는 것도 좋다. 하지만 자신이 아닌 것 같아지는 느낌이, 묘한 미지의 감각이 무서웠다.

그래, 싫은 게 아니니까, 단지 그것뿐이니까 상관없을 거다. 그냥 단지, 처음이라 무서워서. 그뿐이다. 하르페니언은 성인 남자고, 이제까지 많이 참아왔다. 그러니까 여기서 거부하는 것은 잔인한 일이다. 조금만 참으면, 괜찮아지겠지. 그러니까……. 그렇게 마음먹었을 때였다.

“그렇게 긴장하지 않아도 돼.”

하르페니언이 귓가에서 나지막하게 속삭였다. 허리를 감지 않은 다른 손이 올라와 그녀의 뺨을 천천히 쓰다듬었다.

“그대가 싫어하는 건, 하지 않으니까.”

“시, 싫지 않아요.”

그 소리에 그녀의 뺨을 쓰다듬는 손이 그대로 멈췄다.

“싫은 게…… 아니라. 그, 괜찮아요. 전…….”

목소리가 스스로 듣기에도 꽤 떨려 나왔다. 뻣뻣하게 경직된 몸을 어떻게 할 수가 없었다. 하르페니언은 수아의 대답에 잠시 침묵하더니, 이내 작게 말했다.

“그런가.”

몸이 들리는 것은 순식간이었다. 수아는 자신이 딱히 가볍다고 생각한 적이 없었는데, 하르페니언은 정말 아무렇지도 않게 그녀를 안아 올렸다.

너무 순식간에 일어난 일이라 아무런 소리도 낼 수 없었다. 정신을 차리기도 전에 부드러운 충격이 몸을 덮쳤다. 침대였다. 그리고 수아가 그 상황을 채 파악하기도 전에 바로 하르페니언이 그녀의 몸을 덮었다. 그녀의 위에서 내려다보는 황금빛 눈동자가, 램프 하나만이 켜진 어두운 방 안에서도 빛을 받아 돌았다.

괜찮다고 말한 건 자신이었다. 그러니까, 이 상황도 괜찮아야 하는데……. 그의 손이 다시 한 번 그녀의 얼굴을 쓰다듬었다. 맞닿은 몸에서 열기가 피어오른다. 수아는 그만 눈을 질끈 감았다. 그렇게 뺨에 그의 숨결이 와 닿고, 그리고.

"아무 짓도 안 해."

그런 소리가 들렸다.

수아는 눈을 떴다. 바로 앞에 일렁이는 황금빛 눈동자가 그녀를 똑바로 바라보고 있었다. 그 눈은 웃고 있었다. 하르페니언이 이렇게 여유 있는 느낌으로 웃고 있는 건 정말로 처음 봤다.

"알?"

"싫은 거지? 그렇게 굳어 있으면서, 억지로 괜찮다고 말할 필요는 없어."

"아, 아니에요. 알이 싫은 게 아니라……."

"알아. 내가 싫은 건 아니겠지."

조곤한 목소리였다.

"하지만 서두를 필요도 없어, 수아."

그는 가볍게 그녀의 입술에 입을 맞췄다. 그리고 몸을 일으켰다. 수아는 잠시 멍하니 누워 있다가 재빨리 몸을 일으켰다. 그 모습을 보며 하르페니언은 더욱 깊은 미소를 띠었다. 그런 여유 있는 모습이 낯설면서도 익숙했다. 「어른」. 하르페니언과 사귀기 전에 생각했던 그의 모습이었다.

"저는……."

뒷말이 이어지지 않았다. 뭔가 말을 해야 할 것 같은데, 무슨 말을 해야 할지 모르겠다. 뭔가 감정이 엉켰다. 미안하면서도 고맙고, 초조하면서도 안도가 되는.

"억지로 나에게 맞추지 않아도 돼."

그래, 알아채지 못하는 것이 더 이상하다. 뻣뻣하게 굳어 심호흡을 하며 참는다는 생각을 하고 있던 그녀의 모습을, 왜 하르페니언이 모르리라 생각했을까.

"하, 하지만 알은…… 참는 거잖아요. 저 때문에 괜히……."

"마찬가지잖나. 이대로 간다면 참는 건 그대가 되겠지."

이런 상황을 상상해본 적이 있었다. 그때 수아는 하르페니언이 분명 화를 낼 거라고 생각했다. 하지만 지금 그의 목소리에는 조금의 짜증도 조급함도 없었다.

"수아. 난 결코 다른 사람과는 함께 살아갈 수 없는 존재라고 생각했어. 그래서 언제나 궁금했지. 난 왜 태어난 걸까, 내 존재란 애초에 무슨 의미가 있던 걸까. 왜, 나는 목숨을 이어가고 있는 걸까. 그렇지만 그대를 만나고 처음으로, 그런 의문을 가지지 않게 됐어."

그는 미소를 지었다. 마치 열 살 소년 같은, 그런 순수한 웃음이었다.

"그대가 있고, 목소리를 듣고, 웃음을 보는 그런 순간들이 견딜 수 없을 정도로 기뻤다. 아니, 그대가 눈앞에 없다 해도 같은 하늘 아래 있다는 것만으로도 충분했지. 더 이상 숨 쉬는 것에 대해 고민하지 않아도, 살아 있어야만 하는 의미를 생각하지 않아도 됐어. 목숨이 이어지지 않으면 더 이상 그대를 볼 수 없으니까."

부드러운 목소리로, 그는 단언했다.

"그러니까, 수아. 이미 나는 그대의 옆에 있는 것만으로도 충분히 내 욕심을 채우고 있어."

그는 손을 뻗어, 그를 바라보고 있는 수아의 뺨을 조심스레 쓰다듬었다. 더없이 소중한 것을 어루만지는 손길이었다.

"그러니 나를 배려한다는 이유로 후회할 만한 선택은 하지마. 그대는 이미 모든 세계를 한 번 빼앗겼으니까, 오로지 그대만을 위해 살아도 돼. 나에게도 그대가 상처 받는 게 그 무엇보다도 견딜 수 없는 일이 될 테니까."

"알, 저는……."

수아는 하르페니언의 손 위에 자신의 손을 겹쳤다.

"고마워요. 저는 그…… 제가 알을 사랑하니까…… 정말로 소중하니까, 그러니까 알이 원하는 대로 했으면 좋겠……다고 생각했는데……."

"나도 그래. 그대가 원하는 대로 했으면 좋겠어."

그러고는 큼, 하고 작게 헛기침을 했다.

"물론…… 내가 처음에 약간 그랬긴 하지만……."

"처음?"

"그, 음. 강압적으로…… 그……."

아. 뭘 말하는지를 알자 수아는 살짝 시선을 내리깔았다. 처음, 배에서의 키스.

"그 뒤로도, 그다지 온건하게…… 행동하진 못했고."

하르페니언도 좀 민망한지 말을 잠깐 멈췄다가 이어 말했다.

"초조했어. 그대가 나를 떠날까 봐. 동시에 그대가 내 곁에 있는 것이 좋지 않다는 걸 알기에 잡으면 안 된다고 생각했어. 그 모순이 나를 잠식했지. 머리로는 그대를 떠나는 것이 가장 좋은 방법이라는 걸 알았지만, 절대 그러고 싶지 않았으니까. 또, 그대가 나에게 마음을 줄 거라고는…… 전혀 생각하지 않았고."

그 초조함은 끝까지 억눌러지지 않았다. 결국 수아에게 손을 뻗는 것으로 나타났다. 불안하고, 또 불안했기에. 물론 결국 다 변명에 지나지 않는 말이다.

"그대는 내가 사과하는 걸 싫어하지만……. 그래도 이건, 확실히 내 잘못이니까. 결국 그대를 불안하게 했지."

"아뇨, 전……."

아니라는 소리가 나오지 않았다. 입을 뻐끔거리고 있는 수아에게 하르페니언이 다정하게 웃었다.

"그러니 내키지 않는다면 말해줘. 그대가 거부한다고 해서 나 자체를 거부하는 것이 아니라는 것 정도는, 알고 있으니까. 너무 서두를 필요도 없고. 어차피 내 저주는 그대가 풀어줄 거잖아? 그렇게 되면 시간은 많지."

울컥, 눈물이 나올 것 같았다.

수아는 하르페니언과 닿은 손에 꼭 힘을 주었다. 그는 한 번 더 그녀의 뺨을 쓰다듬더니, 조심스러운 동작으로 그녀에게 몸을 숙였다. 수아는 하르페니언의 얼굴이 다가오는 걸 보면서 눈을 감았다.

입술이 겹치고, 깊고 부드러운 키스가 이어졌다.

"읏, 음, 으응……."

하르페니언은 평소보다 더 천천히 그녀의 입안을 훑었다. 이제는 제법 익숙해진 감각이었지만 여전히 머리가 어질어질했다.

입술이 떨어지고, 하르페니언은 수아를 더욱 품으로 끌어당겼다. 그녀는 그에게 기댄 채 숨을 가다듬었다.

"수아. 음……."

"네?"

"아니, 그…… 조금 말도 안 되는 소리지만."

"뭔데요?"

방금 전까지만 해도 달변으로 말했다는 것이 믿을 수 없을 정도로 더듬거리는 모습이었다. 그녀가 고개를 들어 시선을 맞추자 그는 곤란하다는 듯이 말했다.

"조금만 더, 여기에 있으면 안 될까."

여기에 있겠다고? 수아는 그 말이 무슨 뜻인지 생각하며 몇 번 눈을 깜박였다. 그러자 하르페니언이 확 얼굴을 붉히며 변명하듯 말했다.

"별로, 이상한 뜻이 아니라……. 물론 이 밤에 그대의 방에 온 것부터가 잘못된 거긴 하지만, 그냥 조금만 더 같이 있고 싶……. 아니, 역시 무리한……."

"새삼 뭐예요."

수아가 그에게 더욱 몸을 기댔다.

"이상한 뜻이 아닌 건 당연히 알아요. 저도 알과 더 있고 싶기도 하고……."

방금 그렇게 말을 해놓곤, 다른 뜻이 있을 리가 없었다.

"믿어요."

그 말에 하르페니언의 귀가 붉어지는 것이 보였다.

테이블로 돌아갈까 싶기도 했지만, 지금 서로 맞닿아 있는 이 느낌이 좋았다. 결국 하르페니언이 수아의 허리에 팔을 두른 채로 침대 머리에 반 정도 몸을 기댄 자세가 됐다. 이대로 조금만 더 이야기하다가 방으로 돌아가면 될 거라고 생각했다. 그녀는 하르페니언의 가슴에 머리를 묻었고, 그는 양손을 깍지 낀 채 그 팔 안에 수아를 가두듯 안았다. 귀로 하르페니언의 두근거리는 심장 소리가 들려왔다.

그 뒤 이야기는 특별할 것이 없었다. 그저 그의 목소리를 들어 좋았다. 소곤거리는 말투가, 어둑한 방 안이, 얇은 천을 통해 전해지는 체온이 마치 현실이 아닌 것 같았다. 그러다 문득 정신을 차리니 하르페니언은 침대 머리에 몸을 기댄 채 그대로 잠들어 있었다.

'피곤했나?'

생각해보니 잠든 그의 모습은 처음 보는 것 같아, 수아는 한참이나 그의 얼굴을 바라보았다. 그리고 계속 올려다봐 목이 슬슬 아파질 때쯤, 일단 품 안에서 벗어나야겠다는 생각으로 몸을 일으키려고 했다.

하지만 그 순간.

"꺅?!"

하르페니언이 더욱 그녀를 강하게 껴안으며 몸을 웅크렸다. 그 움직임에 몸이 완전히 침대로 떨어졌고, 그럼에도 그는 잠이 깨지 않은 듯 더욱 깊게 그녀를 품었다.

한 팔은 그녀의 허리를, 그리고 다른 한 팔은 그녀의 어깨와 목을 단단히 잡고 있어 고개도 돌릴 수가 없었다. 바로 눈앞에 하르페니언의 얼굴이 보였다.

"자, 잠깐만요, 알. 알?"

하지만 대답은 없었다. 그는 그녀를 꼭 껴안고 새근새근 잠들어 있었다. 수아는 그 소년 같은 얼굴을 잠시 멍하니 올려다보다 곧 정신을 차렸다. 그러고는 빠져나오려고 했지만, 수아가 움직이면 움직일수록 오히려 그의 팔이 그녀를 옥죄어왔다.

"알."

대답은 여전히 없었다. 수아는 한숨을 쉬면서 빠져나오려던 걸 그만뒀다. 정말 피곤했나 봐.

"하르페니언."

수아는 그의 풀네임을 조용히 불러보며 그나마 자유로운 한 손으로 그의 머리카락을 쓸어내렸다. 가슴이 세차게 뛴다.

'음, 뭔가 엉큼한 짓이라도 하는 것 같은 기분인데.'

여기서 눈을 떠버리면 진짜 심장이 멈춰버릴지도 모른다.

수아는 천천히 그의 머리카락을 쓰다듬어보고, 감은 눈과 뺨을 어루만져보았다. 혹시라도 깰까 봐 손가락 끝으로 건드리는 정도였지만 그것만으로도 충분히 스릴이 넘쳤다. 그러다, 수아는 어지러운 무늬의 붉은색 문신을 뚫어져라 쳐다보았다.

'넌 나를 죽이지 않는구나.'

왜일까. 아니, 이유는 필요 없었다. 수아는 그냥 지금은 그 사실에 감사해 하기로 했다.

수아는 계속 그렇게 그를 바라보다가, 일단 자려고 눈을 감았다. 내일 오전 출발, 내일 오전 출발. 응.

하지만 바로 눈앞에 연인이 자고 있는데 쉽게 잠이 올 리가 없었다. 눈을 감았다가도 가슴이 두근거려서 눈을 뜨면 하르페니언의 얼굴이 바로 보였고, 그러면 다시 뺨을 확 붉히며 멍하니 그를 바라볼 수밖에 없었다. 그러다 힘겹게 눈을 감으면 곧 견딜 수가 없어 다시 눈을 뜨는 일이 반복됐다.

결국 수아가 간신히 잠든 것은 늦은 새벽녘이었다.

No. 11
Episode

그대와 함께

따스하고 편안했다. 하르페니언은 정말 간만에 숙면을 취했다고 생각하며 조금 더 깊이 침대로 파고들었다. 오늘따라 이불이 부드러웠다. 따뜻했고, 두근거리는 맥박과 심장 박동이…… 심장 박동? 그는 눈을 떴다. 그리고 바로 눈앞에 수아가 있는 걸 보고 자신이 꿈속에 있는 거라고 생각했다. 그래서 한동안 멍하니 그녀를 보고 있었지만 이상하게도 잠에서 깨질 않았다. 수아는 여전히 눈앞에 있었다.

'음?'

꿈이…… 아냐? 기겁한 그는 곧바로 침대에서 일어나려고 했지만, 수아가 그의 품 안 깊숙이 있는 상태였기에 잘못하다가는 그녀가 깨어나 버릴 것 같았다.

하르페니언은 거의 숨을 멈춘 채 조심스럽게 끌어안고 있던 그녀를 놓아주었다.

'맙소사.'

머리가 아찔했다. 분명 잠깐만 있다가 방으로 돌아간다는 약속이었는데, 그대로 잠들어버렸던 모양이다. 분명 요즘 일을 좀 처리한다고 잠을 설치긴 했지만 스스로 믿어지지 않을 만큼 긴장을 풀어버렸구나 싶었다.

하르페니언은 간신히 수아를 침대에 눕히고는 몸을 반 정도 일으켰다. 다행히 그녀는 깨지 않았고, 그는 그제야 가슴을 쓸어내리면서 잠들어 있는 그녀를 내려다보았다.

수아.

그는 차마 소리를 내지 못하고 입 모양만으로 그녀의 이름을 불렀다. 그것만으로도 가슴이 벅차올랐다. 사랑한다는 말만으로는 이 감정을 다 표현하지 못하리라.

수아.

그는 다시 한 번 속으로 중얼거렸다.

그녀와 함께 있는 것이 좋았다. 더구나 한 침대에서 맞는 아침이라니 이런 실수가 아니라면 언감생심 바랄 수도 없는 일이었다.

아니, 방법이 하나 있긴 했다.

혼인.

당연히 바랄 수 없는 일이었다. 그 단어를 떠올리는 것만으로도 수아에게 죄를 짓는 기분이 들었다. 그래서 수아가 이따금 실수로 그 단어를 꺼낼 때도 듣지 못한 척했다.

그러나 왜 원하지 않을까. 가능하다면 아내라는 이름으로 묶어놓고 싶은 것을. 매일 아침 이렇게 곁에 있는 것이 당연해지고, 이렇게 잠든 그녀를 볼 수 있는 특권이 일상이 된다면…….

어젯밤 커튼을 치지 않았는지 창밖에서 새벽빛이 새어 들어오고 있었다. 그 빛과 아직도 꺼지지 않은 램프의 빛이 합쳐져 비치는 수아의 모습은 어제 잠들기 전과는 사뭇 달랐다.

목덜미가 파인 얇은 잠옷은 심하게 자극적이었다. 특히 지금 그가 바라보고 있는 각도에서는 둥글게 부풀어 오른 가슴 윗부분이 슬쩍 드러나 보였다. 본디 무릎 밑에까지 오는 짧은 치마는 잠결에 뒤척여서인지 한 뼘 정도 아슬아슬하게 더 올라와 있었다.

꿀꺽. 하르페니언은 저도 모르게 한 번 침을 삼켰다.

이불을 덮어주고 방을 나서야 한다고 생각했다. 하지만 그럴 수가 없었다. 아니, 그러고 싶지 않았다. 그는 스스로가 파렴치하다고 생각하면서도 천천히 수아의 뺨에 손을 가져갔다. 부드럽고 탄력 있는 피부가 손가락 끝으로 느껴졌다.

간밤에는 잘도 손대지 않겠다고, 기다리겠다고 떠들어댈 수 있었다고 생각했다. 물론 그 말은 진심이었다.

무슨 핑계를 붙인다고 해도 억지로 밀어붙이는 짓만은 하고 싶지 않았다. 그녀의 웃는 얼굴을 망치고 싶지 않았다.

그렇지만…… 조금은 괜찮지 않을까. 아직 그녀가 깨어나기 전이니까, 조금만.

머리로는 멋대로의 합리화라는 걸 알고 있었다. 하지만 수아의 뺨을 쓰다듬던 손은 그녀의 목덜미를 더듬기 시작했다. 뱃속에서 치밀어 오르는 열기를 어떻게 해야 할지 몰랐다. 이런 감각을 어떻게 다스려야 할지 배운 적 따윈 없었다. 결국 하르페니언은 수아의 입술에 살짝 입을 맞췄다.

그냥 가볍게, 잠시만.

하지만 입술의 느낌은 어느 때보다도 더욱 황홀하고 달콤해서, 그는 어느새 정신없이 수아의 입술을 빨아들였다. 부드럽고 촉촉한 느낌이 그대로 전해져 왔다. 하르페니언은 어느새 그녀의 몸에 올라타 계속해서 입을 맞췄다.

"읍, 으응, 읏, 읍……!"

그리고 당연히 깨어난 수아는 깜짝 놀라 버둥거렸다. 숨이 막혀 일어나는 아침은 태어나서 처음이었다. 아니, 아예 없진 않았다. 동생들이 장난을 친다고 베개로 얼굴을 꾹 눌러 깨운 적은 몇 번 있었으니까. 하지만 당연히도 지금과 비교가 되는 일은 아니었다.

그의 혀가 치열을 훑으며 강하게 그녀의 입안을 짓눌렀다.

처음에는 무슨 일인지 정신을 차릴 수가 없었고, 그다음에는 상대가 누구인지 몰라 심장이 떨어지는 줄 알았다. 다행히 금방 하르페니언이라는 걸 깨닫긴 했지만, 그렇다고 이 상황이 이해되는 것이 아니다.

그는 완전히 몸을 그녀에게 밀착한 채 한 손으로는 그녀의 허벅지를 쓰다듬고 있었다. 꽤나 노골적인 손길이었다. 이내 치맛자락이 올라가고 그 안으로 손이 들어가, 맨다리에 그의 손가락이 닿았을 때는 깜짝 놀라 그를 밀어내려 했지만 움직이는 것이 불가능했다. 자다 깨서인지 몸에 힘이 들어가지도 않았고, 그렇다고 뭐라고 말을 하자니 입이 완전히 막힌 상태였다.

'기다린다며!'

어제 미안해했던 것이 굉장히 억울해져 수아는 그의 어깨를 밀어내는 대신 주먹을 쥐고 쿵쿵 두드리듯 때렸다. 몽롱하기도 했고, 완전히 힘이 빠져 있는 상태라 수아 스스로 생각해도 그가 느꼈을까 걱정될 정도로 약한 힘이었지만, 하르페니언은 움찔 몸을 떨더니 간신히 그녀에게서 얼굴을 들었다.

수아는 그제야 간신히 부족했던 공기를 들이마시며 몇 번 가볍게 기침을 했다. 농담이 아니다. 정말 숨이 막혀 죽을 것 같았다. 실제로 꽤 오랫동안 숨을 쉬지 못했던 듯 그가 입을 떼자마자 머리가 핑 돌면서 코끝이 찡할 정도였다. 눈가에 눈물이 고여 툭하고 떨어졌다.

"수아?"

하르페니언은 조금 멍한 눈으로 콜록거리는 그녀를 내려다보았다.

"푸하, 뭐, 뭐예요?"

얼얼한 입기에 손을 가져가자 입술이 살짝 부은 것이 느껴졌다. 그뿐만 아니라 입안까지 지끈거린다. 가슴이 세차게 뛰는 건 아마 간신히 공기를 들이마신 까닭도 있을 것이다.

"미안, 그……."

하르페니언은 더듬거리면서 말했지만 어째 말이 잘 이어지지 않는 모양이었다. 그 황금빛 눈동자에는 아직 해소하지 못한 욕망이 뚜렷하게 드러나 있어 수아도 더 말을 잇지 못하고 움찔 몸을 움츠렸다.

이 남자 왜 이래?! 간밤에는 오히려 여유로워 보이기까지 하더니만 어째 지금이 더 분위기가 이상했다. 창문 밖으로 새어들어오는 빛은 하르페니언의 모습을 뚜렷하게 비추고 있어 기분이 더 묘했다. 헝클어진 검은 머리카락이라든가, 얇은 셔츠 사이로 목덜미와 그 밑으로 이어지는 쇄골이라든가.

더구나 키스를 멈췄다고는 하지만 그가 몸을 일으킨 것은 아니었다. 하르페니언은 여전히 그녀의 위에 올라타 있었다. 그것도 완전히 밀착해 있는 형국이라, 숨을 들이쉬는 동작까지도 얇은 옷을 통해 확연하게 느껴졌다. 단단한 그의 몸이라든가,

거칠게 느껴지는 숨소리, 그리고…….

"알."

수아는 최대한 조심스럽게 그의 이름을 불렀다. 어쩐지 절대로 자극해서는 안 될 것 같았다.

"괜찮다면 좀 비켜줄래요? 일어나고 싶은데."

"아, 그렇지."

하르페니언은 하르페니언대로 제정신이 아니었다. 만약 수아가 그 말을 꺼내지 않았다면 자신이 뭘 때문에 키스를 멈췄는지 기억해내지 못하고 다시 그녀에게 몸을 묻었을 것이다.

그리고 지금도 그녀에게서 눈을 뗄 수가 없었다. 공기를 찾아 헐떡이는 수아의 호흡에 따라 그녀의 가슴이 크게 오르락내리락하고 있는 것이 보였다. 그녀의 얼굴은 옅게 홍조를 띠고 있었고, 그가 풀어헤친 옷매무새는 완전히 흐트러져 있었다.

그는 반 정도 몸을 일으켰지만 여전히 완전히 비키지는 않은 채로 그녀의 몸을 시선으로 훑었다.

수아는 속으로 꿀꺽 침을 삼켰다. 이제까지 수아가 인식한 그의 시선 중에서 가장 노골적인 시선이었다. 머리로는 괜찮다고, 그가 비켜줄 거라는 확신이 있었다. 하지만 가슴은 그렇게 말하지 않고 있었다.

"알. 비켜줘요."

결국 안 되겠다 싶어 조금은 강하게, 하지만 애원하듯 말하자 그제야 하르페니언이 완전히 몸을 일으켰다.

수아는 급히 몸을 일으켜 침대 밖으로 나갔다. 그리고 내려가려던 순간, 다리가 그녀를 배신했다. 온몸에 완전히 힘이 빠져 있던 데다가 방금의 떨림까지 더해져 도저히 몸을 지탱할 수 있는 상태가 아니었다.

"꺄악!"

어째 요즘 들어 서는 방법부터 다시 배워야 하나 싶을 정도로 많이 고꾸라진다. 그런 생각과 함께 수아는 그대로 바닥으로 떨어졌다. 쿠당, 작은 소리가 났지만 다행히 바닥은 카펫으로 푹신한지라 거의 충격이 없었다.

"수아!"

그리고 이번에는 완전히 넋을 빼놓고 있던 까닭에 떨어지는 수아를 붙잡지 못한 하르페니언이 곧바로 곁으로 다가왔다.

"괜찮나?"

하지만 수아는 그가 부축하기 전에 자리에서 벌떡 일어났다. 아직 몸이 후들후들 떨렸지만 간신히 일어설 수는 있었다.

"네! 괜찮아요. 카펫이니까, 어, 충격이 적으니까요. 멀쩡해요, 안 다쳤어요. 아하하하."

그녀는 어색하게 웃었고 하르페니언은 멍하니 그녀를 보다가 고개를 끄덕였다.

"아, 다행이군."

"네! 그러니까, 어, 오늘 출발하죠? 이미 해 떴어요. 동 다 텄고, 음. 알도 준비해야죠. 저도 준비할 거, 있고, 음, 하녀도 곧 올 거고요. 이따 봐요!"

수아는 여기가 왜 그의 방이 아니라 자신의 방일까 생각하며 문 쪽으로 다가가 방문을 열었다. 아니, 열려고 했다.

철컥하는 소리와 함께 방문이 열리질 않았다. 언제 잠갔더라? 당황하다 보니 문의 걸쇠를 연다는 단순한 행동도 잘 되지 않는다. 더구나 좋은 방일수록 걸쇠가 좀 더 복잡하기 마련이다.

"음, 그래. 준비 후에……."

다행히 그는 더 이상 수아의 예상 범위를 넘어가는 행동을 취하지 않았다. 그는 성큼성큼 문 쪽에 있는 수아에게로 다가와 잠긴 걸쇠를 열었다.

"준비하고 보지."

그는 문을 나서면서 다시 한 번 수아를 힐끗 훑어보았다. 수아는 저도 모르게 움찔하며 한 걸음 뒤로 물러서며 가슴께를 가리듯 손을 올렸다.

곧 문이 닫히고, 탁 하는 소리와 함께 수아는 그대로 바닥에 주저앉았다. 몸이 부들부들 떨렸다.

'으아, 우아아아아.'

혹시라도 소리가 새어 나갈까 봐 수아는 차마 소리도 내지 못하고 속으로만 비명을 질렀다. 방금의 시선도 만만찮았다.

무슨 눈빛이…….

'으아아아!'

수아는 한참이나 그렇게 웅크리고 앉아 있었다. 하녀가 일어나셨느냐고 밖에서 노크를 해올 때까지, 계속.

방에서 하녀가 가져다준 간단한 아침을 먹은 후, 떠날 준비를 모두 마칠 때까지는 그다지 긴 시간이 필요하지 않았다. 단지 망설이다가 결국 시간이 다 되었을 때에야 허겁지겁 응접실로 나왔다. 응접실에는 검은색 옷을 입은, 떠날 채비를 모두 마친 하르페니언이 기다리고 있었다. 그는 수아를 보자 확 얼굴을 붉히며 시선을 비꼈다. 그러다가 수아도 알 수 있을 정도로 작게 심호흡을 한 그가 우물쭈물, 말을 걸었다.

"수아. 그, 아침엔……."

그가 차마 뒷말을 잇지 못하자, 수아가 어색하게 웃으며 말했다.

"하하, 정신이, 어, 정신이 없었죠!"

"그렇지만……."

큼, 목을 가다듬은 하르페니언이 고개를 숙였다.

"아침에는, 좀……. 음."

"어, 아니에요! 그냥 얌전히 나갔잖아요. 응."

수아는 열심히 고개를 끄덕였다. 비록 자기 자신도 뭐에 고개를 끄덕이는지는 알 수 없었지만.

그렇게 서로 어색하게 굳어 있을 때, 마침 그라낫이 응접실로 들어섰다. 준비가 다 되었다는 뜻이었다.

정문 밖에서 대기하고 있던 마차는 크지 않았다. 수도로 올 때 사용한 이두마차가 아닌, 하르페니언의 말인 칸이 혼자 끌 수 있는 일두마차였다. 물론 아담하다고는 해도 수아가 누워도 될 만큼의 크기라 약간 좁게 앉으면 네다섯 명까지도 탈 수 있을 정도였다. 어차피 떠나는 것은 두 사람뿐이고, 하르페니언도 수아도 짐이 많지 않았기에 더욱 충분했다.

화창한 날이었다. 햇볕은 따스했고 꽃 내음과 신록을 담은 바람은 기분 좋을 정도로 뺨을 간질였다. 날이 점점 더워지고 있다고는 하지만 아침 공기는 상쾌하기 짝이 없었다. 수아는 숨을 크게 들이마시며 마차 안으로, 하르페니언은 마부석으로 올랐다. 마차 내부는 단출해 보이는 겉과는 달리 꽤 고급스러웠는데, 실제로 쿠션에 앉는 느낌부터가 달랐다. 하지만 그녀의 마음에 가장 든 부분은 내부와 마부석을 잇는 공간으로, 그곳에는 여닫을 수 있는 창이 크게 뚫려 있었다.

지금은 덮개가 완전히 열려 있는 상태라 마차 안에서도 마부석의 모습이 완전히 다 보일 정도였다.

그라낫과 하녀 둘, 그리고 셴의 배웅을 뒤로하고 마차가 출발했다. 부드럽게 움직이는 것이 확실히 승차감이 좋았다. 수아는 잠깐 창문을 통해 멀어지는 저택을 보다가 이내 마부석 쪽으로 시선을 돌렸다.

"알."

대답이 없었다. 듣지 못했나 싶어 수아는 한 번 더 그의 이름을 불렀다.

"알."

역시 대답이 없다. 이상하네, 마차의 덜그럭거리는 소리가 그렇게 큰가? 수아는 그렇게 생각하며 하르페니언 쪽으로 바짝 다가가 다시 말했다.

"알. 안 들려요?"

"아니, 그게."

그는 큼, 하고 헛기침을 했다. 어리둥절하여 그를 보자 그제야 귀 뒷부분이 온통 붉어진 것이 보였다.

"알?"

"……그, 제대로 말을 하지 않은 것 같아서. 아침엔 정말 미안했다."

수아는 당황해 살짝 입을 벌렸다. 진짜로 신경 쓰고 있었구나.

그런데 정말 이럴 거면 아침에는 왜……. 수아는 아침의 일을 떠올리다가 화르륵 얼굴을 불태웠다. 당연히 대답은 곧바로 하지 못했다. 하르페니언은 그 침묵을 어떻게 해석했는지 힘겹게 말을 이었다.

"아니, 그…… 아침엔 좀 약해. 잠, 이…… 좀 덜 깨서……."

그 말을 하는 하르페니언의 귀가, 목덜미가 점점 빨갛게 물드는 것을 보며 수아는 피식 웃었다.

"괜찮아요."

아까는 그렇게나 밀어붙여 놓곤, 지금 와서 이러면…… 어, 솔직히 귀여웠다.

이런 표현은 좀 그렇지만 뭔가 말썽을 부려놓고 주인 눈치를 보는 강아지 같았다. 사실, 실제로 일이 벌어진 것도 아니지 않은가. 좀 숨은 막혔지만.

"결국 별일 없이 그냥 나갔잖아요. 그나저나 의외네요. 알, 잠에 약해요?"

"음, 정확히는 아침에."

"저는 잠에 약한데. 어, 비슷한 말인가요? 한 번 자면 잘 못 일어나니까요, 저. 아침에도 일어나기 힘들고. 저는 동생들이 나이 차이가 나는 쌍둥이였는데, 옆에서 아무리 떠들어도 그렇게 깨는 일이 없었다고 해요. 엄마는 누가 쳐다보고만 있어도 시선을 느끼고 깰 정도로 예민하시다던데."

순간 하르페니언이 잡은 고삐에 힘이 들어갔지만, 수아는 눈치채지 못했다.

“그런데 오늘은 정말 눈이 번쩍 떠졌지 뭐예요. 제 평생 그렇게 강렬하게 잠에서 깨본 적이 없을걸요? 앞으론 아침에 알에게 접근해선 안 되겠어요. 또 덮칠지 누가 알아.”

“그건 아니…… 음, 솔직히 장담은…… 못 하겠지만.”

하르페니언은 반사적으로 아니라고 대답하려다가 말꼬리를 슬쩍 돌렸다. 다시 수아가 웃었다.

“뭐예요, 그 대답.”

“큼, 최대한 이성적이 되도록 노력하지.”

그렇게 대답해놓고서야 하르페니언은 간신히 그녀를 힐끗 돌아보았다.

“그나저나 그대 짐이 생각보다 적은데.”

“리노체스 부인도 그 소리 하던데, 사실 필요한 게 별로 없는데요?”

실제로 그녀가 챙긴 건 옷 몇 벌에 책 몇 권 정도가 다였다. 그녀는 목에 건 이즈벳 목걸이를 한 번 쓰다듬었다.

“이 목걸이만 빼면 그다지 중요한 게 없어요.”

“아니, 하지만 화장품이라든가 장신구라든가……. 옷도 의외로 적은 것 같고.”

“어, 그런 거 필요해요?”

"음? 아닌가?"

"네?"

"어?"

수아는 눈을 깜빡였고 하르페니언은 앞과 수아를 번갈아 보며 의아한 표정을 지었다.

"그니까 앞으로 가는 곳에 그런 게 필요해요? 드레스라든가, 화장품이라든가 다 챙겨 가야 하는 거였어요?"

어쨌거나 그는 공무 수행 중이고, 그렇게 되면 「황태자」의 일행으로서 소개받을 일도 당연히 있을 터였다. 그래서 당황했지만 하르페니언은 고개를 저었다.

"아니, 그건 당연히 그쪽에서 제공하지. 그게 아니라…… 보통 여자들은 그런 게 필요하지 않던가?"

보통 여자들은.

이 말을 전에도 들은 적이 있던 것 같았다. 수아는 진지하게 조금 더 몸을 내밀며 물었다.

"있죠, 알. 전부터 물어보고 싶었는데 혹시 다른 여자랑 사귄 적 있어요?"

"……뭐?"

하르페니언이 그 질문에 정말로 놀란 듯 휙 고개를 꺾어 그녀를 쳐다보았다.

"잠깐만요, 앞! 앞에 봐요!"

수아는 기겁했지만 하르페니언은 자연스럽게 길가 옆에 마차를 세우고는 완전히 그녀에게 몸을 돌렸다.

"뭐라고?"

"네? 어? 그렇게 놀랄 질문이에요?"

"아니, 여자라니. 그런 건 불가능하다는 걸 그대도 알고 있지 않나. 혹시 내가 뭘 실수한 거라서 그렇게 묻는 거라면……."

"아뇨! 그게 아니에요. 그냥, 전부터 여자에게 이상한 편견을 가지고 있는 거 같아서요. 그리고 불가능하다니 왜요? 닿지 못하는 거?"

"그것도 그렇지만 난 신의…… 흠, 그대가 특이한 취향인 것…… 아니, 이 이야기는 관두지. 편견이라니, 어떤?"

그렇게 물어오는 하르페니언의 표정은 그야말로 진지했다. 그냥 가벼운 질문이었는데. 그래서 수아도 덩달아 진지하게 답할 수밖에 없었다.

"심각한 건 아니었어요. 그냥 여자라면 이럴 것이다, 라고 했는데 그게 좀 이상하게 들려서요. 「보통」 사랑하는 사람에게 받은 선물을 질린다고 버린다든가, 어디를 가도 장신구나 화장품은 필수라든가……. 그래서 그런 종류의 여자랑 사귄 적이 있나 했죠. 어, 아니면 알이 좋아했다거나……."

막상 입 밖으로 내니 뭔가 굉장히 쪼잔하게 들렸다. 어차피 제대로 사귀지도 못했을 걸 뻔히 알면서, 그가 직접 그녀만큼 마음에 담은 사람은 없다는 것을 들은 후면서, 혹시라도 과거에 그런 감정을 품은 사람이 있었는지 추궁하는 셈이니까.

"아, 그냥 그런 생각만 한 거예요. 굳이 대답해줄 필요는……."

"없었어."

그는 수아의 말을 끊으며 단번에 대답했다.

"누군가에게 연심을 품은 적은 없었어. 나 자신만을 지탱하기에도 바빴으니까."

"어……."

수아는 그 대답에 안심하고 기뻐하는 자신이 좀 싫었다. 누군가를 좋아하는 감정이 마냥 기쁜 것만은 아니라지만, 그래도 얼마나 많은 힘을 주는지 아니까.

"그러는 그대는?"

그리고 곧바로 질문을 받고 당황했다. 어, 짝사랑만 따지면 몇 명 있었고 사귀기까지 한 남자도 한 명 있었다. 순간 자신도 전에 아무도 좋아한 적이 없었다고 속일까 했지만, 그래도 거짓말을 하는 건 아닌 것 같았다. 어차피 뭐, 전의 일이고, 아예 다른 세계의 일이고, 응. 그렇게 수아가 솔직하게 대답하려고 막 입을 열었을 때였다.

"어? 형님. 멀리 안 가셨네요."

"……카일?"

여기서 들릴 리가 없는 목소리가 들린다 싶더니, 이내 익숙한 인형(人形)이 눈에 들어왔다. 다른 마차에서 막 내리고 있는 카르니언이었다. 카르니언은 수아에게 손을 흔들더니 타고 온 마차의 마부에게 삯을 지불했다. 꽤 넉넉히 줬는지 마부가 희희낙락하는 모습이 보였고, 이내 마차는 카르니언을 남겨둔 채 출발했다.

그의 옷차림은 황궁에서 보던 것과는 전혀 달랐다. 황자의 정복도 아니고, 그렇다고 요리를 하러 올 때 입던 간편한 복장도 아니었다. 마치 길이라도 멀리 떠날 것 같은 여행자 느낌이었다.

"지금이라면 성 밖으로 나가셨을 거라고 생각했는데."

그러면서 매우 자연스럽게 손에 들고 있던 짐을 하르페니언의 마차 위로 얹었다. 수아는 황당한 얼굴로 그를 바라보았다. 어제, 내일 보자던 그가 배웅을 나오지 않았다는 것이 지금 떠올랐다.

"카일, 같이 떠나는 거야?"

"설마. 그냥 난 하루만."

"하루?"

"정확히는 첫 번째 숙소까지."

이게 무슨 소린가 해서 눈을 두어 번 깜박이고 있자, 그 사이를 하르페니언의 목소리가 끼어들었다.

"잠시 동행하기로 했어. 말하는 걸 깜박했군."

딱히 말할 틈이 없긴 했다. 하지만 수아가 왜냐고 채 묻기도 전에, 카르니언이 얼른 출발하자며 마차에 올라탔다. 하긴 아무리 외곽이라고 해도 아직은 수도 안이니 굳이 주목을 끌어서 좋을 것은 없었다. 카르니언이 수아의 맞은편에 앉자 마차가 출발했다. 카르니언은 감격한 목소리로 말했다.

"내가 형님이 직접 끄는 마차를 타고 있다니……."

"……."

저렇게 좋을까. 그는 금방이라도 눈물을 흘릴 듯한 기세였다. 그러다 이내 헛, 정신을 차리고 마치 비밀 이야기라도 하듯 수아에게 속삭였다.

"사실 내가 마부 노릇을 해야 맞겠지만……. 마차를 모는 방법을 몰라서, 황송하게도 형님이……."

사실 수아 입장에서는 황태자나 황자나 황송하긴 마찬가지였다. 물론 그렇게 느껴지지 않는 것이 문제라면 문제랄까.

마차는 그다지 빠른 속도로 달리지 않는 것 같았다. 정확히는 마차의 승차감이 좋아서 그렇게 느껴지지 않는 건지, 아니면 수아가 뭔가를 탔을 때의 체감 속도가 아직도 자동차에 맞춰져 있기 때문인지는 잘 알 수 없었다. 단지 몇 시간을 그렇게 달려 점심 식사를 할 시간이 되었을 때는 꽤나 한적한 호숫가에 도착해 있었다.

호숫가에는 여러 종류의 꽃이 여기저기 피어 있었다.

관리되지 않고 핀 꽃은 들쑥날쑥 제멋대로였지만 정원과는 다른 아름다움이 있었다. 수아는 번화한 수도에서 두어 시간 마차로 달렸을 뿐인데 이런 장소가 나온 것이 신기했다.

마차에서 내린 후 하르페니언은 잠깐 주변을 살펴보고 오겠다는 말을 남기고 마차에서 칸을 풀어낸 뒤 잠깐 모습을 감췄고, 그사이 호숫가에 자리를 잡은 카르니언은 가져온 짐을 풀어 그 안에 있는 음식들을 바리바리 내놓기 시작했다.

"짠, 점심이 왔습니다."

아무래도 싸 온 것이다 보니 수프 등 액체가 주로 된 음식이나 뜨거워야 하는 음식들은 없었지만, 그래도 충분히 다양했다. 샌드위치 종류만 다섯, 식어도 문제없는 고기류가 둘, 샐러드류가 둘.

그 외에 빵이나 과일 등까지 합하면 혼자 가져왔다고는 보기 힘들 정도였다. 어쩐지 하루만 동행한다는 것치곤 짐이 커 보이긴 했지만.

"이것도 다 직접 요리한 거야?"

"응."

"요 며칠은 정말, 계속 요리만 한 거 아냐?"

"시간을 좀 투자하긴 했지만……. 어차피 한동안은 요리할 일이 없을 거라서."

카르니언은 아쉽다는 듯 말하며 음식을 다 늘어놓았다.

수아는 그걸 도우며 물었다.

"그나저나 왜 하루만 동행해?"

"아, 그거."

카르니언은 마지막 접시를 놓고 고개를 들었다.

"별게 아니라면 아닌데……. 그냥 다른 작자들을 좀 헷갈리게 만들려고. 내가 재판 이후로 난리 났다는 이야기는 해줬잖아."

"응."

"사실 저주 자체에 관련된 문제도 있지만, 지금 귀족들에게 가장 문제가 되는 건 황제 폐하의 의중이거든. 막말로 형님께서 저주를 풀고 돌아오신다고 해도, 폐하께서 형님이 황위를 물려받기를 원하지 않으신다면 형님이 다음 대의 황제가 되는 게 쉽지만은 않을 거야. 그 과정에서, 별로 하고 싶지 않은 가정이지만 내가 황제가 되는 것도 가능해."

"저주와…… 상관없이?"

"그래. 별로 안온하지 못한 이야기긴 하지만, 황태자가 다음 대의 황제가 되지 못하는 경우도 있으니까. 대부분의 귀족들은 이번에도 그러리라고 생각했고. 그렇게 생각한 가장 큰 이유는, 저주도 저주지만 지금까지 황제 폐하께서 형님을 철저하게 외면하셨다는 점이 더 커. 형님 또한 따로 본인의 세력을 키우지 않으셨고……."

카르니언은 가볍게 한숨을 내쉬었다.

"아무튼 복잡한 이야기를 다 빼고 말하면, 귀족들은 지금 형님의 숨 쉬는 것 하나까지도 모두 주목하고 있을 거란 말이야. 그리고 저번에 황제 폐하의 의중이 뭘까 다들 갈팡질팡하고 있다는 건 이야기해줬지? 그런데, 거기서 내가 겨우 하루긴 하지만 동행한다면 다들 어떻게 생각할까?"

"으음……. 황자가 무슨 생각일까?"

"그렇게 생각하는 사람도 있겠지. 즉, 너처럼 형님에게 따라붙은 것을 내 독단으로 보고 내 의중을 고민하는 부류. 하지만 황제 폐하가 뭔가 밀명을 내렸기 때문에 내가 따라붙은 건 아닐까 의심하는 측도 있겠지? 그 외에도 상상의 여지를 키우자면 한도 끝도 없어. 더구나 내가 내일 돌아가면 겨우 하루 만에 수도로 다시 돌아오다니 도대체 무슨 일이 있었을까 하고 별의별 추측들이 난무할 거고."

거기까진 이해가 갔다. 하지만 왜 그런 추측을 난무하게 해야 하는지는 여전히 알 수 없었다. 그 의문을 읽은 듯 카르니언이 대답했다.

"보통 고민하는 동안에는 쉽게 움직이지 않으니까."

"어?"

"난 가급적 귀족들이 닥치…… 가만히 있어주길 바라거든. 사실 생각이라는 걸 할 수 있는 머리가 있다면 어떤 결과든 나올 때까지 관망하는 게 여러모로 나을걸? 이제까지 형님에게 충성을 맹세하기는커녕 멸시한 놈들은 그 후환이 없을 거라고 확신했기 때문에 그따위 태도가 가능했지만, 이제는 상황이 달라졌으니까. 「만약」 형님이 저주를 풀고 돌아온다면? 그 형님을 폐하께서 황태자로서 제대로 지지해주신다면?”

설사 암살자를 보낼 정도로 저주받은 황태자를 적대한 측이라도, 「지금은」 가만히 있는 편이 나았다. 물론 그를 아주 확실하게 제거할 수 있는 방법이 있다면 또 모르겠지만, 이제까지처럼 어설픈 시도는 도리어 그를 더 자극하는 일밖에 되지 않으니까.

또한 카르니언이 말하진 않았지만, 황제가 관심을 보인 존재는 이제까지 무시했던 황태자가 아닌 저주가 통하지 않는 이민족 소녀라고 보는 시선도 있었다. 하르페니언을 이제라도 실질적인 황태자로 세우려고 했다면, 친림 재판에서 보인 모습만으로는 부족했기 때문이다. 그 뒤로도 겨우 회궁의 길목을 지키는 책임자로 황실 기사를 움직이는 것을 묵인했을 뿐 그 외의 것은 이제까지와 같았다.

즉, 황제의 움직임은 저주를 통하지 않는 이민족 소녀를 위한 것이며, 황태자 곁에 놔두는 것 자체가 의중이라는 주장이었다. 그리고 이 경우도 황태자를 공격했다간 그 곁에 있는 이민족 소녀가 해를 입을 가능성이 크니, 역시 제거하려고 하는 시도는 보류하는 것이 나았다.

"그렇지만 이런 것들을 싹 다 무시하고, 머리가 그냥 사람의 중심을 잡게 만드는 장식품이라고 주장하는 작자들은 어디에나 있지. 혹은 쓸데없는 자만심에 넘치거나, 웃기지도 않은 순교자 역할에 취했거나, 아니면 줏대가 모래알보다도 더 없어서 그런 놈들에게 휩쓸리거나……. 아, 늘어놓으면 한도 끝도 없겠다. 아무튼 형님이 군대처럼 우르르 몰려오는 암살자들을 상대할 일은 없겠지만, 그래도 멍청이들은 제법 있으니까. 그래서 그 멍청이들이 조금이라도 더 고민하면서 움직이지 말라고 따라 나온 거고. 뭐, 효과가 클 거라곤 기대하진 않지만 가만히 있는 것보단 낫겠지. 겸사겸사 형님과 함께 있을 수 있으니 나도 좋고."

그냥 맨 마지막에 한 소리가 카르니언의 진짜 목적이 아닐까 싶은 생각이 잠깐 들었지만, 어쨌거나 이해하지 못할 소리는 아니었다. 수아는 고개를 끄덕였다.

"그렇구나."

"응. 물론 하루 동안만이라지만, 형님이 기꺼이 동행을 허락해주신 건 좀 의외였어. 이제까지 이런 건 나에게 안 좋다면서 다 거절하셨으니까. 그런데 생각해보니까 너도 있으니, 뭐."

"나?"

"응. 형님 입장에서는 너를 조금이라도 안전하게 보호하고 싶을 테니까."

"아……."

"쳇, 동생보다 여자라는 거지."

카르니언은 장난스럽게 투덜거렸고, 수아는 그만 피식 웃어버렸다.

그때 타이밍 좋게 하르페니언이 돌아왔다. 그는 칸을 나무에 매어놓고 카르니언과 수아 쪽으로 성큼 다가왔는데, 머리끝까지 검은색 로브를 뒤집어쓰고 눈 바로 밑에까지 천을 올려 얼굴을 가린 모습이었다.

"먼저 들지 않고."

"막 다 차렸습니다."

그가 얼굴에 천과 로브의 모자를 내리다, 멍하니 그를 보고 있는 수아를 보고 의아한 듯 그녀의 이름을 불렀다.

"수아?"

수아는 그제야 자신이 정신을 놓고 그를 바라보고 있었다는 걸 깨달았다.

"뭐 이상한 거라도……."

"어, 아뇨. 그냥 처음 만났을 때가 생각나서요."

너무나도 무섭고 무서워서 자신이 떨고 있다는 것도 제대로 인지하지 못했던 때. 다른 세계로 왔다는 걸 깨닫자마자 이상한 괴물이 그녀의 목숨을 노렸었다.

"그때는 알이 조금 무섭다고 생각했어요."

"……조금?"

"아뇨, 그게 알이 무서웠다는 게 아니라, 그냥 상황이요. 갑자기 다른 세계로 온 거잖아요. 그런데 갑자기 검을 쥔 남자가 나타나서……."

"아니, 그게 아니라."

수아는 곧바로 고개를 저었지만 하르페니언은 한숨을 살짝 내쉬었다.

"그 상황에서 조금밖에 무섭지 않은 게 더 대단한 것 같은데. 계속 생각했지만, 그대는 그때 뭘 믿고 날 따라온 거지?"

"으음……. 안 따라갔으면 그냥 거기서 죽었을 상황이라고 생각하지 않아요?"

"그래도 그렇지. 그대는 전반적으로 경계심이 너무 없어."

"어, 뭐예요. 첫 만남이 어땠길래요?"

카르니언이 불쑥 끼어들고, 셋은 자연스럽게 앉아 음식을 들며 이야기를 시작했다.

마치 피크닉을 나온 것 같았다. 따뜻한 햇볕, 맑은 하늘, 청명한 호숫가와 기분 좋게 불어오는 바람, 맛있는 음식. 그리고 카르니언과 하르페니언. 또한 당시에는 무섭기만 한 기억이었지만, 이제 웃으면서 말할 수 있는 추억이 되어버린 첫 만남. 그건 하르페니언과 만나게 된 소중한 기억이기도 했다.

수아는 지금 이 순간도 후에 그렇게 남기를 기원했다.

여관에 도착한 건 꽤 이른 시간이었다. 호숫가에서 한 시간이 넘게 있었는데도 해가 채 지기 전이었다. 이제 여름이라 해가 길어진 탓도 있겠지만, 아무래도 카르니언이 바로 돌아가야 하기 때문에 첫날 이동 거리를 좀 짧게 잡은 것 같기도 했다.

"특실로 셋."

"잠깐만요!"

수아는 카운터에 말하는 하르페니언의 말 중간에 끼어들었다.

"특실이라니! 그냥 보통 방만으로도 충분해요."

"수아?"

여관의 크기가 꽤 큰 걸로 봐서는 비싸 보이는데, 거기에 특실이라니. 수아는 고개를 저었다.

"전부터 말하려고 했는데, 특실은 너무 과분하다고요. 계속해서 비싼 방이랑 음식만……."

하지만 말하다 보니 뭔가가 이상했다. 결국 그녀는 말끝을 흐렸다. 그래, 이제까지 계속해서 비싼 방에 묵고 비싼 음식만

먹었지. 당연하다.

왜냐하면 하르페니언은 제국의 황태자니까.

뒤에서 카르니언이 재미있다는 듯 키득 웃었다.

"특실이 아니라 이런 여관 몇 개를 지어도 돈 남아, 수아."

"……."

수아는 얼굴이 새빨개져서 고개를 숙였다. 그랬다. 하르페니언도 카르니언도 계속 옆에 있다 보니 깜빡했다. 둘은 황족이었다.

"수아? 이곳 특실이 마음에 안 드는 거라면 다른……."

"아, 아니에요! 저는 그저…… 음, 좀, 돈을…… 많이 쓰지 않나 싶었을 뿐이에요. 그냥 제가…… 보통 방도 괜찮다는 말을 하고 싶었어요. 음, 어디든 전 상관없어요."

확 달아오른 얼굴이 가라앉을 기미를 보이질 않았다. 민망했다. 뭐랄까, 서울에 있는 아파트나 빌딩도 척척 살 정도의 재력이 되는 사람에게 닭이나 돼지고기도 맛있으니 굳이 비싼 한우를 먹을 필요는 없다고 주장한 기분이었다.

"아니, 나도 어디든 상관없지만……."

"저는 특실이 좋습니다만."

"아, 그럼 특실이요. 특실 좋네요, 네."

카르니언의 말을 수아가 받았다. 하르페니언은 잠시 카르니언과 수아를 보다가 다시 카운터로 고개를 돌렸다.

"특실 세 개."

상황이 어떻게 돌아가나 살피고 있던 주인이 희희낙락하며 열쇠 세 개를 얼른 챙기면서 허리를 굽실거렸다. 확실히 특실 세 개가 한꺼번에 나가는 건 흔한 일이 아니었다. 곧 총 여섯 명의 종업원들이 우르르 몰려오더니 한 사람당 두 명씩 따라붙어 각자의 짐을 들고 방까지 안내했다.

하르페니언은 수아의 짐을 들어준 심부름꾼이 모두 나오는 것을 확인하고, 좀 쉬라는 말과 함께 문을 닫았다. 닫히는 문 사이로 휘휘 손을 흔드는 카르니언이 언뜻 보였다.

"후아."

문이 완전히 닫히자, 수아는 작게 한숨을 내쉬며 테이블 옆에 있는 의자에 털썩 주저앉았다. 저절로 자학의 말이 흘러나온다.

[……바보.]

하르페니언과 카르니언은 아까 수아의 말에 그다지 신경을 쓰지 않는 태도였지만, 그냥 혼자 민망했다. 여전히 뺨이 홧홧하다.

하르페니언이 황태자라는 건 알고 있다. 알고「만」 있는 것이다. 황족이라는 것을 알되, 얼마나 대단한지도 제대로 실감하지 못하는 것이다.

'나, 엄청 건방지지 않았나?'

지금 이 방은 꽤 넓었고 가구들도 좋아 보였지만 그다지 고급이라는 생각은 들지 않았다. 그동안 귀족의 저택이나 황궁을 보며 눈이 상당히 높아졌기 때문이다. 황궁에서 겨우 몇 달을 산 것만으로도 이런데, 하르페니언과 카르니언은 어떨까.

차근히 생각해보면 처음부터 그랬다. 비록 그가 황족이라는 걸 몰랐을 때긴 하지만 데이트 비용 정도는 내게 해달라고 했고, 그가 뭐 하나 사주려고 해도 비싸다느니 뭐라느니 잔소리를 늘어놓았다. 정작 하르페니언 쪽에서는 돈을 썼다는 느낌도 나지 않을 지출이었을 텐데. 물론 그렇다고 이걸 사달라 저걸 사달라 당연하게 그의 호의를 이용하는 게 좋은 태도라는 것도 아니긴 하지만…….

아니, 꼭 돈 문제만이 아니었다. 그냥 기준을 너무나도 자연스럽게 자신에게 맞추고, 그게 당연하다고 생각해왔다. 방금만 해도 「내」가 특실에 묵을 필요가 없으니 당연히 하르페니언도 묵을 필요가 없다고 생각했다. 정작 그는 많은 부분을 그녀에게 맞춰 양보해왔을 텐데.

'괜찮은 걸까.'

이곳, 특히 귀족들 사이에서는 아내가 남편에게 순종하는 것이 미덕이라고 배웠다. 딱히 남자와 여자라서가 아니라 권력관계의 문제다. 귀부인이 여백작이나 여자작 등의 작위를 가지게 된다면 이야기는 상당히 달라지겠지만 그런 경우는 꽤 드물고,

대부분의 귀족 영애는 집안과 집안 사이를 연결하는 상징 정도로 끝나기 때문이었다. 그 말은 겉으로나마 남편이 선물이나 권리를 「하사」하고 부인은 그것을 감사히 받아들이는 것이 당연하다는 뜻이기도 했다. 그런 부분을 배우면서 수아는 더더욱 자신은 귀족과는 결혼하지 못하겠다고 막연히 생각했었다. 그건 부부관계라기보다는 상사와 부하 쪽에 가까운 게 아닌가.

그런데 연인이 된 사람이 하물며 황족이란다. 황족의 여자라면 당연히 그의 총애를 감사히 받으며 그를 모셔야 하는 위치다. 수아는 새삼 그 사실을 깨달으며 부르르 떨었다. 하르페니언을 「모셔야 한다는」 생각을 한 순간 몸에 소름이 돋았기 때문이다.

절대 무리다. 그녀는 어쨌건 공식적으로는 신분제가 없는 세계에서 태어나 자랐고, 모든 인간은 동등한 권리를 가졌다고 배웠다. 이곳에서는 그녀가 아무리 신분이 없고 평민이나 마찬가지라지만, 애초에 그 높고 낮은 신분이라는 것 자체가 와 닿질 않는다. 이런 상황에서 황태자 전하라고 해서 마음속에서부터 우러르며 모신다거나 얌전히 복종할 수 있을 리가 없었다. 하물며 그가 자신의 연인이라면.

한쪽이 다른 한쪽에게 의지하는 식의 형태가 된다면 필연적으로 짐 또한 함께 넘기게 된다. 실제로 리노체스 부인도 그러지 않았던가. 여자는 남자들 일에는 상관하지 않는 게 좋다고.

그냥 얌전히, 머리 아플 일 없이 온건히 하르페니언에게 보호만 받으면 된다고.

그건 싫었다. 실제로 도움이 되느냐 되지 않느냐를 떠나, 그냥 짐을 함께 나눠 받고 싶었다. 뒤따르는 관계가 아닌, 옆에 있는 그러한 관계를 그녀는 원했다.

하지만 이런 건 수아의 가치관일 뿐이었다. 이 세계에서 태어나고 자란 하르페니언은 어쩌면 리노체스 부인의 말대로 하는 걸 더 낫다고 생각할 수도 있다. 순종하고 따르는 모습을 지극히 여성스럽다고 생각하고, 그런 면에 매력을 느낄 수도 있는 것이다. 이 세계에서 이런 그녀의 생각은 자칫하면 그저 주제넘음, 그 이상도 이하도 아닐 수 있으니까.

더구나 하르페니언은 황족. 원래대로라면 그에게 충성하고 따르는 사람들에게 둘러싸여, 그런 종류의 여자들을 얼마든지 골라잡을 수 있어야 하는 게 정상이다. 지금이야 그가 연인이라고 칭해주지만 저주만 풀린다면 더 예쁘고 좋은 조건의, 그에게 다소곳한 여자들이 잔뜩…….

수아는 벌떡 자리에서 일어났다.

또 헛생각이다. 이런 불안감은 가끔 불쑥불쑥 튀어나와 그녀를 좀먹는다. 저주 때문에 그가 그녀를 사랑한다고 생각한 것이 아닌가 하는 생각. 유일하게 사람의 체온을 느낄 수 있는 존재에게 마음이 쏠리는 건 정말 당연한 일이 아닐까 하는…….

그러니까, 그 존재가 자신이 아니라도.

수아는 입술을 깨물었다. 문득 자신이 이 세계에서 태어나고 자란 귀족 영애였으면 더 좋았을 거라는 생각이 들었다. 그랬다면 이런 가치관으로 고민하지 않으면서도, 실질적으로 하르페니언에게 도움을 줄 수 있지 않았을까. 그의 옆에 있어도 이상하지 않은 모습으로……. 그녀는 한숨을 내쉰 뒤 다시 천천히 자리에 앉았다.

머리로는 알고 있었다. 이건 정말 쓸데없는 생각이다. 이 세계에 태어나 귀족으로 자라난 그녀는 지금의 수아가 아닐 터였다. 어쩌면 어릴 때부터 저주받은 황태자에 대한 이야기를 잔뜩 들어 하르페니언을 아이린보다도 더 무서워하고 있을지도 모를 일이다. 더구나 이미 일어난 일에 만약이라는 가정만큼 쓸모없는 건 없다.

만약 그때 그녀를 구해준 이가 하르페니언이 아니라 다른 사람이었다면, 그녀는 「알」 대신 구해준 다른 사람을 사랑했을까? 만약 하르페니언이 여자였다면? 이미 결혼한, 지금보다 열 살은 더 많은 아저씨였다면? 이런 식으로 가정하면 한도 끝도 없다. 많은 「만약」이 모이면 현실과는 전혀 다르게 되어버려, 결국은 전혀 쓸데없는 고민으로 빠지게 된다.

중요한 건, 그리고 당연한 사실은 지금의 그녀와 지금의 그가 만나 서로 사랑에 빠졌다는 것. 그러니 이런 만약 따위로 불안해하는 건 외려 그에게 실례일 뿐이다. 어차피 그녀는 그녀 자신으로 있을 수밖에 없었다. 그가 싫어할 것 같다고, 혹은 그가 좋아할 것 같다고 무조건 맞춰줄 수는 없으니까. 단지 최대한 그를 생각하고 그의 입장을 고려하지 않으면 안 된다.

어떻게 보면 별다를 것 없는 결론으로 마음을 갈무리한 수아는 다시 자리에서 일어났다. 일단 짐을 정리해야겠다. 지금 당장 해야 할 일은 바로 그것이었다.

특실에 묵는 손님은 식사 장소를 선택할 수 있다. 묵고 있는 방에 식사를 들이는 것과 특실 손님을 위해 특별히 준비된 식사용 방을 이용하는 것. 셋은 후자를 택했다.

식사용 방은 상당히 쾌적했고 음식도 나쁘지 않았다. 카르니언이 음식을 보며 조리법을 진지하게 탐구했다는 것만 제외하면 식사 시간은 평소와 같이, 하지만 즐겁게 흘러갔다. 혹시나 아까 특실 관련한 이야기가 나오면 어쩌나 하고 내심 조마조마했던 수아도 이내 마음 놓고 웃을 수 있었다.

식사가 끝나고 다과가 나왔다.

차는 평소 마시던 것보다 오히려 더 훌륭했다. 하지만 어제 잠을 설친 것도 있어서인지 급속도로 피로가 몰려왔다. 후암, 작게 하품을 하자 둘 다 오늘은 이만 쉬라고 말해왔다.

내일도 오전에 떠나야 하고, 그녀 또한 부상 이후 체력이 완전히 회복되었다고는 생각하지 않았기에 순순히 그 말에 따랐다. 잠자리에 들기에는 조금 이른 시간이었지만 모두는 각자 방으로 돌아갔고 그렇게 하루가 끝나는가 싶었다.

하지만 주변이 완전히 어둑해진, 고요한 한밤중. 여관 문이 열렸다. 하르페니언과 카르니언이었다. 둘은 서로 아무 말 없이 여관을 나섰다.

그렇게 도착한 곳은 마법등 하나 없는 어둑한 골목이었다. 이곳은 수도와 그렇게 멀지 않아 번화하고 큰 도시였지만, 오히려 그렇기에 이러한 뒷골목도 있는 법이었다.

둘은 그 아무것도 없는 골목에 멈춰 섰다. 먼저 입을 연 것은 카르니언이었다.

"그런데 굳이 이렇게…… 안 하셔도 되지 않을까요?"

"네가 수도로 돌아갈 때 문제가 생길 수도 있으니까."

"기사들도 있고, 스크롤도 챙겼고……. 아니, 저에게 따라붙기나 할까요?"

애초에 충동적으로 뛰쳐나온 것도 아닌데 카르니언이 단신으로 움직이는 바보 같은 짓을 할 리가 없었다.

황궁 기사 몇이 호위로 멀찌감치 따라와 같은 여관에 묵고 있었고, 그건 당연히 하르페니언도 알고 있는 사실이었다.

"그리고 정말 놈들이 올까도……. 사실 이건 유인이라고 보기에도 어렵잖습니까."

한밤중에 산책하는 취미가 없는 이상 둘이 여기까지 나와 있는 이유는 뻔했다. 암살자들의 유인. 하지만 카르니언 자신이 암살자라면 여기서 덮치느니 그냥 뒤를 따라다니면서 빈틈을 노릴 것 같았다. 더구나 호위로 붙은 기사들이 황자가 밤에 여관을 빠져나가는 걸 보고만 있을 리 없었다. 그 말은 결국, 여기서 약간 떨어진 곳에 기사들이 대기하고 있다는 말도 됐다.

"모두는 아닐 거야. 그래도 일부라도 오겠지. 경우 없는 놈들이."

"네?"

하르페니언은 검 손잡이를 잡으며 말했다.

"네게까지 따라붙지 않을 거라고 했지. 상식적으로 생각하면 그 말이 맞다. 하지만 본인들의 암살 대상이 누군지도 제대로 모르고 있다면?"

"모른……다뇨? 잠깐만요. 명색이 황족의 암살 의뢰잖습니까."

자신도 모르게 올라가려는 목소리를, 카르니언은 간신히 낮췄다. 그 말에 하르페니언은 잠깐 허공을 보았다. 그 얼굴은 힘없이 웃는 것도 같았다.

"글쎄다."

"형님?"

"내가 나라는 것도 알려주지 않은 비율도 꽤 될 게다. 특히 지금부터 무작정 암살자를 보낼 정도로 생각 없는 귀족이라면."

그 소리를 알아듣는 데는 약간의 시간이 필요했다.

"어…… 그러니까 형님이 누군지 모른다고요?"

"내가 문양을 달고 있지 않으니, 그냥 제대로 된 소속도 없는 떠돌이 검사쯤으로 생각하겠지. 어차피 간단하게 죽일 수 있을 거라고 생각하니, 암살자 본인들도 사전 조사 따윈 하지 않았을 거고."

카르니언은 입을 쩍 벌렸다. 황족의 암살을 의뢰하는 건 둘째 치고, 아니 둘째 칠 일도 절대 아니긴 하지만 그걸 어중이떠중이에게 되면 좋고 아니면 말고 식으로 대충 의뢰한다고?

"이쯤 되면 행동이 어디로 튈지 몰라. 너를 인질로 잡거나 아니면 네 수급을 베어 나를 동요시킨 다음 죽이겠다고 할 수도 있다."

확실히 너무 어이가 없다 보면 웃음도 안 나오는 모양이었다. 카르니언은 뭔가 말을 하려다가 두어 번 실패하고, 간신히 입을 열었다.

"그러니까…… 이제까지 진짜 별 이상한 놈들이 형님에게 달려들었다는 소리군요?"

"세월이 길었지."

저주가 걸려 있던, 그 기간이.

그 무덤덤한 답변에 카르니언은 문득 깨닫는 한 가지가 있었다. 이런 것이 익숙한 거다, 형님은. 그 생각이 들자 정말 머리가 띵할 정도로 화가 났다. 이것들이, 황족을 뒷골목 개보다 못한 취급을 해? 그는 으득 이를 악물었다.

카르니언은 보통 굉장히 너그러운 편이다. 어쩌면 당연했다. 그는 제국의 황자로 성장했다. 그에게 윗사람은 황제와 귀비, 그리고 하르페니언뿐이었다. 기본적인 성정이 잔혹하지 않으니 괴롭히는 행위 자체에서 만족감을 느낄 타입도 아니었고, 주변을 내리누르면서 스스로의 위치를 재확인해야 할 어중간한 신분도 아니었다. 오히려 어릴 때부터 황제가 되어야 한다는 이야기를 듣고 자란 카르니언에게 평민들은 당연히 그가 보살펴야 할 백성이었다. 따라서 그가 황족임을 모르는 이가 다소 「버릇없이」 굴더라도 그에게는 자비롭게 그 행동을 용서할 만한 아량이 있는 것이다.

하지만 제각기 일을 하는 것만으로도 나라의 초석이 되는 평민들과는 달리 귀족들은 황족의 손발이 되는 것 자체가 그들의 일이고 존재 이유다.

그런 손발이 감히 머리를 알아보지 못한다면 제 주제를 아는 다른 손발로 교체해야 한다.

그렇지 않으면 언젠가 머리가 되겠다는 웃기지도 않은 망상이나 하며 주변을 선동할 터이니.

실제로 현 황제는 현군이라고 불리며 동시에 자비로운 황제라는 평도 받고 있지만, 그조차도 황위에 오를 때에는 피바람이 일었다. 설사 본인이 황제의 위에 욕심이 없더라도 주변 사람들이 허황된 마음을 먹어 세력을 형성하게 된다면 그 또한 그 사람의 책임이자 죄였다. 황족은 황제에게 모든 권력을 모아줘야 하는 의무가 있었다. 그렇지 않다면 그 책임을 지고 사라지든가.

수많은 사람들이 교수대에 매달렸고 그 외의 안온하지 못한 여러 방법으로 목숨을 잃었다. 현 황제는 딱히 잔인한 성정도 아니었고 권위에 집착하는 성격도 아니었다. 굳이 젊었을 때의 모습을 들자면 카르니언과 비슷했다. 한없이 너그럽고 성실하며 사람 좋은 황자님. 그 모습에 설사 그를 황위에서 밀어내려고 해도 양보할 거라고 생각한 걸까, 아니면 그 발칙한 행위를 웃으며 용서하리라고 생각한 걸까.

권위에 도전하는 자는 그게 누구든지 용서치 마라.

짓밟아라. 그 생명을 앗아라. 3대를 멸하라. 그 핏줄까지 황실의 이름을 보면 떨게 만들어라.

카르니언이 어릴 때부터 철저하게 배워온 방식이었다. 그리고 그건 아마 하르페니언도 마찬가지일 터.

그래서인지 한때는 정말 형님이 이해가 가지 않았다. 감히 황족에게 이빨을 드러내 황실의 권위를 실추시키는 놈들에게 너그럽다니.

하지만 카르니언이 성인이 되고, 좀 더 균형 있게 주변을 보게 되며 깨달은 사실이 있다. 하르페니언은 결코 너그러운 것이 아니라, 그저 자신에 대한 괄시를 황실에 대한 도전이라 여기지 않는 것뿐이었다.

황태자가 저주를 받았을 때 그를 이용해 황실 자체에 흠집을 내려 한 세력은 분명 있었다. 하지만 그것을 하르페니언 개인의 문제만으로 축소하자 그들은 명분을 잃었다. 그렇게 저주와 황실은 분리되었고, 오히려 황실의 권위를 높이려는 자들은 저주받은 황태자를 더욱 비난하기도 했다. 저주를 황실의 문제가 아니라 개인의 문제로 끝내려면 그저 하르페니언이 황족의 자격 자체가 없었을 뿐이라는 논리로 몰고 가야 했기 때문이다.

하르페니언은 그것을 묵묵히 받아들인 것이다.

카르니언은 그 과정을 도저히 상상할 수 없었다. 생각만 해도 아득했다. 그가 반론할 거리는 많았다. 그래. 백 번, 천 번 양보해 정말 황족으로서 자격이 없다는 것이 사실이라 하더라도, 그걸 과연 그 누가 판단한단 말인가? 감히 황제가 아닌 그 누가? 심지어 그저 황족 취급을 해주지 않는 데서 그치지 않고 직접 위해를 가하려고 하는 작자들이 있다면 가만히 놔둬서는 안 됐다.

이걸 용인한다면, 앞으로는 저주가 아니라 작은 흠만 가지고도 황족의 자격에 대해 왈가왈부하기 시작할 거다. 그러니 그런 이들을 용서해서는 안 된다는 이야기부터, 혈통에 전혀 부족함 없는 황후와 황제 사이에서 태어난 황태자를 황족에게서 분리하는 것이 가능한가에 대한 원론적인 이야기까지. 정말 떠들어대고 싶은 건 많았다.

하지만 카르니언은 어느 순간 알 수 있었다. 그걸 하르페니언이 몰라서가 아니라는 걸. 모두 알면서도, 아니 분명 카르니언이 모르는 부분까지 알고 있으면서도 지금의 위치를 묵묵히 받아들였으리라는 걸.

어떤 생각이신 건지, 어떤 심정이신 건지 카르니언은 도저히 상상할 수조차 없었다. 하지만 하나만은 확실했다. 이건 그가 왈가왈부할 수 없는 부분이다.

대신 카르니언 자신의 영역이라면 괜찮다.

정말로 지금 오는 암살자가 한 명이라도 있다면, 그래서 생포할 수 있다면 그 배후를 곱게 놔두진 않으리라. 이 자리에 카르니언도 함께 있는 이상, 그건 황태자가 아닌 황자의 암살미수로 봐도 좋을 테니까.

그렇게 생각하다 카르니언은 퍼뜩 고개를 들었다.

"그, 수아는."

주변을 살피던 하르페니언의 시선이 곧바로 움직였다.

"수아는 괜찮은 겁니까? 그런 놈들이라면 여관으로 침투를 할지도……."

"마법 경계망을 펼치고 왔다."

"아. 스크롤인가요?"

"그래. 쉽게 깰 수 있는 게 아니니 괜찮을 거다."

스크롤, 즉 마법을 담은 마법 스크롤은 1회용이긴 하지만 사용법이 간단하고 휴대성이 좋은 도구로 지금 카르니언도 호신용으로 몇 개 정도 품에 지니고 있었다. 단지 마력이 없는 사람이 사용할 수 있는 것은 좋지만, 세부적인 제어가 힘들다는 점에서 실제 마법사가 쓰는 마법과는 비교할 수 없었다. 예를 들면 공격 마법을 스크롤 안에 담는 건 가능하시만 그 마법을 목표물에게 향하게 할 수가 없어 자칫하면 발동자를 공격할 수도 있는 것이다. 그래서 스크롤 안에는 대부분 보조마법을 담았다.

지금 하르페니언이 발동한 마법 경계망도 그런 보조 마법 중 하나로, 경계망 안팎 출입을 완전히 막아주는 마법이었다. 그 경계를 억지로 뚫고 지나가려다가는 몸이 그대로 마비되어버린다. 문제는 침입자는 물론 안에 있는 사람도 밖으로 나가지 못한다는 거지만.

"그렇군요. 다행……이 아니라, 그럼 지금 수아도 갇혀 있다는 거네요?"

"어차피 자고 있으니 나올 일도 없다."

수아가 밤에 깨는 것은 그다지 자주 있는 일이 아니었다. 나름의 경험으로 하르페니언은 그걸 잘 알고 있었다. 설사 깼다 하더라도 모든 것이 갖춰진 특실이니 굳이 방 밖으로 나올 만한 일도 없으리라.

"그건 그렇지만요. ……그런데 형님. 생각해보니 그거 형님과 같이 있을 때 쓰셔야 하는 거 아닙니까?"

"음?"

"한 방에 있을 때요. 그래야 수아가 나가려고 할 때 몸이 마비가……."

때로 사람은 시선만으로도 많은 말을 할 수 있다. 말을 채 마치기도 전에 닥치라는 뜻의 눈빛이 그를 찔렀다. 카르니언은 얌전히 입을 다물었고, 하르페니언은 작게 한숨을 내쉬었다.

"쓸데없는 소리 말고, 벽 한쪽에 잘 붙어 있기나 해라. 무딘 칼에 맞기라도 하면 용서 안 한다."

"넵."

스르릉. 서늘한 소리를 내며 하르페니언의 검이 뽑혔다.

카르니언도 검술은 배우긴 했지만 어디까지나 황족으로서의 의무였기에 호신 정도의 수준이었다. 그나마 일반적인 황족보다 조금 더 깊이 배운 경우라 일반 병사나 어설픈 실력의 용병보다야 나았지만, 그냥 거기까지다.

즉, 이런 실전은 그가 나설 자리가 아니었다.

카르니언은 그걸 순순히 받아들이고는 최대한 골목 벽 쪽으로 몸을 붙였다.

하르페니언은 허공을 응시했고, 카르니언도 꿀꺽 긴장으로 마른침을 삼켰다. 방금까지 태연하게 이야기를 하고 있었다는 것이 믿어지지 않을 만큼 순식간에 긴장감이 팽팽하게 느껴졌다. 목덜미가 서늘해질 정도의 살기.

챙! 카르니언이 채 방향도 읽기 전에 날카롭게 부딪치는 검 소리가 들렸다. 다음 순간에는 두 명의 인형이 땅에 쓰러졌다.

'허.'

카르니언은 소리 없이 감탄했다. 하르페니언이 검을 쓰는 모습을 보는 건 어릴 때 이후로 처음이었다.

너무 어려, 우는 것 외에는 아무것도 하지 못했던 그때. 방금까지 살아 있던 사람들이 한순간에 싸늘히 식고, 황자 전하만은 살아남으시라며 기꺼이 목숨을 던지던 기사들. 줄줄 흐르는 붉은 피가 너무나도 무서웠다.

그때 나타난 하르페니언이 없었다면, 아마 자신도.

지금 자신은 한없이 무력한 어린아이가 아니다. 하지만 자기 힘으로 이 상황을 정리하지 못하는 것도, 검을 배웠음에도 하르페니언의 검 놀림 하나도 제대로 보지 못한다는 것도 그때와 전혀 다르지 않았다.

순간 무언가가 자신을 향한다는 걸 느꼈다.

그러나 카르니언이 그것이 무엇인지 채 확인하기도 전에 이미 하르페니언의 검이 그것을 쳐냈다. 그 무엇이 단도였다는 건 그것이 바닥에서 구른 후에나 알 수 있었다.

어둠 속에서, 잠시 그에게 향한 금색 눈이 선연하게 빛났다.

순간 오싹했다. 평소에는 무심하게까지 보였던 하르페니언의 태도에서는 상상조차 할 수 없는, 마치 야수와도 같은 그런 강렬한 눈빛이었다.

그 순간 카르니언은 나름대로 하르페니언을 위한다고 했던 행동들이 부끄러워졌다. 감히 누가 누구를 위한다는 건가. 형님은 그저 기다리고 있었을 뿐인 것을. 행동할 수 있는 시기가 된다면 형님은 그 누구보다도 날카롭게 빛날 것이다. 단단히 벼려져 있는 칼처럼.

카르니언은 부끄러움인지 전율인지 모를 감정으로 검을 들고 있는 손에 힘을 줬다. 어느새 하르페니언은 움직임을 멈추고 주변을 둘러보고 있었다. 그 호흡은 조금도 흐트러지지 않았다. 그는 이내 검에 묻은 피를 닦고는 검집에 검을 집어넣었다.

"끝……입니까?"

"그래."

이번에도 카르니언이 한 건 아무것도 없는데 상황은 모두 정리됐다. 그는 속으로 한숨을 내쉬면서 쓰러진 놈들을 살폈다.

모두 딱히 특색이랄 게 없는 남자의 일상복이었다.

검은색 복면만 생각하던 그에겐 조금 의외였으나, 카르니언이 눈살을 찌푸린 건 다른 부분이었다.

생각보다 숫자가 많았다. 모두 일곱. 하르페니언의 설명을 듣고도 기껏해야 두세 명 정도가 아닐까 싶었는데, 이 정도의 숫자라니. 오늘 성급히 덤비는 일부 멍청한 암살자가 일곱이라면, 지금 형님을 노리고 있는 놈들은 도대체 몇이라는 걸까.

하르페니언은 쓰러진 놈들을 힐끗 보더니 중얼거리듯 말했다.

"연합했나 보군."

"네?"

"어차피 나를 죽이기만 했으면 됐을 테니, 쓸데없이 경쟁할 필요가 없었겠지."

"……되게 기분 나쁜 협동인데요."

대상을 뒤따르는 동류의 사람을 발견하고, 목적이 같은 것을 알아 힘을 합친 거겠지만 그럴 여유가 있으면 그 대상이 누구인지 혹은 어느 정도의 실력인지 정도는 알아볼 것이지.

카르니언은 쓰러진 놈들에게 다가가 발로 툭툭 건드리며 얼굴을 확인했다. 딱히 낯익은 얼굴들은 아니었다. 의외인 건 부상을 입어 꿈틀거리고 있거나 의식 자체를 잃고 있을 뿐, 죽은 이는 없다는 거였다. 일부러 힘을 조정하신 걸까.

어쨌건 카르니언으로서는 좋은 일이었다. 뒤를 캐내, 이놈들을 고용한 귀족들만이라도 제대로 눌러주리라.

"기사들을 불러오겠습니다."

"카일."

"네?"

하르페니언은 잠시 카르니언을 바라보며 조금 머뭇거리는가 싶더니, 이내 그에게 다가갔다.

"형님?"

이제까지 그는 언제나 팔을 뻗어도 절대 닿지 않을 거리를 유지했다. 하지만 지금은, 두 걸음 정도면 맞닿을 정도였다. 카르니언이 기억하는 한 이렇게 가까이 온 건 그 옛날 하르페니언이 그를 구해줬을 때뿐이었다.

"카일. 만일의 경우엔 수아를 부탁한다."

"네?"

"내가 어떻게 되든 수아는 계속 이 세계에 있을 수밖에 없을 테니까. 부탁할 사람은 너와 루펜밖에 없어."

그 말과 동시에, 하르페니언의 손이 카르니언의 머리 위로 올라왔다.

카르니언은 너무 놀라 그대로 굳었다. 하르페니언은 혹시라도 맨살이 닿는 부분이 있나 바짝 신경 쓰며 장갑 낀 손으로 어색하게 몇 번 동생의 머리를 쓰다듬었다.

"일단은 기다려라. 되도록 돌아올 테니."

하르페니언의 손이 떨어진 뒤에도 카르니언은 반쯤 입을 벌리고 멍하니 그를 바라보았다.

무슨 반응을 해야 할까. 그에게 신뢰 비슷한 것을 표하는 말도 처음이었고, 이렇게까지 다가온 것도 처음이었다. 카르니언이 입만 뻐끔거리고 있을 때 하르페니언은 그와 시선을 마주치지 않고 말했다.

"기사들, 불러온다고 하지 않았나."

"아, 넵!"

카르니언은 반사적으로 몸을 돌렸다. 그러다 다시 하르페니언 쪽을 바라보며 외치듯 말했다.

"당연하죠! 오실 때까지 기다릴 겁니다! 언제가 되든지요!"

그러곤 곧바로 몸을 돌려 기사들 쪽으로 뛰어갔다.

하르페니언은 그 뒷모습을 보며 슬쩍 달아오르기 시작한 얼굴을 식히며 가볍게 숨을 내쉬었다. 아무래도 이런 것은 익숙하지 않았다.

하지만 나쁜 기분은 아니었다.

하르페니언은 잠시 그 자리에 서 있었다. 그리고 카르니언이 기사들을 데리고 돌아오는 걸 보며, 먼저 여관 쪽으로 발걸음을 옮겼다.

다음 날 아침, 수아는 개운한 기분으로 자리에서 일어났다. 다행히 하르페니언이 수아에게 걸어놓은 마법 경계망은 별다른 역할을 하지 못하고 꺼졌기에 그녀에게는 여느 때와 같은 상쾌한 아침, 그리고 여행 둘째날의 아침일 뿐이었다. 어제 일찍 잠이 든 덕인지 아직 동이 다 트지 않았을 만큼 이른 시간에 일어났다는 것이 조금 다를 뿐이었다.

"날씨 좋다~."

준비를 다 마친 후, 수아는 창을 활짝 열고 도시가 깨어나는 것을 내려다보았다. 대부분은 아직 잠자리에 있겠지만, 벌써부터 부산하게 움직이는 사람들도 꽤 보였다. 창밖에 놓인 화분의 꽃에서 달콤한 향기가 솔솔 흘러나왔다.

그때 문밖에서 똑똑, 노크 소리가 들렸다. 아직 아침 식사가 오기에는 너무 이른 것 같아 수아는 고개를 갸웃거리며 문 쪽으로 몸을 돌렸다.

"누구세요?"

"나. 들어가도 돼?"

"어, 카일?"

들려온 목소리는 정말 의외였다. 수아는 깜짝 놀라 직접 문가로 다가가 문을 열었다. 카르니언이 그녀의 방문 앞에 서 있었다.

"다행히 일어나 있었네."

"일찍 잤잖아. 카일도 일찍 일어났네."

"아직 못 잔 거야."

"응?"

그가 자연스럽게 수아의 방 안으로 들어왔다. 수아가 문을 닫으며 물었다.

"차를……. 아, 끓인 물이 없네. 좀 가져다 달라고 할까?"

"아냐, 금방 갈 텐데. 물이나 한 잔 줘."

그가 테이블에 있는 의자에 털썩 주저앉으며 말했다.

"알았어. 근데 아직 못 잤다니 무슨 뜻이야?"

"어제 암살자들 좀 정리하느라고."

그 말에 수아는 막 집은 물컵을 순간적으로 떨어뜨릴 뻔했다.

"암살자? 어제 왔었어?"

"왔었다기보다…… 따라왔다고 해야 하나."

카르니언은 가벼운 말투로 새벽에 있었던 일을 간단히 설명해줬고, 수아는 카르니언에게 물을 가져다주는 것도 잊은 채 서서 그 이야기를 들었다.

"세상에. 그래서 어디 다친 곳은 없고?"

"형님이 그야말로 순식간에 정리하셔서."

"잡은 암살자들은?"

"수도로 데려가서 추궁 좀 하려고."

그 말과 함께 카르니언이 씩 미소 지었다. 결코 그냥 넘기지는 않겠다는 뜻이라는 건 쉽게 짐작이 갔다.

그제야 수아는 정신을 차리고 손에 들고 있던 물을 카르니언에게 가져다줬다. 그는 한 모금을 마신 후 테이블에 컵을 내려놓았고, 수아도 의자에 앉았다.

"그런데, 그거 알려주러 온 거야?"

"뭐, 겸사겸사. 난 오늘 수도로 돌아가니까 인사도 겸해서. 형님을 잘 부탁합니다, 뭐 이런 이야기?"

"그게 뭐야."

수아가 쿡 웃었다. 하지만 카르니언은 진지한 얼굴로 다시 말했다.

"진짠데. 보면, 형님은 당황스러울 정도로 변해가고 계시거든. 심지어 새벽에는……."

카르니언은 잠깐 말을 끊었다가 어깨를 으쓱했다.

"아무튼, 그래서 내가 너를 질투하고 있는 건 확실하다는 거야."

"응?"

수아는 눈을 깜박였다. 하르페니언은 카르니언에게 질투한다고 하더니, 이 형제 갑자기 왜 이래?

"좀 억울하달까. 그동안 계속 다가가려고 해도 밀어내시기만 했던 분이, 너를 만나고 나선…… 아니, 뭐 나에게도 좋긴 한데. 근데 좀 기분이 이상해."

그러더니 카르니언은 피식 웃었다.

"아, 걱정 마. 기본적으로 난 여자가 좋으니까 너랑 경쟁할 생각은 없거든."

"어, 고마……뭐?"

엉겁결에 그렇게 대답한 수아가, 고개를 갸웃거렸다.

"근데, 물론 알이 좀 변하기는 한 것 같지만 그렇게까지 극적이야? 알이야 처음부터 되게 친절했고……."

"친절……. 음, 뭐. 틀린 말은 아닌데."

카르니언은 굉장히 복잡하고도 미묘한 표정으로 한숨을 푹 내쉬었다.

"일단, 남자는 흑심 있는 여자에게는 누구나 다 친절해질걸."

"아냐, 만나자마자 되게 여러모로 챙겨줬는데?"

"끙……. 형님이 언제부터 너에게 마음을 뒀는지는 나중에 둘이 말해보고. 아무튼 그래서, 잘 부탁해. 혹시라도 다른 남자에게 넘어가거나 하면 진짜 평생 원망할 거야."

진짜 기우는 기우다. 수아는 기가 막혀 헛웃음을 지었다.

다른 남자? 하르페니언이 아닌?

"말도 안 돼."

"물론 나도 알아. 지금의 네가 형님에게 푹 빠져 있는 거. 하지만…… 음, 사실 이거 되게 오지랖이라는 거 아는데, 그래도. 너 어제 특실 이야기하고 그걸로 고민했지?"

순간 말문이 턱 막혔다. 그걸 어떻게 아는 걸까. 눈빛으로도 충분히 질문이 되었는지 카르니언이 대답했다.

"아차 싶던 게 눈에 보이던데, 뭐. 사실 넌 나나 형님이 황족인 걸 상관 안 하잖아. 저번에도 말한 것 같지만, 넌 황족에 대한 개념을 머리로만 알고 있잖아? 너에게 난 황자인 「카일」이지. 「황자 전하」가 아니고."

처음, 카르니언이 불쑥 회궁에서 요리를 하며 나타났을 때, 그는 수아에게 말을 놓으라면서 비슷한 말을 했었다. 그런 면이 나쁘지 않다고. 하지만 그때와 지금은 상황이 완전히 다르다. 그냥 회궁에 있는 여관 한 명과 황태자와 사랑에 빠진 신분 없는 이계인은 비교를 할 수 없을 정도로 다른 경우니까.

"그…… 아무래도 좀 건방진 걸까?"

물어보면서도 수아는 대답을 알 수 있을 거 같다고 생각했다. 당연히 건방져 보이겠지. 카르니언이 여기 온 것도 좀 더 신분을 자각하라는 조언을 하러 온 것이 아닐까.

"그럴 리가."

하지만 그의 대답은 의외였다. 수아는 저도 모르게 내리깔았던 눈을 들어 카르니언을 바라보았다.

"네가 형님의 총애를 방패 삼아 권력을 휘두르고 다닐 것도 아니잖아. 아니, 애초에 넌 총애를 받는다는 생각도 별로 없지? 그냥 사랑하고, 사랑받는 거지."

카르니언은 재미있다는 듯 말했다.

"넌 나와 이야기할 때 내가 황족이라는 걸 인지시키지 않아. 딱히 의도적인 것도 아니고 너 스스로가 그냥 인지 자체를 안 하는 거지. 난 네 그런 부분이 꽤 좋아. 그리고 그건 형님도 마찬가지가 아닐까?"

"어?"

"난 황족으로 태어난 걸…… 글쎄, 좋다거나 싫다고 생각해 본 적이 없어. 별로 부담가진 적도 없고. 내가 황족인 건 내가 나인 것만큼이나 당연하니까. 하지만 그것과 별개로, 너랑 이야기하면 그냥 편해. 아무것도 계산할 필요가 없거든. 그래서 형님도 좀 비슷하지 않을까 생각했어."

거기까지 말하고, 카르니언은 살짝 자세를 고쳐 앉았다.

"나에겐 친우들이 몇 있어. 귀족 자제들이지. 그 안에는 나와 꽤 마음이 맞는 녀석도 있어서 신분을 숨기고 같이 거리로 나가기도 했었어. 하지만 결국, 다들 내 수하야. 내가 명령하면 따르는 것이 당연한 그런 관계. 내 노여움을 사면 본인의 미래뿐만 아니라 집안에 피해가 갈지 모른다는 것도, 반대로 내 호감을 사면 여러모로 이득이 있다는 것도 자연스럽게 인지하고 있지. 형님도 리노체스 백작과 꽤 사적으로 가까우시지만, 너도 리노체스 백작이 형님께 하는 태도를 봤지?"

매우 충성스러운 부하의 모습. 수아가 볼 때 루펜의 태도는 오로지 그것일 뿐, 그녀가 생각하는 친구의 모습은 어디에도 없었다.

동시에 카르니언이 말하는 것도 이해가 갔다. 이 세계는 신분제 사회고, 황족에게 있어서는 정말 대부분의 사람들이 자신보다 당연히 「밑」일 수밖에 없는 거다.

"모든 관계가 그래. 나는 베풀고, 저쪽에서는 내 온정과 아량에 감사하며 충심과 순종으로 보답하는 거. 반대로 내가 진심으로 화를 내면 잘못했다며 고개를 숙이는 거지."

그게 옳고 그르고를 떠나 황족으로 태어난 이에게는 숨 쉬는 것처럼 당연한 일이었다. 그리고 황족을 대하는 이도 정말 당연하게 그것을 받아들인다.

"이런 태도의 사람들은 정말 넘칠 만큼 많아. 그런데 굳이 너까지 거기에 일부러 합류하지 않아도 되잖아. 게다가 너, 나나 형님에게 고개를 숙인다는 걸 좀 억울하다고 생각하지? 네 세계에는 신분제가 없어 다 똑같은 사람이라며."

사실 난 그게 더 상상이 안 가지만, 하고 덧붙이며 그는 웃었다.

하지만 수아는 그 말에 웃을 수 없었다. 그의 말대로, 그건 그녀가 온 세계의 이야기였으니까.

"하지만…… 난 지금 이 세계에 있잖아. 그…… 알은, 내가 좀 더 얌전한 걸 좋아하지 않을까?"

"글쎄."

그는 어깨를 으쓱였다.

"난 형님이 아니니까 뭐라고 답해줄 수는 없어. 하지만 내가 볼 땐 네가 억지로 뭔가를 하는 걸 별로 좋아하실 거 같진 않거든. 음, 말이 조금 샜네. 내가 하고 싶은 말은 그냥 그런 걸로 고민 안 했으면 좋겠어. 보니까 너는 좀 쓸데없는 걸로 머리를 싸매더라고. 형님이 유부남인지 아닌지도 그렇고. 어제 보니까 또 고민하겠다 싶었지."

확, 수아의 뺨이 붉어졌다. 확실히 하르페니언이 유부남인지 아닌지로 고민한 건 참 쓸데없긴 했지만……. 어제도 그렇게 읽히기 쉬웠나.

"그니까, 음, 솔직히 오지랖 맞는 거 같지만, 그냥 그런 걸로 상대에게 부담을 느끼게 되면 아무래도 좀 지치게 되잖아. 그럴 때 마음에 드는 다른 남자가 나타나면…… 혹시나 끌릴 수도 있……."

"그럴 리 없어."

수아가 그의 말을 끊으며 곧바로 답했다.

카르니언이 마음에 든다는 듯 미소 지었다.

"응, 그렇게 단정 지을 수 있다는 건 좋지. 그래서 쓸데없는 참견이라고 생각하긴 했는데……. 아, 기왕 말한 김에 하나만 더. 이것도 되게 노파심이지만……."

"응."

"그래도 형님은 황족이야. 이제까지 실컷 말해놓고 무슨 소리냐고 하겠지만, 그래도 형님이 황족이라는 걸 배제할 순 없어. 저주를 풀고 돌아오면 정말 정신없겠지. 그 와중에 형님도 모든 걸 다 터놓고 말을 할 순 없을 거고. 그런 건 좀 이해를…… 해주면."

무슨 소린가 바짝 긴장했던 수아는, 어떻게 보면 매우 당연한 소리에 조금 안도했다.

"어, 당연하지?"

"뭐?"

"응?"

둘은 서로 마주 보다가 카르니언이 당황한 듯 말했다.

"아니, 그러니까 형님이……."

"나에게 다 말할 수 없다는 거? 당연한 거 아냐?"

그 소리에 카르니언이 우물쭈물하는 걸 보고, 수아는 그가 자신이 온 세계를 어떻게 생각하는 걸까 조금 궁금해졌다.

"내가 온 세계에는 신분제는 없지만 당연히 직업은 있어. 그리고 그 직업에 따라 기밀 같은 것도 있고. 황태자도 어떻게 보면 직업 같은 거니까, 나에게 말 못 할 것도 있겠지, 뭐."

"어…… 직업……. 어, 그래. 그, 그렇게 생각할 수도 있겠구나."

카르니언은 수아를 멍하니 보다가, 갑자기 푸핫 하고 폭소를 터트렸다.

"미치겠다. 아, 진짜. 역시 이야기하고 있으면 재밌다니까."

카르니언은 뭐가 그리 웃긴지 어깨까지 떨면서 웃었다. 그걸 본 수아도 피식 웃었다.

"도대체 내가 무슨 반응을 보일 거라고 생각한 거야?"

"글쎄? 왜 형님이 너에게 다 말할 수 없는 거냐고 따진다거나, 사적인 부분에 쓸데없는 참견이라며 화내는 거?"

그러니까 카르니언도 나름대로 그녀의 눈치를 보며 말했다는 뜻이었다. 어쩐지 오지랖이나 노파심 같은 단어를 쓰며 주저하더라. 수아는 황자가 눈치를 보게 만든 이 상황이 참 묘하다는 생각을 했다.

"별로 심한 말도 없었고, 생각해줘서 한 말이잖아? 내가 그 정도도 이해 못 할 정도로 경우 없진 않아. 어린애도 아니고, 따지면 내가 카일보다 나이 많은데. 자꾸 아무것도 모르는 애처럼 취급하면 누나라고 부르라고 한다?"

이번에야말로 카르니언은 완전히 터졌다.

그대로 배를 부여잡고 웃기 시작해 테이블에 머리를 박았다. 이러다 호흡 곤란이 오는가 싶을 때, 방 밖에서 노크 소리와 함께 직원의 목소리가 들렸다.

아침 식사였다.

식사가 끝난 후 카르니언은 돌아갔다. 혼자가 아니라 남자들도 있는 걸 보니 호위를 구했거나, 아니면 처음부터 데리고 온 모양이었다. 카르니언은 그럼 돌아올 때 보자는 말을 남기고 떠났고, 수아는 그가 원래 이럴 계획이라는 걸 알고 있었음에도 약간 아쉬웠다. 차라리 저택에서 그대로 헤어졌으면 이런 기분은 안 들었을 텐데.

"섭섭한가?"

수아는 하르페니언의 말에 티가 그렇게 났나 싶어 얼른 고개를 저었다.

"아, 아뇨."

스스로 생각해도 어색하기 짝이 없는 대답이었다. 하르페니언은 그런 수아를 보다가 작게 웃었다.

"그대가 카일을 좋아하는 건 알고 있으니까, 무리할 필요는 없어."

그 말과 함께 하르페니언은 손으로 수아의 뺨을 살짝 쓰다듬었다. 장갑을 낀 손이었지만 그 느낌이 너무 간지러워, 수아는 저도 모르게 얼굴을 확 붉혔다.

"어? 아, 그……."

"친구까지 일일이 신경 쓰게 만드는 남자가 되고 싶지도 않고."

수아는 무슨 대답을 해야 할지 몰라서 새빨개진 얼굴로 약간 느긋하게 웃고 있는 하르페니언을 바라보았다. 뭔가 요 며칠, 굉장히 밀리는 듯한 기분이 들었다. 그전까지 무작정 밀어댄 것이 수아였다면, 요즘은 아무래도 휘둘리는 것만 같은. 하지만 그게 싫으냐면 또 그렇지도 않았다.

수아는 잠깐 어떻게 반응해야 할지를 고민하다가 그냥 말을 돌리기로 했다.

"그러면 우리도 곧 출발하는 건가요?"

"일단 점심 전에는 출발해야 계획된 마을에 도착하겠지만, 피곤하면 더 쉬었다 가도 상관없어. 일정이야 딱 정해진 게 아니니까."

다행히 하르페니언도 기꺼이 바뀐 화제에 응해줬다.

"아뇨, 괜찮아요. 어제도 일찍 잤고, 전혀 안 피곤한걸요? 어, 그러고 보니 좀 이상하긴 하네요. 처음 알이랑 여행할 땐 진짜 피곤했었거든요. 말을 탈 때야 당연했다고 치지만…… 마차로 바꿔 탄 후에도 저녁때쯤이면 완전히 녹초가 됐었어요. 그때도 꽤 일찍 잠들었는데 아침에 일어나기도 쉽지 않았고요. 그런데 지금은 전혀 그런 게 없어요."

궁에서 일하면서 체력이 붙었다고 하기에도 애매했다. 여관은 그다지 체력을 필요로 하는 직책이 아니다. 육체노동은 대부분 하인이나 병사의 몫이었고, 하녀처럼 계속 돌아다니며 일하지도 않는다. 하물며 지금은 부상을 입고 회복한 지 얼마 되지도 않았다. 수아가 고개를 갸웃거리자 하르페니언이 대답했다.

"적응해서 그런 걸 거다."

"적응요?"

"그대가 있던 세계와 이곳은 아무래도 많이 다르니까. 초반에는 몸이 적응하지 못해 꽤 체력 소모가 큰 걸로 알고 있어."

"아."

하긴 같은 세계 안에서도 고산지대와 평지에서의 몸 움직임이 전혀 다른데, 다른 세계라면 더 그럴지도 모른다. 더구나 막상 이렇게 직접 들으니 짚이는 부분도 있었다.

'초반에는 공부하다가도 툭하면 졸았지.'

특히 저녁때쯤 되면 잠이 쏟아져서 책상에서 엎으려 자는 걸 하녀가 깨우는 것이 일상이었다. 그러다 어느 순간부터인가 쭉 집중할 수 있게 돼서, 그냥 공부하는 데 버릇이 붙은 줄 알았다.

그런데 그게 몸 자체가 적응을 못 해서 그랬던 거라니.

다행이었다. 겨우 말을 탄 것만으로도 초주검이 됐던 기억이 남아 있어 이번 여행도 은근히 걱정이었는데, 적응의 문제였다면 그보다는 좀 더 견딜 수 있을 거라는 소리였기 때문이다. 최소한 하르페니언에게는 조금 덜 방해될 수 있으리라.

"보통 3개월에서 반년 정도 되면 제대로 적응한다고 하더군."

"와, 잘 아네요?"

수아의 감탄에 하르페니언은 잠시 멈칫거리는 것 같았다.

"……다른 이계인들도 꽤 봐왔으니까."

다른 이계인. 그 울림은 이상하리만큼 낯설었다. 그래, 이계인의 존재 자체는 낯설지 않은 세계였지. 더구나 하르페니언은 황국의 황태자니 어떤 경로든 간에 본 적이 있을 터였다.

수아가 멍하니 그를 보자 하르페니언은 그걸 어떻게 해석했는지 당황스러운 몸짓으로 고개를 저었다.

"아니, 그대와 같은 세계에서 온 이계인은 아닐 거다. 대부분이 제국인과 비슷한 외모거나 아예 다른 모습이었으니까. 그대처럼 사막 민족과 비슷한 외모는 나도 아직 보지 못했으니."

수아는 잠시 멈칫거렸다. 그래도 찾으면 같은 한국에서 온 사람을 만날 수 있을까 싶은 생각이 든 탓이었다. 하지만 시우의 경우를 봐도 넘어오는 시간 자체도 랜덤인 것 같으니 하필이면 수아와 같은 시대, 같은 나라에서 사는 사람이 지금 넘어왔을 가능성은 별로 없을 터였다. 더구나 세계라는 것이 여럿 존재한다면 수아의 세계 외에도 더 많은, 다른 세계 또한 있겠지.

"……돌아가고 싶나?"

수아가 말이 없자 그는 조용히 그렇게 물어왔다.

수아는 내리깔았던 눈을 들어 하르페니언을 쳐다보았다. 그의 황금빛 눈동자는, 약간의 초조한 빛을 담고 그녀를 내려다보고 있었다.

방금 전까지만 해도 이상하게 여유가 있다고 생각한 참이었는데, 어쩐지 웃음이 나왔다. 그녀는 잠깐 든 우울한 생각을 떨쳐버린 다음 약간 목소리를 높여 물었다.

"돌아가고 싶다고 하면, 그래서 제가 방법을 찾으면 돌려보내 줄 거예요?"

"아니."

대답은 곧바로 나왔다. 조금의 주저함도 없는 단호한 대답이었다. 하르페니언은 그녀의 어깨를 부드럽게 감싸며 확실하게 말했다.

"그런 일이 생긴다면, 무슨 일이 있어도 방해할 거야."

"알?"

"……어제, 카일이 오기 전에 했던 이야기. 그대는 얼굴에 다 나타나니, 굳이 대답을 듣지 않아도 알겠더군. 그대가 온 세계에서는 한때 연인이 있었던 거겠지."

순간 기습을 맞은 꼴이 되어버린 수아가 당황해서 더듬더듬 입을 열었다.

"아뇨, 그게…… 아, 네. 있었죠. 그냥 있었긴 한데, 사귀고 있던 도중은 아니었……."

그 말을 하르페니언이 가로챘다.

"아니, 추궁하려는 게 아니야. 어차피 지금 그대의 곁에 있는 건 나니까. 그리고 지금 그대는 나를 마음에 뒀지."

수아는 멍하니 그를 올려다보았고, 하르페니언은 그녀를 감싼 팔에 조금 힘을 주며 말을 이었다.

"그 사실을 인정하는 데는, 조금 시간이 걸렸어."

"그 사실요……?"

"그대가 이 세계에서 처음 본 사람이 나니 좋아한다고 착각을 하고 있을 뿐이다, 어차피 시간이 지나고 진정으로 사랑하는 이가 생기면 그대는 뒤도 돌아보지 않고 떠날 거다, 그러니 나도 그대에게 부담을 줘서는 안 된다, 고."

수아는 깜짝 놀라 눈을 동그랗게 떴다. 가끔 이상할 정도로 심하게 불안해한다고는 느꼈지만, 설마 저렇게까지 생각하고 있을지는 몰랐다. 동시에, 이상할 정도로 자꾸 그녀의 곁에서 떠나려고 했던 그의 행동이 조금은 이해가 갔다.

"그래서 어찌할 바를 몰랐지. 그대가 착각이라는 걸 깨닫기 전에 차라리 내가 먼저 떠나는 게 낫다고도 생각했다가, 그래도 그대가 질릴 때까지 조금이라도 더 곁에 있는 게 낫다고도 생각했다가……. 그때의 내 눈에는 모든 이가 그대의 착각을 깨어줄, 그대를 앗아갈 적으로 보였어. 그래서 불안해서 견딜 수 없어서…….”

그는 조용히 미소 지으며 수아를 똑바로 바라보았다. 자신에게 향해 있는 눈동자가 사랑스러워서 견딜 수가 없었다. 동시에 지금은, 그가 이런 말을 고백한다 하더라도 그녀의 눈동자가 경멸이나 두려움으로 물들지 않을 것을 알았다.

“그런데 이제는 아니라는 걸 알아. 그대는 어떤 착각이나 동정으로 내 곁에 있어준 게 아니지.”

깨닫게 된 계기는 뭐였을까. 아니, 계기 같은 건 딱히 없었는지도 모른다. 그냥 어느 순간부턴가 알게 되었다. 그녀는 언제나 그에 대한 감정을 솔직하게 표현하고, 말하고, 끌어당겨 주고, 안아주었으니까. 그럼에도 계속해서 도망치는 꼴이 되는 건, 글쎄. 더할 나위 없이 비겁하지 않은가.

“알.”

“더 이상 한 발 뒤로 물러선 채 멋대로 판단하는 건, 관계에서 도망가는 건 그만두기로 했어. 비록 나는 그대를 영원히 지켜준다거나 행복하게 해준다고 말할 수 없는 입장이지만, 그대가 말했지. 행복은 누군가가 주는 게 아니라 스스로 찾는 거라고. 그럼 나도 최선을 다해 노력할 거야. 그대가 내 곁에 있을 때 행복할 수 있도록."

그의 입술이 부드럽게 이마에 닿았다가 떨어졌다.

그 소리에 수아의 뺨이 붉게 물들었다. 동시에 기뻐서 견딜 수가 없었다. 눈물이 금방이라도 흘러나올 것 같아, 그녀는 짐짓 투정 부리는 목소리로 말했다.

"그, 그래도 예의상 조금 생각하는 척은 해줘야 하는 거 아니에요? 돌아간다는 거요. 전 그쪽에 모든 게 있다고요. 가족도, 친구도……."

"애인도?"

그 반문에 수아는 저도 모르게 웃음을 터트렸다.

"그러게요. 애인은 여기 있네요."

수아는 어깨를 감싸고 있는 그의 팔에 손을 올렸다. 하르페니언은 수아를 자신의 품 안으로 끌어당겼다.

"여기서 다시 한 번 모든 걸 만들어."

"앜."

"가족을 원한다면 가족이 되어주고, 친구를 원한다면 친구가 되어주지."

"뭐예요, 그게."

"농담이 아니야, 수아. 원한다면 그 무엇이라도 말해. 보석도, 저택도, 별장도 그대가 원한다면 모두 줄 수 있으니."

그는 나지막하게 속삭이듯 말했다.

"그러니 돌아간다는 소리는, 하지 못하게 할 거야. 무슨 수를 써서라도."

곤란했다. 결코 낭만적인 내용이 아닌데도 가슴이 뛰었다. 귓가에서 들려오는 목소리는 낮고 조용했으며 그리고 단호했다.

"……너무해요."

수아는 투정하듯 중얼거렸다.

"그렇게 말하면 제가 뭐라고 대답해야 해요?"

"난 이제 두 번 다시 그대를 감금한다든가, 억지로라도 곁에 있게 하겠다든가 하는 소리는 하지 않고 싶어."

그는 부드럽게 웃었다.

"난 그대가 그대의 의지로 내 곁에 있어주길 원해. 그러니 그냥, 내 곁에 있겠다고 말해줘."

완벽하게 확신이 있는 미소는 아니었다. 약간의 초조함과 약간의 여유. 하르페니언은 그 상반된 감정을 한꺼번에 갈무리한 채 그녀를 바라보았다.

얼굴에 확 피가 몰리면서 가슴이 두근거리기 시작했다. 박동 소리가 귓가에서 쿵쿵 뛰어 하르페니언에게 들리지 않을까 걱정이 될 정도였다. 동시에, 한 사람에게 다시금 반한다는 표현이 무엇인지를 확실히 깨달았다. 전에는 정말 최대치로 그를 좋아한다고 생각했다. 하지만 그게 아니었구나.

한 사람에게 몇 번이고 반할 수가 있구나.

계속, 계속, 계속.

몇 번이고 다시 사랑을 하고, 그 사람이 한 사람일 수도 있구나.

제대로 숨이 쉬어지지 않았다. 수아는 심호흡을 하는 것도 잊은 채 하르페니언의 금안을 바라보았다가, 아로새겨진 붉은 문신으로 시선을 옮겼다가, 다시 그의 눈을 쳐다보았다.

기뻤다.

무언가 간질거리는 감각이 가슴에서 온몸을 타고 올라왔다. 그건 그가 「바뀌어」가고 있다는 걸 확실히 실감했기 때문이기도 했다. 딱딱하게 굳은 무언가가, 점점 몽실몽실한 무엇으로 바뀌어 풀려가고 있다는 느낌이 들었다. 그 자체만으로도 기쁜데, 하물며 그 원인은 수아였다. 다른 이가 아닌, 오로지 그녀 자신.

변해가는 건 두렵다고 생각했다. 그냥 계속 이대로면 좋겠다고도 생각했다. 혹시라도 그의 마음이 떠날까 봐, 자신이 좋지 않을 쪽으로 집착하게 될까 봐. 하지만 그게 얼마나 편협한 생각이었던지. 변하지 않으면 아무것도 할 수 없는데. 숨 쉬는 것이 두렵다고 해서 호흡을 멈출 수 없고, 살아가는 것이 두렵다고 삶을 멈출 수 없는 것처럼.

"진짜, 알은 엄청나게 바람둥이였을 거예요."

"음?"

의아해하는 목소리조차 멋있어서 견딜 수가 없었다. 수아는 조금 더 깊숙이 하르페니언의 품으로 몸을 기댔다.

"곁에 있을게요. 처음부터 그렇게 말하고 있었잖아요. 정말 몇 번이나 제 입으로 말하게 하는 거예요?"

수아가 말할 때마다 가까이 맞닿아 있는 그의 몸이 흔들렸다.

"말해줘서 고마워요, 알. 저도 노력할게요. 그러니까 알도 제 곁에 있어줘요."

대답은 없었다. 단지, 어깨를 감싸고 있지 않던 다른 팔이 천천히 그녀의 허리를 감싸 안았을 뿐이다. 대답은 그것만으로도 충분했다.

—그때가 되면 돌아갈 수 있어.

시우의 한마디가 머릿속을 스쳐 지나갔지만, 수아는 애써 그 생각을 떨쳐버리려는 듯 잠깐 눈을 감았다 떴다. 그리고 강하게 그를 마주 끌어안았다.

첫날부터 암살자가 왔다는 소식을 전해 들은 탓인지, 여관에서 출발할 때까지만 해도 수아는 나름대로 바짝 기합이 들어가 있었다. 하지만 지저귀는 새소리와 따스한 햇볕 사이에서 그 상태를 유지하기란 생각보다 어려웠다. 수아의 긴장은 점심시간이 되기도 전에 다그닥거리며 규칙적으로 흔들리는 마차 안의 나른함에 모두 빠져나가 버렸다.

처음에는 마차 안에 얌전히 있던 수아였지만, 아무래도 혼자 마차 안에 있는 건 내키지 않아 결국 오후부터는 마부석 옆으로 가 앉았다. 하르페니언은 이러면 마차를 고른 의미가 없다며 웃었지만, 굳이 그녀가 옆에 오는 걸 말리진 않았다. 전에 탔던 이두마차보다는 자리 자체가 좁아 약간 밀착하는 모양새가 됐지만 불편할 정도는 아니었다.

카르니언이 빠지자 확실히 둘만의 여행이라는 느낌이 강하게 들었다. 자연스럽게 둘이 수도로 올라가던 때가 생각났다.

가장 큰 다른 점은 이제 서로 말이 통한다는 것과 하르페니언이 그녀와 맞닿는 것을 피하지 않는다는 점이었다.

"처음에는 알이 저 싫어하는 줄 알았어요. 아니, 싫어한다기보다는 귀찮아하는 줄 알았죠. 조금이라도 다가가려고 하면 움찔거리고, 한 발 뒤로 물러서고."

"음."

"그래서 버림 안 받으려고 얼마나 노력했는데요."

수아는 그때를 회상하면서 즐겁다는 듯 웃었다.

"아, 하긴 처음에는 혹시 알이 저를 인신매매로 팔아버리지 않을까 걱정도 했었지만요."

하르페니언은 고삐를 잡은 채 힐끗 그녀를 보았다. 그리고 작게 한숨을 쉬었다. 그 모습에 외려 당황한 수아가 얼른 고개를 흔들며 말했다.

"아, 그니까. 그게 처음 봤었잖아요. 낯선 사람이었으니까, 딱히 알이 인상이 나쁘다거나 이상해 보였다는 게 아니라……."

"그게 아냐."

하르페니언은 걱정이 된다는 눈으로 그녀를 바라보았다.

"어제 이야기에서도 이어지는 거지만, 그 정도까지 생각했으면 좀 더 제대로 경계했어야 하지 않나."

"그렇지만……."

"그대는 당시 누가 인형 하나만 쥐여주면 그대로 따라갈 것 같이 보였어."

"네?"

수아는 두어 번 눈을 깜박였다. 인형? 그대로 따라가?

"잠깐만요. 아무리 그래도 인형이 뭐예요?"

"그 정도로 무방비해 보였으니까."

"저 충분히 조심했는데요."

"절대로."

하르페니언은 다시 한숨을 내쉬었다.

"처음 보는 남자를 방에 그냥 들이질 않나, 심지어 밤에 불쑥불쑥 찾아오질 않나. 더구나 그때 복장이……."

"어……."

하르페니언은 말끝을 얼버무려버렸고, 수아는 입을 다물었다.

하긴, 이 세계의 귀족들은 잠옷 입은 모습을 결혼한 부부 사이에서나 보였다. 심지어 어느 정도 나이가 차면 이성인 가족들 사이에서도 실례인 차림이다. 더구나 드레스 때문인지 여자가 어깨나 윗가슴을 드러내는 쪽에는 관대한 편이면서도 다리는 조금만 드러내도 외설적으로 여겼다.

물론 평민들은 이런 기준까진 아니었지만, 그걸 감안하더라도 수아가 이 세계의 왔을 때의 상황이 참 위태위태하긴 했다. 숲 속에서라지만 허벅지까지 오는 짧은 반바지 차림을 하고 있질 않나, 후에 숙소에서는 이성의 방에 불쑥불쑥 들어가기나 하고. 몇 번이나 생각한 「만약」이고, 이제 와서 생각할 의미 또한 없긴 하지만 상대가 하르페니언이 아니었다면 정말로 위험했을 터였다. 몸 파는 여자로 착각당해도 딱 좋을 만한 차림새였고 행동이었다.

"어, 그렇지만 별다른 방법이 없었잖아요? 알을 수상하다고 생각해서 괜히 질리게 만드느니 믿어버리는 편이 낫다고 생각했을 뿐이에요. 알도 결국은 절 안 팔아넘겼고."

열심히 변명을 늘어놓아 봤지만 하르페니언은 단호하게 말했다.

"결국 경계를 제대로 안 했다는 말이잖나."

대답할 말이 없었다. 그렇지만 인형 하나 주면 따라가는 여자라는 이미지로 결론을 내고 싶지 않았다. 수아는 잠깐 멈칫거리다가 에라, 모르겠다 싶어 약간 하르페니언 쪽으로 밀착하며 속삭이듯 말했다.

"어쩔 수 없잖아요. 반해 있었는걸."

순간 하르페니언이 고삐를 세게 잡아당겼다. 마차를 끌던 칸이 히히힝, 하며 항의했지만 그는 칸에게는 신경도 쓰지 않았다. 그 반응에 수아는 조금 더 강한 어조로 뻔뻔하게 말했다. 물론 속으로는 심호흡을 하며.

"당시에 너무 일이 많아서 당장 눈치채지 못했을 뿐이라고요. 그렇지만 첫눈에 반한 사람에게, 경계가 풀어지는 게 뭐 어때서요."

"……수아."

그는 또다시 작게 한숨을 내쉬었다.

"그대는 별말 아니라고 생각할지 모르지만, 내 입장에서는 정말 심장이 떨려."

"어, 왜 별말이 아니에요? 진짜인데요."

하르페니언은 잠시 그녀를 바라보다가 슬쩍 몸을 숙여 귓가에 속삭였다.

"진짜라면, 나중에 침실에서 그 말을 해주든가."

그녀는 순간 자신이 잘못 들었나 싶어 눈을 커다랗게 뜨고 그를 바라보았다. 하르페니언은 한 번 웃어 보이고는 고삐를 제대로 잡고 앞쪽으로 고개를 돌렸다. 하지만 그런 모습과는 상반되게도, 그의 귀는 새빨개져 있었다.

제대로 들었다는 걸 깨달은 수아의 얼굴도 순식간에 붉어졌다.

'윽, 진짜…….'

더웠다. 수아는 하늘로 시선을 돌렸다가 흔들리고 있는 칸의 갈기를 노려보듯 봤다가 다시 하르페니언을 힐끗 곁눈질로만 바라보았다. 그는 여전히 수아를 보지 않고 정면을 향하고 있었다. 그 모습이 상당히 경직되어 보였다.

수아는 저도 모르게 슬며시 미소를 지었다. 감당도 안 될 농담을 하고 뻣뻣하게 굳어 있는 모습이 견딜 수 없을 만큼 귀여웠다. 저런 모습을 볼 수 있다면 이런 농담 정도야, 얼마든지 들어도 좋다고 생각했다.

그리고 수아는 낮의 그 말이 농담이 아닐지도 모르겠다는 생각을 했다.

"어, 그니까."

"방을 따로 잡는 건 너무 위험해."

계획한 여관에 도착한 것까진 좋았다. 여정은 즐거웠고, 습격이나 이상한 일도 딱히 없었다. 그야말로 평탄하게 여관에 도착한 후에는 정말로 거의 피곤하지 않다는 걸 깨닫고 신기해하기도 했다. 이대로라면 정말 마차를 없애고 다시 말을 탄다 하더라도 그렇게까지 지치지 않을지도 모른다는 생각에 어쩐지 신이 났다.

하지만 하르페니언이 열쇠를 하나만 받고 계단을 올라갈 때에는 약간 고개를 갸웃했고, 오늘부터는 방을 같이 써야 한다는 말에는 입을 딱 벌렸다.

"불편하다면 내가 문가에 앉아 잘 테니. 아니, 아예 복도로 나가지."

하르페니언이 급하게 덧붙였다.

"아뇨, 그런 건……."

하르페니언이 이렇게 신경 쓰는 걸 이해 못 할 바는 아니었다. 그녀는 실제로 칼에 맞아 죽을 뻔했던 경험까지 있으니까. 만약 밤에 습격이 있다면 하르페니언이 달려오는 사이 목숨을 잃거나 인질로 잡힐 수 있으니 방을 하나만 잡는 게 훨씬 더 안전하긴 했다. 물론 그렇긴 한데…….

수아는 방을 한 번 둘러보았다.

애초에 2인용 방인 듯, 이제까지와는 달리 침대도 두 개였다. 음, 뭐. 같이 잠든 적도 있고, 어차피 잠옷만 입고 왔다 갔다도 했는데.

그렇게 되뇌어봐도 방을 같이 쓴다는 것 자체가 망설여졌다. 하르페니언을 못 믿겠다는 건 아니지만……. 더구나 자는 모습이나 아침에 일어나 부어 있는 얼굴을 보이는 것도 싫었다.

하지만 정말로 그를 내쫓을 수는 없었기에 결국 고개를 끄덕이는 수밖에 방법이 없었다.

"알겠어요. 어쩔 수 없죠, 뭐."

"그대가 원하지 않는 일은 하지 않을 테니까."

"아침에 약하다면서요."

"……아예 그대 침대 근처로 가지 않으면 돼."

차라리 무조건 그럴 일은 없다는 부정보다 더 믿음이 가는 소리였다.

수아는 간신히 편하게 미소 지으며 방구석에 있는 파티션을 가리켰다.

"그럼, 저거요."

"파티션?"

"네. 침대 사이에 저걸 좀 놨으면 좋겠어요. 어, 알을 믿지 못해서 그런 게 아니라 그냥 자는 모습 보이기 싫어서 그래요."

수아는 혹시나 하여 급하게 한마디를 덧붙였다.

사실 그녀는 그다지 얌전히 자는 타입이 아니었다. 이불을 껴안기도 하고 침대를 굴러다니기도 했다. 그 모습을 연인에게 보여주고 싶지 않았다.

물론 하르페니언은 그런 수아의 자는 모습을 몰래 몇 번이나 본 지켜본 전적이 있었지만, 여기서 그걸 실토할 만큼 바보는 아니었다. 그래서 수아의 말을 이해한다는 듯이 고개를 한 번 끄덕였을 뿐이었다.

그 뒤로, 약간 어색한 분위기 속에서 시간은 흐르고 이윽고 밤이 완전히 깊어졌다. 둘은 잘 자라는 인사를 하고 각자의 침대에 누웠다. 파티션은 완벽하게 두 침대 사이를 가려줬다.

처음에는 도무지 잠이 올 것 같지 않았지만, 평소보다 조금 더 시간이 걸렸을 뿐 수아는 어렵지 않게 꿈나라로 빠져들 수 있었다.

문제는 하르페니언이었다. 서서히 잠들기는커녕 점점 더 정신이 맑아지는 기분이었다. 딱히 이상한 생각 때문만은 아니었다. 단지, 이렇게 수아의 호흡 소리를 들을 수 있다는 것에 설렜을 뿐이다. 물론 파티션 너머에 있는 그녀의 모습을 들여다보고 싶은 마음도 굴뚝같았지만, 그는 이미 수아가 원하지 않는 건 하지 않겠다고 약속한 후였기에 그럴 수가 없었다. 하지만 꼭 모습이 보이지 않아도 좋았다. 지금은 한 방에, 바로 옆에 있는 것만으로도 충분했다.

하르페니언은 마치 음악을 듣듯 잠든 수아의 숨소리를 듣고 또 들었다. 그러다 설핏 잠이 든 것은 새벽녘이 다 된 후였다.

다음 날 수아는 하르페니언보다 먼저 잠에서 깼다. 딱히 그와 같은 방에 있다는 자각도 없이, 아무 생각 없이 기지개를 켜며 걸어 나오다가 잠들어 있는 하르페니언의 모습을 보고 깜짝 놀라 그 자리에 우뚝 섰다. 수아는 반사적으로 급히 고개를 돌렸다가 힐끗 그쪽으로 다시 시선을 던졌다.

'우와.'

저도 모르게 얼굴이 확 붉어졌다. 밝은 빛 아래에서 보는 그의 이런 모습은 또 색달랐다. 연인이 자고 있는 모습이 원래 이런 느낌인가? 아니, 그냥 하르페니언의 외모 때문인지도 모른다. 무슨 모델이 촬영하는 화보도 아니고…….

그녀는 한참이나 멍하니 그 자리에 서서 그를 바라보다가 이내 정신을 차렸다. 자신은 자는 모습을 보지 말라고 했으면서, 그 반대의 짓을 태연하게 하고 있다니. 수아는 힘껏 고개를 흔든 후 얼른 다시 자신의 침대로 돌아왔다. 덕분에 잠은 아주 확실하게 깼다.

'무슨 남자가 저렇게 얌전히 잔담.'

꽤 오랫동안 넋을 놓고 있었던 것 같은데, 그사이 하르페니언은 거의 움직이지도 않았다. 정말로 한 폭의 화보 같았다.

수아는 갈아입을 옷을 찾아 최대한 발걸음 소리를 줄여 욕실로 들어갔다. 문을 잠그고 재빨리 씻고 옷을 갈아입는 도중에도, 계속 가슴이 뛰었다. 바로 문밖에 하르페니언이 있다는 사실 자체가 두근거려 견딜 수가 없었다.

수아는 조금 망설이면서 거울을 보며 머리를 빗고 옷매무새를 확인한 후, 크게 심호흡을 하고는 문을 살짝 열었다. 바로 침대가 보였고, 하르페니언은 약간 멍한 표정으로 그 위에 앉아 있었다.

"수아?"

낮은 목소리가 그녀의 이름을 불렀다. 수아는 최대한 태연하게 대답하려고 노력했다.

"아, 알. 일어났네요."

막 잠에서 깼는지 꽤 흐트러진 모습이었다. 더구나 목소리 또한 묘하게 가라앉고 갈라져 있는 게, 확실히 잠이 덜 깬 목소리다. 그는 수아를 보며 희미하게 미소 지었다.

"그대도 일찍 일어났군."

"확실히 몸이 적응했다는 소리가 맞는 것 같아요. 전에 비해 정말 몸이 가볍고, 덜 피곤해요."

대답하면서도 수아는 정신없이 그의 모습을 훑었다. 하르페니언이 먼저 말을 걸었으니 이번에는 훔쳐보는 게 아니다.

잘 때 입는 얇은 옷과 아직 빗지 않은 부스스한 머리, 평소의 무표정한 듯 빈틈없는 표정이 아닌 약간 멍한 얼굴. 이런 식의 무방비한 모습을, 그것도 햇살 아래 보는 일은 드물었기에 수아는 넋을 잃었다. 아니, 꼭 흐트러진 모습이 아닌 이 정도로 가벼운 복장 자체도 낯설었다. 물론 지금 모습을 보면 평소에 꽁꽁 감싸는 이유가 왠지는 알겠지만. 그가 입은 셔츠는 목덜미를 드러내 수아의 심박 수를 올라가게 하는 것과 동시에, 붉은 문신이 그 목덜미를 타고 빽빽하게 내려가고 있는 것 또한 뚜렷하게 보였기 때문이다.

그러고 보니 예전에도 이런 모습을 본 적이 있긴 했다. 아직 말이 통하지 않았을 때, 그의 방에 모르는 것을 물어보기 위해 노크하면 가끔 이런 차림의 그를 보곤 했었다. 그때도 연예인에게 달라붙은 파파라치가 왜 생기는지 알 것 같다는 생각을 했던 것 같다. 하지만 지금은 와 닿는 감정 자체가 달랐다. 그때는 그저 멋지긴 해도 낯선 남자일 뿐이었고, 지금은 「내 남자」다.

물론 하르페니언이 그런 수아의 시선을 느끼지 못할 리가 없었다.

"수아?"

"어? 아뇨. 잠옷 입은 모습은 거의 못 본 것 같아서요."

그가 그녀의 이름을 부르자 수아는 당황해서 거의 반사적으로 사실을 내뱉었다. 그나마 잠이 덜 깬 모습도 멋지다거나 그 모습을 감상하고 있었다거나 하는 말이 나오지 않아 다행이었다.

"그러고 보니 알도 거의 짐이 없네요. 옷도 잠옷이랑 평소 입는 옷 말고는 얼마 없지 않아요?"

수아는 겉으로는 태연한 척 얼른 화제를 돌렸다. 다행히 하르페니언은 딱히 이상한 점을 느끼지 못한 듯했다.

"합해서 네 벌 정도. 필요하면 사면 되니까."

그 말과 함께 하르페니언은 침대에서 일어났다.

"시장하지 않나."

"괜찮아요. 어차피 아침은 방까지 가져다주잖아요? 일단 알도 씻어요."

하르페니언은 고개를 끄덕이고는 금방 씻고 오겠다며 욕실로 들어갔다. 그가 수아를 스쳐 지나가고 탁, 문이 닫히자 수아는 참고 있던 숨을 내쉬었다. 어째서인지는 몰라도, 굉장히 긴장하고 있었던 듯했다.

"후아."

이상한 느낌이었다. 독방을 쓸 때가 편해서 좋았다는 생각이 들면서도, 이렇게 같이 있다는 것도 좋다는 그런.

수아는 하르페니언의 침대로 다가갔다.

확실히 사람의 체취라는 것은 신기하다. 딱히 무슨 냄새라고 정의할 수도 없는데, 하르페니언이 여기서 잠들었었다는 게 확실히 느껴졌다.

그녀는 침대의 이불을 매만지다가, 다음 순간 닫힌 샤워실 문을 힐끗 보고는 조심스럽게 이불을 껴안으며 침대 위에 풀썩 누워보았다. 마치 하르페니언에게 안긴 것처럼 안심이 되면서도 못된 짓을 하는 것처럼 가슴이 콩콩 뛰어, 수아는 저도 모르게 킥킥 웃었다.

과거의 자신에게, 넌 1년 후 사고로 다른 세계에 가서 저주에 걸린 황태자와 사랑에 빠진 후 그의 침대 위에서 뒹굴거리며 그의 체취를 느끼고 있을 거라는 말을 했다면 정신이 이상한 사람 취급을 받았을 터였다.

정말, 어떻게 될지 모르는 일이구나, 미래는.

수아는 잠깐 하르페니언의 침대에 그렇게 누워 있었다. 문 여는 소리에 기겁해 자리에서 벌떡 일어날 때까지.

오늘도 별다른 일 없는 평화로운 여정이었다.

이대로라면 위기의식 자체가 사라질지도 모른다는 생각이 잠깐 들긴 했지만, 그렇다고 해서 날마다 위험으로 가득 찬 스릴 넘치는 추격전을 원하는 것도 아니었다. 그냥 앞으로도 계속 이렇기를 기원했다.

"어머, 아가씨!"

그리고 해가 지기 전 도착한 도시는 어딘가 낯이 익었다. 그러다 여관을 보는 순간 확실하게 떠올랐다. 지난번 수도에 올라갈 때 묵었던 여관 중 하나였다. 꽤 커다란 여관으로 1층은 식당, 2층부터는 숙박할 수 있는 방이다. 2층에 있는 카운터에는 전에도 본 여자가 여전히 일하고 있었다. 수아보다 약간 더 큰 정도의 자그마한 몸집을 가진, 진한 화장과 화려한 장신구로 꾸몄지만 웃는 상 덕분인지 인상이 나쁘지 않았던 여자. 말이 통하지 않았던 수아에게도 꽤 친절했던 사람이었다.

"세상에! 반가워요. 그 뒤로 또 볼 수 있을 거라고는 생각 못 했는데! 맙소사! 들러줘서 고마울 정도네요. 이름이 수아였죠?"

하지만 그뿐, 그다지 친했거나 특별한 인연이 있는 사이는 아니었다. 그냥 여관에 하루 묵었을 때 잠깐 말을 배운 것이 다여서, 오히려 여자가 아직도 수아의 이름을 기억하는 것이 신기할 정도였다. 반대로 수아는 그녀는 이름이 기억나지 않아 잠시 머뭇거렸다. 그러자 여자가 활짝 웃으며 말했다.

"저예요, 레티나! 세상에, 아직 전사분이랑 같이 다니시네요."

“아, 레티나.”

이름을 듣고서도 확실하게 기억은 나지 않았지만, 수아는 일단 고개를 끄덕였다.

“그때는 말 가르쳐줘서 고마웠어요.”

수아가 인사를 하자 레티나는 뺨에 손을 가져다 대며 환호 비슷한 탄성을 질렀다.

“세상에! 이제는 말 정말 잘하네요!”

동시에 귀에 걸린 귀걸이가 찰랑거리며 크게 흔들렸다. 당시에도 말이 많고 호들갑을 떠는 듯한 몸짓이었지만, 그녀의 목소리에는 그때 막연하게 상상했던 것보다 훨씬 더 수아에 대한 호감이 묻어 있었다. 그래서 조금 의아하기까지 했다. 레티나의 입장에서 수아는 그냥 스쳐 지나간 수많은 손님 중 하나일 텐데. 물론 말이 통하지 않는 이민족이라는 존재 자체가 드물긴 하니 기억에 남긴 하겠지만 호감과는 상관없는 일일 터였다. 그래도 반갑게 맞아주는 것이 좋아, 수아도 방긋 웃으며 대답했다.

“그동안 열심히 배웠으니까요. 반가워요.”

“맙소사. 말 하나도 못했던 아가씨가 이러니까 정말 신기하네요.”

하르페니언은 서두르지 않고 한 걸음 뒤에 서서 수아와 레티나의 재회를 묵묵히 보고 있었다.

그러다 레티나가 퍼뜩 먼저 정신을 차렸다.

"아참. 묵으려고 온 거죠? 어느 방을 드릴까요?"

그 말에는 하르페니언이 대답했다.

"특실, 2인용 방 하나."

"여전히 특실이시네요. 네, 여기 2인용 방 열쇠 하나…… 네? 하나요?"

레티나는 눈을 동그랗게 떴다. 하르페니언은 별 반응을 하지 않고 돈을 건네주고 열쇠를 받았고, 레티나는 수아에게 시선을 돌리며 씨익 웃었다.

"과연. 결혼하셨어요?"

"네? 아뇨, 아직요!"

"아~직?"

레티나는 즐겁다는 듯 웃었다.

"역시 그때 심상찮은 사이가 아니라는 건 짐작했었지만! 되게 로맨틱하네요, 종족을 뛰어넘는 사랑이라니!"

종족이 아니라 민족 아닌가.

물론 실상은 아예 사는 세계가 다르니 종족이라고도 할 수 있겠지만……. 하지만 그걸 지적할 틈도 없이, 하르페니언이 먼저 등을 돌렸다.

"그럼 난 먼저 올라가 있을 테니 천천히 오도록."

"아, 네."

아무래도 레티나와의 재회를 누릴 수 있게 배려해주는 듯싶었다.

그는 그대로 계단을 올라가는가 싶더니, 이내 고개를 휙 돌리고는 다짐하듯 말했다.

"누구 따라가면 안 돼."

"애도 아니고. 걱정 마세요."

하르페니언은 바로 그 애가 아니니까 걱정이라는 듯 잠깐 그녀를 바라봤지만, 별말 하지 않고 다시 등을 돌렸다.

"따라가 봐야 하는 거 아니에요?"

하르페니언의 모습이 완전히 사라지자 레티나가 진지한 얼굴로 조심스레 속삭였다.

"괜찮아요."

"화나신 거 같은데……."

"네? 누가요?"

"어? 저 전사분요."

"네?"

둘은 잠깐 서로를 마주 보며 멀뚱하게 눈을 깜박였다. 방금은 화를 내기는커녕 굉장히 다정한 목소리였는데. 하지만 레티나에게는 전혀 그렇게 들리지 않은 모양이었다.

"아니라면 괜찮지만……. 진짜죠? 만약 저 때문에 화나신 거라면……."

"에이, 진짜 아니에요. 표정이 별로 변화가 없어서 그럴 거예요."

수아는 손을 내저었다. 동시에 방금 그가 이렇게까지 오해를 살 정도인가 싶었다.

"그렇군요. 과한 걱정이었다면 미안해요. 그나저나 어떻게 된 거예요?"

순식간의 레티나의 표정이 짓궂게 되돌아왔다.

"여기 와서 좀 앉아봐요. 그때도 저분이 아가씨 많이 싸고도는 것 같긴 했는데, 솔직히 연인 사이라고는 생각 못 했었거든요. 그런데 지금은 완전 확정이네?"

"음, 뭐. 네."

수아는 대충 대답하며 카운터 안으로 들어가 레티나 옆에 앉았다.

"아가씨네 부족에서는 제국 사람이랑 사귀어도 괜찮대요? 대부분 이민족은 이민족끼리 혼인하지 않으면 안 된다고 하던데. 더구나 전사분은 계속 특실에 묵을 정도면 실력이 엄청날 거 같은데 어느 곳에 소속…… 그러고 보니까 방금도 문양이 아직 어깨에 없는 거 같은데 어떻게 된 거예요?"

속사포처럼 다다다 쏟아져 내리는 질문에 정신이 없었다. 전에도 이런 식이었지만 수아는 알아듣지 못했기에 가만히 듣고만 있으면 됐지만, 이번에는 대답을 해줘야 했다.

뭐부터 대답할까 고민하고 있는데 레티나가 바로 다른 말을 이었다.

"어쨌거나 잘됐어요! 제가 알려준 말이 좀 도움이 됐어요?"

"네?"

"어, 기억 못 해요? 하긴 지금까지 기억하고 있을 리가……. 그나저나 아가씨 지금 말 다 알아들은 거죠? 말도 잘하고, 이민족인지 전혀 모르겠어요. 와, 1년도 안 지났는데 진짜 대단해요. 제국에서 태어나고 자란 사람 같은걸요. 원래 이민족들은 이렇게 머리가 좋아요?"

"아뇨, 그냥 할 게 이곳 언어를 익히는 것 외에는 없었으니까……. 잠깐만요. 그러고 보니 그때 알려준 말이 뭐였어요?"

퍼뜩, 레티나가 알려준 말을 그대로 따라 해봤는데 하르페니언의 반응이 별로 좋지 않았던 것이 기억났다.

"음? 진짜로 그 말 썼었어요?"

레티나는 왠지 신나는 얼굴로 그녀를 바라보았다.

"네, 알에게 말했었는데……. 어, 뭔가 고맙다는 말 아니었어요? 아니면 무슨 칭찬이거나."

"비슷해요."

그녀는 빙긋 웃었다. 그 미소가 뭔가 불길했다.

"뭔데요?"

"그냥 잘생겼다는 소리였어요."

"네?"

"잘생겼어요. 몸매가 멋져요. 근육이 침 나올 정도로 멋져요. 대충 이런 말이었던 거 같아요."

이번에는 차마 되묻지도 못했다. 수아는 한시적으로 자신의 귀가 잘못된 것이길 바라면서 레티나를 멍하니 바라보았지만 안타깝게도 귀 기능은 정상인 모양이었다. 수아는 입을 딱 벌렸다.

"그, 그런 말이었다고요?"

"네. 뭐, 사실이잖아요. 좀 무서운 분위기라 그렇지 잘생겼지, 몸매 좋지, 돈도 많지. 근육도 사람 따라 취향이 갈리겠지만 전 너무 울룩불룩한 건 싫더라고요."

레티나는 수아가 왜 놀라는지 잘 이해를 못 하는 모양이었다. 수아는 잠시 사람의 몸매를 칭찬하는 것이 예법에 맞나 고민했지만, 리노체스 부인에게서 배운 바로는 그런 내용 따위는 없었다. 몸매를 대놓고 평가하는 말을 하는 건 남녀를 떠나서 그냥 성희롱이다.

"맙소사."

그걸 또 배웠다고 빙긋빙긋 웃으면서 말하는 자신을 보고, 하르페니언은 뭐라고 생각했을까. 함부로 잠옷을 입고 남의 방에 들어가지 말라거나 조심하라거나 남을 따라가지 말라거나 몇 번이고 신신당부할 만했다.

어쩐지 머리가 아픈 것 같았다.

"그, 그런 말을 알려주면 어떡해요."

"왜요, 뭐 이상한 말 한 것도 아니고. 어쨌거나 잘됐잖아요. 그래서 그 말 하니까 뭐래요? 혹시 전사분이 그때 아가씨 덮쳤어요?"

눈을 반짝반짝 빛내며 그런 말을 태연하게 묻는 레티나를 보니 화낼 기분도 들지 않았다.

"설마요."

"하긴, 뭐 그런 무뢰배로는 안 보이긴 했지만요. 사실 남자분이 너무 분위기가 무서워서 그런 말 하면 어떤 반응일까 궁금했던 것뿐이에요. 설마 말 제대로 모르는 아가씨에게 화를 냈을 리도 없고."

"음, 네. 화는 안 냈어요."

"역시. 그런데 어때요? 사귀니까 좋아요? 저번에 신경 쓰는 걸 보니까 아가씨에게는 되게 잘해줄 거 같은데. 어쩌다가 사귀게 된 거예요? 그래서 저분 정체가 뭔데요?"

이 나라 황태자인데요. 수아는 차마 그렇게 대답할 수가 없어 대충 얼버무렸다.

"그냥 검사예요."

"그니까 안 알려주겠다, 이거네요?"

수아는 살짝 난감해졌다. 이제 그녀도 문양이 없는 전사는 거의 양아치 취급을 받는다는 것 정도는 알고 있었다.

신마전쟁 이후 날뛰는 몬스터들과 나라의 체계를 잡아가는 과정에서 몸을 지킬 수 있는 무력(武力)은 대우를 받았지만, 당연히도 양날의 검이었다. 안전을 위해 고용한 호위에게 되레 살해당하거나 마을 경비로 고용했더니 오히려 몬스터가 습격하는 틈을 타 마을의 재물을 약탈하고 여자들을 납치하여 도망가는 식의 경우가 드물지 않았다. 결국 사람들은 공신력 있는 이들, 즉 가까이는 영지에 속한 경비대원들이나 넓게는 나라에 속한 기사들을 찾게 되었다. 황궁과 왕궁에서는 기사단을 대접해주는 대신 철저한 규율과 기사도 안에 기사들을 가뒀고, 귀족들 또한 그를 따라 자신들의 사병을 양성했기 때문에 최소한 무뢰배가 아니라는 신뢰가 있었다.

이러한 흐름으로 기사단을 흉내 내 만들어진 사설 단체가 바로 용병 길드다. 대신 의뢰를 받아 일거리를 분배하고 수수료를 떼 가는 중개업체는 전부터 있었지만, 여기에 용병 길드는 아예 전사들을 길드 소속으로 영입해 그 행동 또한 책임지는 개념을 도입했다. 소속 전사가 해를 입히면 길드 쪽에서 책임져주고, 규율을 어긴 전사들에게 철저하게 제재를 가했다. 그렇게 틀이 잡혀가며 전사에게 있어 소속은 매우 중요해졌고, 당연히 소속 단체의 문양을 점점 더 눈에 띄는 곳에 달기 시작했으며, 지금은 아예 문양의 위치가 어깨 위로 정착되었다.

나라에 속해 있다면 그 나라 기사단의 문양을, 영지에 속해 있다면 그 영지의 문양을, 용병 길드에 속해 있다면 그 길드의 문양을. 사람들은 그 문양을 보고, 정확히는 그 뒤에 있는 규칙을 보며 안도했다.

따라서 문양이 없는 전사들에 대한 인식은 깡패와 크게 다르지 않았다. 소속이 중요해지며 길드는 점점 늘어났고, 한 길드 안에서도 용병의 등급은 세분화되었다. 따라서 규율을 지킬 마음만 있다면 실력이 정말 형편없다 하더라도 가입하여 문양을 다는 것 자체에는 아무런 어려움이 없었다.

즉, 문양이 없다는 것은 그 어느 규율에도 얽매이지 않고 멋대로 살겠다는 소리나 마찬가지였다. 그러니 하르페니언도 당연히 그런 종류로 보일 수밖에 없었다. 그리고 이것이 바로 하르페니언이 따로 문양을 달지 않는 이유였다.

사람들이 경계를 해야 그에게 다가오지 않을 테니까. 수아는 그걸 이해하면서도 솔직히 싫었다. 그가 황태자라는 게 알려지지 않았을 때조차 부정적인 시선을 받아야 한다는 상황 자체가 마음에 들지 않았다. 그러다 문득 깨달았다. 지금 이렇게까지 과도하게 참견하고 있는 레티나가 난감할 뿐 별다른 감정이 들지 않는 건, 그녀가 그를 좋게 봐주고 있기 때문이라는 걸.

"뭐, 좋아요. 저도 굳이 숨기는 거까지 캐물을 정도로 교양 없는 여자는 아니니까."

그렇게 말하며 레티나는 씩 웃었다.

"그럼 딴 거 물어볼까요. 잘해줘요?"

"당연하죠."

"밤에도?"

수아는 이게 잠시 무슨 소린가 하다가, 곧 깜짝 놀라 입을 살짝 벌렸다.

"레티나!"

"어머, 새삼. 방 하나 잡아놓고 왜…… 아, 어서 오세요!"

레티나가 손님에게 방을 설명하는 사이 수아는 붉어진 뺨을 식혔다. 아, 진짜. 확실히 방을 하나 잡는다면 남에게 그렇게 보일 만했다. 그건 이해한다. 하지만 이렇게나 대놓고…….

"의외로 아가씨, 부끄러움 많이 타네요."

그사이 손님에게 열쇠를 넘겨준 레티나는 수아를 보며 쿡쿡 웃었다. 그리고 손님이 완전히 사라진 걸 확인하고 소곤거리듯 말했다.

"여자끼리 있는데 뭐 어때요. 조금 있으면 손님 많을 시간이라 이렇게 이야기도 못 하니까 빨리 말해봐요."

"뭐, 뭘 말하라고요."

"모르는 척할 거면 뭐, 그것도 좋죠. 후후, 그냥 보기 좋아서 그래요. 아~ 좋겠다. 나도 애인은 참 많았는데. 그런데도 오래된 연인은 없어요."

애인이 참 많았으니까 오래된 연인이 없을 수밖에 없는 거 아닌가. 수아는 그렇게 생각했지만 그 말을 굳이 입 밖으로는 내지 않았다.

"좀 들어볼래요? 과거에 저에게 목을 매는 남자들이 정말 줄을 섰었는데……."

다행히도 레티나는 수아가 더 말할 생각이 없어 보이자, 본인이 선언한 대로 더 캐묻지는 않았다. 대신 자신의 이야기를 시작했다. 화려한 연애사부터 그 안에서 정말로 좋아한 남자들까지. 그녀의 이야기는 꽤 재미있었다.

그러다 손님들이 들어오는 소리에 수아는 정신을 차렸고, 이내 레티나가 말한 본격적으로 바빠지는 시간이 왔다. 이야기는 거기까지였다. 수아는 레티나에게 인사를 남기고 방으로 올라왔다.

특실은 여전히 맨 꼭대기에 있었다. 단지 침대가 두 개 있는 2인용이다 보니 저번보다는 좀 더 안쪽이었을 뿐이다.

"좀 더 이야기하지 않고."

"레티나도 바빠지는 시간이래서요."

하르페니언은 바닥에서 검을 손질하고 있었다. 숫돌 등 꽤 여러 도구들이 보였다. 수아는 신기한 듯 그것을 바라보았다.

"검 손질은 날마다 해줘야 하는 거예요?"

"보통은."

"사용 안 해도요?"

"사용하지 않아도 검집 안에서 무뎌지기 마련이니, 날마다 해주는 게 좋지."

하르페니언은 다시 검을 갈기 시작했고, 수아는 그 옆에 있는 테이블 의자에 앉아 그 모습을 구경했다. 스윽, 삭, 스윽, 삭. 칼이 갈리는 리듬이 규칙적이었다.

"내일은 영주관에서 묵게 될 거야."

"영주관이요?"

"레흐크 영주관. 레흐크 영지는 제국 안에서도 꽤 교두보적인…… 그러니까 위치로 인해 부유한 곳이야. 특산품도 거의 없다시피 하고 토질도 좋지 않아 농사도 힘들지. 대신 숙박업이 발달했어. 그런 곳에 몬스터들이 이제껏 없는 움직임을 보이니, 아무래도 유동인구가 감소…… 오가면서 숙소에 묵는 사람들이 적어지겠지. 여러모로 골칫덩어리인 셈이야. 그래서 자체적으로도 최대한 원인을 없애기 위해 노력하고 있기도 하고, 몇 번이나 탄원도 넣었더군. 그러니 최소 이틀, 상황에 따라서는 며칠 정도 더 묵을 수도 있어."

"그렇군요. 음, 영주관으로 직접 가는 거죠?"

"그래."

"그럼 제가 주의할 사항 같은 게 있을까요?"

답은 바로 나왔다.

"없어."

"아뇨, 그 호칭 문제라든지, 해서는 안 되는 행동이라든지 뭐 있을 거 아니에요."

"아니, 정말로. 편하게 있으면 돼."

"앜."

하르페니언은 검을 갈던 손을 멈추고 그녀에게로 시선을 돌렸다.

"얼버무리려는 게 아냐. 어차피 그대가 어떻게 행동해도 거기서는 다 맞춰줄 테니까."

"맞춰줘요?"

"일단 내 일행이기도 하니 심기를 거슬러서는 안 된다는 게 하나, 그리고……."

그는 살짝 미소 지었다.

"그대가 무서운 것이 둘."

"네?"

"신의 저주를 받은 황태자에게, 바로 그 신의 뜻으로 저주를 풀러 왔다고 선언한 여자. 당연히 별 소문이 다 돌지 않겠나."

순간 말문이 턱 막혔다. 이제까지 소문을 직접 들을 기회가 없어 잘 생각하지 못하고 있었는데, 당연히 황궁 밖에서도 이야기가 돌긴 할 것이다. 애초에 수아도 그렇게 생각하고 플로나와 아이린에게 이야기하기도 했고. 게다가 원래 소문이라는 것은 돌면 돌수록 커지는 법이니, 도대체 어느 방향으로까지 튀고 있을지 상상도 가지 않았다.

"성녀, 악마의 하수인, 다른 종족. 어느 쪽이 마음에 드나?"

"……네?"

"아니면 세계를 구원하러 왔는지 멸망시키려고 왔는지를 물어보는 쪽이 나을까."

그는 꽤 재미있어하며 말했고, 수아는 머리를 움켜잡았다.

"도대체 그거 뭐예요? 아니, 다른 건 그렇다 치더라도, 성녀요?"

"과거 황금시대의 기록 쪽을 보면 때때로 성녀에 대한 이야기가 나와. 그게 정말 신의 뜻을 받은 성녀인지, 정치적으로 만들어낸 성녀인지는 몰라도 일단은 신전에서 공식적으로 인정을 한 존재니까, 낯선 개념은 아니지."

"아니, 그게 아니라!"

"어쨌건 그대가 나를 함부로 대한다고 해도, 설사 반말을 한다고 해도 이상하다고 생각하는 사람은 별로 없을걸. 나와 다니는 여자가 누구인지는 쉽게 짐작할 테니, 그대의 정체를 뭐로 생각하든 간에."

"그건……!"

수아는 순간 목소리가 높아졌지만, 솔직히 이건 하르페니언에게 따질 문제가 아니었다. 결국 수아는 작게 한숨을 내쉬었다.

"으, 알았어요. 뭐가 어쨌든 간에…… 음, 그러니까 제가 그냥 알이라고 불러도 괜찮다는 뜻인가요?"

"부디. 그대에게 전하라는 소리는 별로 듣고 싶지도 않고."

수아가 고개를 끄덕이자, 하르페니언은 칼 쪽으로 시선을 돌렸다. 스읙, 삭. 칼 가는 소리가 다시 방 안에 조용하게 울려 퍼졌다.

그동안 하르페니언과 함께 있으면 그의 온 신경이 자신에게 쏠려 있다는 것을 알 수 있었다. 하지만 지금은 그 신경이 검에 가 있었다. 뭔가에 집중하는 모습도 이렇게 멋져 보일 줄이야. 로브도 겉옷도 벗어서 얇은 셔츠 차림인 것도, 검을 갈기 위해 장갑을 벗은 맨손인 모습도 좋았다.

알……이라. 따지면 애칭이라고는 해도 그건 그의 이름이었다. 만약 여기가 한국이었다면 이름이 아니라 다른 식으로 불렀겠지? 「오빠」였을까. 아니다. 나이 차이가 꽤 나다 보니 편하게 부를 수 있는 자리에서의 만남은 어려웠을 것 같다. 그럼 직급을 뒤에 붙여 존칭했겠지. 어떤 직업이었을까? 경호원? 운동선수? 아니, 여기서 황족으로 태어났으니 저쪽에서는 재벌가의

아들로 경영 쪽에 손대고 있을지도 몰랐다. 인터넷이나 TV에서 처음으로 그의 모습을 보게 됐을지도. 그럼 만날 수나 있었을까?

그런 생각을 하면서 멍하니 그를 바라보고 있는데, 곧 칼을 다 갈았는지 하르페니언이 손을 멈추고는 칼날을 한 번 살펴본 후 검집에 집어넣었다. 그리고 수아를 돌아보며 말했다.

"뭘 그리 보고 있나."

"알 구경요."

그는 피식 웃으면서 숫돌 등의 도구를 주머니에 넣었다. 그걸 본 순간, 완전히 잊고 있던 게 떠올랐다. 수아는 혼자 깜짝 놀라 자리에서 일어났다.

"수아?"

"잠시만요!"

수아는 하르페니언이 한쪽에 둔 그녀의 짐을 뒤지기 시작했다. 짐이 많지 않았기에 그녀가 찾는 것은 금방 나왔다. 가방 안쪽에 꼭꼭 싸둔, 전부터 계속 주려고 했던 선물.

"알, 여기요."

수아는 천에 싼 검은 주머니를 그에게 불쑥 내밀었다.

나름대로 공을 들인 건데, 좀 더 분위기가 잡힐 때 줘야 하지 않나.

언뜻 그런 생각이 스쳐 지나갔지만 사실 너무 오래 미뤘다.

응, 사실 분위기를 잡아야 할 정도로 중요하거나 좋은 것도 아니고.

"이건……?"

천 사이에서 주머니를 본 하르페니언이 놀란 얼굴을 했다. 꽤 고급스러워 보이는 검은색 주머니에는 금사와 은사로 처음 보는 문양 비슷한 것이 세세하게 수놓아져 있었는데, 상당히 정교해 보였다. 그리고 주머니 안에는 뭔가 들어 있는 듯 살짝 불룩했다.

"별건 아닌데……. 그냥요, 알 주려고 만들었어요."

"만들어?"

"네. 아, 그 수놓은 건 제가 온 세계에 있는 용이라는 신수예요. 좀 더 잘 만들고 싶었는데 제가 그렇게 솜씨가 좋은 건 아니라."

하르페니언은 멍하니 그 주머니를 바라보다가 주머니 안에 있는 물체를 꺼냈다. 사각거리는 낯선 감촉과 함께 이상한 글씨가 써진 미끈거리는 막대기가 나왔다. 그게 무엇인지는 단숨에 알았다.

"그대 세계의……."

"네, 초콜릿이랑 캐러멜로 만든 디저트예요. 기억하네요?"

"잊을 리가 없지."

강한 단맛도, 그리고 수아를 만났을 때의 일도.

"그거 [초코바]라고 하는데요, 다행히 [유통기한]…… 어, 먹어도 되는 날이 좀 길어서 앞으로도 두세 달은 괜찮을 거예요. 그렇지만 안에 견과류가 눅눅해지니까 좀 빨리 먹는 게 좋아요."

"이건 그대 세계에서 가져온 음식이잖은가. 고향의 것일 텐데, 왜 나에게……?"

"그다지 고향 음식이라는 느낌은 아니에요. 전 크게 좋아하는 것도 아니고, 알이 그때 맛있게 먹은 거 같아서……. 그냥 알한테 주고 싶었어요."

하르페니언은 수아를 보다가 다시 그녀가 준 주머니와 초코바를 보았다. 말은 저렇게 하지만 자신의 세계에서 가져온 물건이 소중하지 않을 리 없다. 더구나 이렇게 수를 놓는 것이 하루 이틀 만에 뚝딱 완성되지 않는다는 것 정도는 알고 있다.

언제부터? 수아는 이 세계에 와서 한가한 적이 없었다. 열심히 말을 배우고 글을 익히고, 간신히 숨을 돌리나 했더니 곧바로 황궁으로 들어와 일을 했다. 그 사이사이에……. 그는 무슨 말을 해야 할지 몰라 입을 꾹 다물었다.

그리고 수아는 불안해졌다. 아무래도 황족에게는 좀 질이 떨어지는 주머니인가? 하지만 지금 쓰고 있는 다른 주머니도 그다지 질이 좋아 보이진 않는데. 용 문양이 마음에 안 드나? 검은색 바탕에 금사와 은사를 쓴 게 문제였나? 그렇지만 리노체스 부인이 별말을 하지 않은 걸 보면 별로 금기인 색 조합은 아닌 것 같은데…….

그때 하르페니언이 시선을 돌려 수아를 보았다. 그 표정이 너무 넋이 풀려 있어 수아는 눈을 동그랗게 떴다.

"알?"

"아, 고맙…… 고마워."

그는 어떻게 해야 좋을지 모르겠다는 표정으로 더듬더듬 말했다.

"꽤 오래 걸렸을 텐데……. 정말 나에게 줘도 괜찮나."

"처음부터 알 주려고 수놓은 건데요."

문신에 가려 잘 보이지는 않았지만, 분명 그의 얼굴은 꽤 상기되어 있었다. 그 모습이 마치 사춘기 소년처럼 보여, 수아는 한시름 놨다. 다행이다. 좋아하는구나. 동시에 그녀도 괜히 쑥스러웠다. 누가 보면 엄청나게 대단한 걸 준 줄 알겠다.

하르페니언은 천천히 수아가 수놓은 무늬를 손가락으로 어루만졌다. 그 행동이 너무나 조심스러워 보여 수아는 저도 모르게 얼굴을 확 붉혔다.

"뭐라고 말해야 할지 모르겠지만…… 기쁘군."

그는 정말로 기쁜 듯 부드럽게 미소 지었다.

"소중하게 간직하겠다. 고마워, 수아."

이번에는 수아의 말문이 막혔다. 심장이 너무 지나치게 뛰어 더울 정도였다.

'반칙이야.'

저렇게나 순수하게 웃는 얼굴이라니.

"아, 그거…… 벗겨야 하는데."

수아는 최대한 아무렇지도 않은 척 그의 손에 있는 초코바를 가리켰다.

"겉에 있는 게 [비닐]……. 그, 손에 묻지 않도록 싸놓은 거예요. 그거 벗겨야 먹을 수 있어요."

"아, 이거. 이상한 재질이더군. [비닐]이라고 하나?"

하르페니언은 수아의 발음을 거의 똑같이 따라 했다. 수아가 웃었다.

"네. 그거 제가 온 곳에서는 환경 파괴의 주범이라고 하는 거예요. 수백 년이 지나도 잘 안 썩는다나."

"대단하군."

"네?"

"수백 년이나……. 그렇게 보존성이 높은 재질을 써서 보호하다니, 역시 이건 귀한……."

"아뇨, [비닐]은 그냥 되게 흔한 거예요!"

그 뒤 난데없는 비닐과 합성소재와 과학에 대한 강의가 잠시간 이어졌다. 덤으로 제과 회사와 공산품 과자들에 대한 이야기도. 하르페니언은 그 이야기를 다 듣고도 어쨌거나 그녀 세계의 음식을 그가 먹는 것에 대해 거부감이 있는 듯했지만,

결국 수아가 초코바의 껍질을 반 정도 벗겨 그에게 건네주자 얌전히 한입 베어 물었다. 그리고 그 표정에 맛있다는 기색이 곧바로 떠오르는 걸 보며 수아는 웃음을 터트리지 않기 위해 조심해야 했다.

“그대는…….”

“아뇨, 전 정말 됐어요.”

하르페니언이 한입 먹으라는 듯 초코바를 내밀었지만, 수아는 고개를 저었다.

확실히 이곳에도 초콜릿은 있지만 귀하기도 귀했고, 특히 이런 굳힌 느낌의 판 초콜릿은 굉장히 드물었다. 캐러멜은 말할 것도 없고.

하르페니언은 초코바를 순식간에 다 먹어치우고는, 조금 아쉽다는 듯 껍데기를 내려다보았다. 그리고 수아는 초코바만 어떻게 그녀의 세계에서 가져올 방법이 없나 고민했다.

“역시 그대도 맛을 봐야…….”

그는 혼자 다 먹어버린 것이 미안하다는 듯, 수아를 향해 손을 내밀었다. 수아가 반사적으로 그의 커다란 손 위에 자신의 손을 얹었고, 그는 그대로 그녀를 끌어당겼다. 그리고 품 안에 들어온 그녀를 감싸고는 곧바로 입을 맞췄다.

순간 입안에 단맛이 들어왔다. 하르페니언은 가볍게 키스하고는 입을 뗐다. 수아가 당황해 그의 이름을 불렀다.

"알!"

"맛이 좀 나나."

하지만 그녀의 몸까지 놔주진 않았다. 이마가 거의 맞닿을 정도로 가까운 위치였다.

"그, 그렇긴 한데……! 갑자기!"

"그렇군."

그 말과 함께 하르페니언은 한 손으로 그녀의 뒷목을 받치며 다시 입을 맞췄다. 이번에는 입안 가득히 말캉한 감각과 함께 단맛이 퍼졌다. 서로 감지 않은 눈이 마주치고, 수아는 황금빛 눈동자에서 웃음을 읽었다. 동시에 놀리듯 혀가 툭, 입안을 쳐 올렸다.

순식간에 수아의 얼굴이 붉어지며 그녀는 옆으로 고개를 돌렸다. 쉽게 입이 떨어지고 수아는 숨을 작게 들이쉬었다.

"수아."

하지만 순순히 놔준다 싶더니 곧 그가 다시 입을 맞췄다. 수아는 순간적으로 뒤로 물러났지만 하르페니언은 그녀의 허리를 감은 손을 풀어줄 생각이 없는 것 같았다. 그 뒤 수아가 고개를 돌릴 때마다 입술은 떨어졌지만 이내 하르페니언은 다시 키스해왔다. 마치 그녀를 맛보듯, 느릿하고도 느긋한 입맞춤이었다.

수아는 처음의 당황스러움이 가라앉자 그가 이런 식으로 장난을 치는 것이 신선했다.

그래서 일부러 고개를 돌렸다가 다음 순간 쫓아오는 그에게 다시 입 맞추며 킥킥거렸다.

그렇게, 키스는 마침내 단맛이 희석되어 아무 맛도 나지 않을 때까지 계속됐다.

다음 날의 아침도 일렀다. 방에만 있다가 얌전히 잠든 덕이었다. 사실 야시장이 열린다는 말에 저녁에는 바깥에 나가보면 어떨까 하는 생각도 했었지만, 아무래도 사람 많은 곳에 간다는 것 자체가 내키지 않았다. 그녀가 나가자고 하면 하르페니언은 흔쾌히 그러자고 하겠지만, 일단 그가 온몸을 꽁꽁 싸맨 체 사람들을 경계하며 다니게 하고 싶지 않았다.

다행히 특실은 전망이 좋았다. 둘은 창문을 활짝 열어놓고 야경을 구경하며 와인을 마셨다. 그것만으로도 좋았다. 창문으로 들어오는 시원한 밤공기, 맛있는 와인, 옆에 있는 연인. 과음 또한 자제했기에 아침에 일어날 때도 숙취 하나 없이 일어날 수 있었다.

수아는 레티나와 작별 인사를 나누고 출발했다.

"섭섭한가?"

"네? 아, 레티나요?"

이번에도 마부석에 앉았기에 대화하기가 쉬웠다. 다만 오늘은 꽤 구름이 껴 있어 서늘했다. 하르페니언은 그녀를 걱정하며 안으로 들어가라고 했지만, 수아는 고집스레 그의 옆자리에 앉았다. 더 추워지거나 비가 오면 들어가겠다고 하면서.

"글쎄요. 사실 겨우 하루 본 사람이라 잘 모르겠어요."

"꽤 마음에 들어하는 것 같아서."

사실 하르페니언은 그 여자가 별로 마음에 들지 않았다. 다른 건 둘째 치더라도 작년 수아에게 그다지 안온하지만은 않은 말을 가르친 걸, 그는 확실히 기억하고 있었다.

"반갑긴 했지만……. 음, 일단 알을 나쁘게 생각 안 하더라고요. 그래서 좋았어요."

"나를? 아."

하르페니언은 슬쩍 자신의 어깨 위로 시선을 던졌다.

"그러고 보니 문양을……."

"어, 혹시 깜빡한 거였어요?"

그는 바로 대답하지 않았다. 단지 멋쩍게 다시 고삐로 시선을 던지는 그를 보며 수아는 눈을 동그랗게 떴다.

"정말로?"

"크흠."

하르페니언은 헛기침을 하며 대답을 얼버무렸다. 혼자 다녔을 때야 오히려 문양이 없는 편이 나았다지만, 이번엔 수아가 있었다.

혹시라도 다른 이에게 이상한 눈으로 보게 하고 싶진 않았다. 그래서 문양을 준비하긴 했는데, 준비만 하고 다는 걸 말 그대로 잊어버렸다.

아무리 익숙하지 않아서라지만 이것저것 꼼꼼하게 준비했던 그답지 않은 어이없는 실수였다. 이렇게 마차를 타고 여관의 특실에만 묵고 다니면 다른 사람들과 부딪칠 일이 없다시피 해 인지가 느렸던 탓도 있긴 했다.

"아, 그러고 보니."

수아는 레티나 이야기에 어제 했던 대화를 떠올렸다.

"저 그때 이야기 들었어요."

"응?"

수아는 쿡쿡 웃으며 말했다.

"알, 몸매가 좋아요."

순간 고삐에 힘이 들어간 것처럼 보인 건 수아의 착각이 아닐 터였다. 하르페니언은 당황함이 가득한 눈으로 그녀를 바라보았다.

"설마 그 말, 딴 사람에게……."

"안 썼어요! 그때 알이 너무 기겁을 해서."

“다행……이긴 한데, 그 여자는 왜 그런 말을 그대에게 가르쳤던 거지?”

“알이 자기 취향이라던데요. 그래서 그냥?”

“……역시.”

“네?”

“음, 아니.”

역시, 그 여자를 수아의 곁에 두지 않는 것이 좋겠다는 생각이 굳어져 갔다.

“참, 오늘 도착은 언제쯤 해요?”

“저녁 식사 전쯤.”

“이름이 뭐라고 했죠? 레…….”

“레흐크. 사실 그대를 영주관이 아니라 그곳 여관에 묵게 하고 싶지만. 거긴 꽤 재미있는 주제의 숙소가 많거든.”

“재미있는?”

“예를 들면 방 내부가 마차같이 생긴 곳이라거나 여관 자체가 미로같이 꾸며져 있다거나.”

테마 호텔 같은 걸까. 확실히 그런 말을 들으니 한번 가보고 싶어지긴 했다.

“알도 가봤어요?”

“그런 숙소에는 두어 번 정도? 나머지는 그냥 일반 숙소에 묵었지.”

"헤에, 자주 갔던 영진가 봐요?"

"아무래도 지나다니기 편한 곳이라. 지금의 레흐크 자작이 영지에 오기 쉽도록 주변을 정리했거든. 본디 레흐크 영지는…… 아, 이런 이야기 지겹지 않나."

하르페니언의 걱정스러운 말에 수아는 고개를 저었다.

"전혀요. 전 알 이야기 듣는 게 좋은걸요. 알, 설명 굉장히 잘하는 편이고."

그는 의심스럽다는 듯 그녀를 바라보았지만, 수아는 빙긋 웃으며 그를 마주 보았다. 그녀의 말은 결코 입에 발린 소리가 아니었다.

일단 그의 목소리를 듣는 것 자체가 좋았다. 아마 성경이나 코란을 읊어줘어도 감미로웠을 것이다. 하지만 어느 순간 수아는 그의 목소리보다는 그 내용에 정신을 빼앗겼다. 그는 수아에게 맞춰 최대한 쉬운 단어로 풀어서 이야기를 해줬고, 이해가 쉽다 보니 그 내용 자체에도 재미를 느끼는 식이었다.

"원래 레흐크 영지는 굉장히 쓸모없는 땅이었어. 백여 년 전까지만 해도 좋은 영지의 조건은 비옥한 토지였고, 그다음이 특산물이었지. 그 무엇도 가지지 못한 영지를 지닌 레흐크 자작가는 이름뿐인 귀족이었다더군."

지금이야 신관들이 축복을 내려 오염을 중화시키고, 농사짓는 기술도 꽤 발달해 절대적인 식량 부족 현상까지는 일어나지 않는다지만 당시의 수확량은 말 그대로 하늘에 달려 있는 일이었기에 더욱 그랬다. 하지만 점점 기술이 발전하며 기준 또한 바뀌어갔다.

쓸모없는 돌멩이라고 생각했던 것이 사실 꽤 유용한 광석이라는 걸 알게 된다든지, 다른 도시나 영지가 발전되면서 그 근처에 있는 영지가 위치적으로 부각되는가 하면 상업이 발달하고 여행이라는 개념이 생기면서 관광 쪽도 함께 커갔다.

전(前) 레흐크 자작은 이러한 흐름을 타 숙박업을 키웠다. 그리고 지금의 레흐크 자작은 거기에서 그치지 않고, 대대적으로 주변 몬스터들을 토벌하고 자신의 영지가 아닌 구역에도 사비를 털어 길을 닦았다. 마차나 말 또한 주변보다 싸게 공급하면서 어떻게든 레흐크 영지를 부각시키려고 했다.

"노력은 결실을 맺었지. 레흐크 주변은 안전하고 길도 편하다는 인식이 퍼져서 지금은 좀 돌아가더라도 이쪽으로 많이들 오거든. 영지 내에서도 여러 종류의 육포나 도구 등 여행 필수품들을 다양하게 구할 수 있고."

"와아, 특별화를 한 거군요. 대단하네. 아니, 알이 더 대단한가? 어떻게 그런 걸 다 알아요?"

수아가 눈을 초롱초롱 빛내며 묻자 하르페니언은 큼, 하고 작게 헛기침을 했다. 귀 색이 조금 붉게 물든 걸로 봐서는 아무래도 쑥스러운 모양이었다.

"그냥, 여기저기 다니기도 하고……. 별로 특별하다고까지 할 필요도 없는 정보야. 아, 슬슬 식사 시간이군."

하르페니언의 시선을 따라가자 길가의 나무 사이로 사람들이 모여 있는 공터가 보였다. 동시에 맛있는 냄새도 풍겨왔다.

가게가 길목마다 있을 리 없으니 마을이 아닌 곳에서 식사할 때는 대충 자리를 잡아 육포나 도시락 등을 먹는다. 그런데 그 잡는 자리라는 게 길목과 크게 떨어지지 않아야 하고, 대충 자리를 펼 수 있을 정도로 평탄해야 하는 등 기준이 거의 엇비슷하다 보니 결국 사람들이 모이는 식사 장소가 생겨나기 시작했다.

처음에는 음식을 서로 나눠 먹으면서 시작한 소소한 잡담이 지금은 정보 교류의 장으로 자리를 잡았고, 모인 사람 수에 따라 잡상인이 왔다 갔다 하기도 했다.

물론 수아와 하르페니언은 한 번도 그렇게 어울려서 먹은 적이 없긴 했지만.

"어, 저기는 꽤 뭐가 많네요."

보통 식사를 하는 곳은 사람들이 자율적으로 모여 생성된 장소였기에 시설이랄 것도 없었다. 하지만 지금 보이는 장소는 의자와 테이블까지 놓여 있는 것이 보였다.

"아마 레호크 자작의 조치일거야."

수아는 방금 들은 말이 있음에도 꽤 놀랐다.

여기서 레흐크 영지까지는 아직도 좀 남았다는데, 정말 멀리까지 돌보는구나.

"우리도 슬슬 식사할까."

"네."

다행히 날은 계속 흐리기만 할 뿐 빗방울이 떨어지지는 않았다.

둘은 그 뒤로 20여 분 정도를 더 마차를 달려 적당한 길가 수풀에 자리를 잡았다. 식사는 카르니언이 따라왔을 때처럼 화려하지는 않지만, 그래도 속이 꽤 알찬 샌드위치와 과일 그리고 쿠키였다.

"그런데 영주님이 기다리는 거 아니에요? 오늘 도착할 걸 알려놨다고 하면……."

"음? 아니, 모를걸."

"네?"

"조사관이 내려갈 테니 협력하라는 공문 정도는 돌았겠고, 그 조사관이 나라는 것 정도까진 알겠지만 언제인지는 모를 거야."

"어, 그래도 되는 거예요?"

"글쎄. 그렇다고 설마 내쫓을까."

그 말투가 꽤 짓궂게 들려, 수아는 풋 웃음을 터뜨렸다. 하긴 제국의 황태자가 직접 방문한다는데.

"그리고 꽤 반기긴 할 거야. 나 자체는 달갑지 않겠지만, 일단 몬스터 사태가 꽤 골치 아플 테니까."

"그래요?"

수아가 샌드위치를 베어 물며 물었다. 꽤 맛있었다.

"아무래도. 일단 몬스터가 뭉쳐서 몰려다니면 사람들이 몸을 사릴 테고, 그럼 숙박업이 주된 수입인 레흐크 영지에는 꽤 큰 타격이지."

"아, 그거요."

"응?"

"그걸 잘 이해를 못 해서요. 몬스터가 몰려다니는 게 그렇게 큰 문제예요?"

하르페니언도 샌드위치를 베어 물었다. 수아가 두세 입은 먹어야 할 게 한입으로 다 없어지는 것이 신기했다.

"본디 몬스터는 협동 공격이라는 걸 인지하지 못해. 우연이라도 한자리에 나타나게 되면 서로를 방해꾼으로 보고 싸울 정도니까. 그런데 이제는 그러지 않는 걸 떠나 함께 공격하지. 즉, 이제까지 몬스터가 보인 양식이 완전히 바뀌었다는 소리야. 그건 상대하는 방식을 바꿔야 한다는 소리도 되지. 예를 들면 눈앞에 있는 몬스터의 공격에만 주의하고 있었는데, 갑자기 뒤에서 땅으로 끌고 가려는 뿌리가 솟아난다면? 이제까지처럼 단순히 개인의 역량에 의한 퇴치가 아닌, 지휘관과 전략이 필요해지겠지."

그래서 전국적으로도 몬스터에 의한 피해가 상당히 늘었다며,

하르페니언은 조금 골치 아픈 듯 말했다.

"난 몬스터를 상대하는 게 굉장히 능숙해. 솔직히 신마전쟁 직후부터 살아남은 노병이 아니라면 이 나라에서 나보다 더 많이 몬스터를 상대한 사람은 없을걸. 그런데도…… 음, 혹시 야영하다가 몬스터의 습격을 받은 날을 기억하나. 그대가 완전히 크라트의 체액을 뒤집어쓴 날."

기억 못 할 리가 없다. 수아가 고개를 끄덕였다.

"평소라면 그런 실수는 절대 안 해. 보호할 대상에게 몬스터를 접근시키다니."

"그러면 그때도?"

"녹튼, 토른, 크라트. 모두 세 종이었어. 당시에도 이상하다고 생각은 했지만, 나중에는 전국적으로 그런 현상이 보고되더군."

처음에는 그냥 같이 나타나는 것 정도였다. 당시 세 종이 함께 있긴 했지만 순차적으로 공격해왔으니까. 하지만 몇 달이 되지 않아 말 그대로 협동이라고 할 수 있는 공격을 시작했다. 당연히 한 종에 대한 공격에만 익숙해져 있던 사람들은 당황했고, 그 이상으로 좋지 않은 소문도 함께 퍼졌다.

일부 학자들은 체계적인 퇴치에 본능적인 위협을 느낀 몬스터들이 힘을 합치기 시작했다고 주장했지만, 대부분의 사람들은 그런 이론과는 전혀 상관없이 어떤 불길한 징조의 시작이 아니냐는 식으로 불안해할 뿐이었다.

그리고 그 불안감은 당연히 여행의 감소로 이어졌다.

"당연히 빨리 해결하고 싶겠지."

"그렇겠네요."

수아가 고개를 끄덕였다.

식사를 먼저 마친 것은 하르페니언이었다. 그는 힐끗 하늘을 보며 해의 위치를 확인했다.

아무래도 오늘 빗방울이 떨어지진 않을 것 같았다.

"그래도 그때 몬스터가 함께 나타나지 않았으면 이렇게도 못 있었겠네요."

"음?"

"평소대로였다면 알도 실수를 안 했을 거고, 굳이 숙소로 가서 씻어내야 할 일도 없었을 거고, 그럼 저에게 저주가 안 통한다는 사실도 몰랐겠죠."

수아가 빙긋 웃었다. 잠시 그런 그녀를 바라보던 하르페니언도 이내 피식 웃었다.

"그렇겠군."

저주가 통하지 않는다는 걸 알았을 때. 그때를 떠올리자 뺨에 살짝 열이 오르는 것 같은 느낌이 났다.

'어라?'

분명히 상의를 탈의하고 있긴 했지만, 따지면 수영복 복장보다 못한 건데.

음, 이 세계에 너무 빨리 익숙해졌나? 아니면 상대가 그냥 하르페니언이라서?

분명 탄탄한 몸이긴 했다. 수아는 숨을 깊게 내쉬며, 레티나가 알려준 문장을 다시 한 번 이해했다.

확실히 알, 몸매기 좋긴 하네.

No. 12 Episode

수상한 마법사

마차를 상당히 천천히 달렸는데도 영지에 도착한 것은 하르페니언 말대로 하늘에 노을이 지기 전이었다. 영지에 들어갈 때는 위장한 가짜 신분패를, 그리고 영주관 문 앞에서는 진짜 신분패를 보였다. 그리고 레흐크 영주관은 발칵 뒤집혔다.

"화, 황태자 전하!"

집사로 보이는 남자는 그야말로 기절하지 않은 것이 이상할 정도의 모습으로 그들을 맞았다. 우선 둘은 응접실로 안내되었고, 집사는 새하얗게 질린 안색으로 안타깝게도 영주님은 시찰을 나가 현재 자리를 비웠다는 말을 전해왔다. 따지면 미리 알리지 않고 온 하르페니언의 잘못이지 본연의 임무를 다하고자 부지런히 영지 시찰을 간 영주의 잘못은 아니다.

하지만 영주 부재를 알리는 집사의 모습은 이제 기절의 수준을 넘어 무덤에서 기어 나온 좀비의 형상이었다.

집사에게는 매우 다행스럽게도 황태자는 노하지 않은 채 곧 영주에게 전갈을 보내겠다는 말을 받아들였고, 그는 빠져나가는 혼을 가까스로 붙잡으며 응접실에서 나갔다. 곧 하녀들이 그와 비슷한 안색을 하고 다과를 가져오고 빠져나간 후, 응접실에는 둘만 남게 되었다.

하르페니언은 이러한 반응이 당연하다는 듯 앉아 있었고, 수아도 전처럼 이런 반응이 못마땅하지는 않았다. 보통 황족이 아무 말 없이 등장해도 이 정도 반응은 올 테니까. 그녀는 다과에 손을 뻗어 쿠키 하나를 입에 물었다.

"어라, 이거 안에 과일 들어가 있네요."

사과와 레몬 중간 정도의 맛이 입안에 확 퍼졌다. 수아는 같은 쿠키 하나를 집어 하르페니언에게 내밀었다. 그는 잠깐 망설이다 한입에 받아먹었다. 수아가 방긋 웃었다.

"맛있죠?"

"음, 그렇긴…… 한데."

하르페니언의 걱정은 조금 진지해졌다. 정말로 다른 남자에게도 이런 식으로 권하는 건 아니겠지.

노크 소리가 들려왔다. 하르페니언이 쿠키를 모두 삼키고 들어오라고 말하자, 곧 방 안에 은발의 남자 하나가 들어왔다.

그리고 그 순간 수아는 눈을 크게 떴다.

'어?'

주변 공기가 멈추는 듯했다.

두근.

숨이 막힐 것 같았다.

두근.

가슴이, 미친 듯이 뛰기 시작했다.

"아칸도르 제국의 미천한 종이 위대하신 별을 뵙습니다. 황태자 전하를 뵙게 되어 영광입니다. 실바코프 이아스입니다."

그는 예법대로 허리를 깊게 숙여 하르페니언에게 인사했다. 전혀 겁에 질리지 않은 어투였다.

평소였다면 그것만으로도 수아는 그에게 호감을 느꼈을 터였다. 하지만 오히려 지금은 그런 걸 눈치챌 틈도 없었다. 그냥, 그에게 시선을 뗄 수가 없었다.

은발의 남자는 꽤 젊었지만, 정확한 나이는 알 수 없었다. 하르페니언을 처음 본 순간 느꼈던 것과 비슷했다. 굉장한 「어른」 같지만, 그렇다고 외모 자체가 나이가 들어 보이는 건 아닌, 연륜이 있는 젊은 남자. 전제적으로도 꽤 깔끔하고 준수한 스타일의 미남이었다. 한 줄로 얇게 땋아 뒤로 넘긴 기다란 은빛 머리카락은 은사처럼 매끄러워 보였고 찰랑이는 옆 머리카락은 어린 짐승의 솜털처럼 보드라울 것 같았다.

"저는 이 영지에서 마법사 직을 맡고 있습니다. 영주님은 시찰을 나가셨기에 돌아오실 때까지 약간 시간이 걸려, 황송하옵게도 황족을 접대하는 영광을 제가 맡게 되었습니다."

남자는 말을 마치고 고개를 들어 하르페니언을 보고, 수아를 바라보았다. 연보라색 눈동자와 시선이 맞부딪쳤다. 숨이 턱 막혀왔다.

"내 일행이 쉬고 싶다는군. 이야기는 그 뒤에 듣지."

어쩐지 저 멀리서 들리는 것 같은 하르페니언의 목소리에 수아는 간신히 남자에게서 시선을 돌렸다. 하지만 은색의 잔상을, 방금 마주친 연보라색 눈동자의 잔상을 지울 수는 없었다.

"명 받들겠습니다."

너무 낮지도 높지도 않은 목소리. 수아는 입술을 깨물었다. 하르페니언의 목소리보다 저 남자의 목소리가 더 뚜렷했다.

곧 남자의 부름을 받은 하녀가 하나 들어오고, 수아는 간신히 하르페니언에게 어물거리며 인사하고는 그녀를 따라 걸었다. 하녀는 수아가 묵을 방으로 안내했는데, 방까지는 멀었는지 가까웠는지조차 제대로 기억이 나지 않았다. 심장이 뛰는 것이 계속 가라앉지 않았다.

방으로 들어온 수아는 하녀를 내보내고는, 그대로 그 자리에서 무너져 내렸다.

정신을 차린 건 하녀들이 노크를 하는 소리 때문이었다. 얼마나 자리에 오래 앉아 있었는지 다리가 저려 몸이 비틀거렸다. 수아는 간신히 테이블 의자에 몸을 옮긴 후 들어오라는 말을 할 수 있었다.

"만찬?"

오늘 저녁 만찬이 있다는 소리였다. 굳이 참가를 해야 하나? 안 간다고 하면…… 하르페니언이 곤란할까? 그는 수아 마음대로 하라고 했지만 그렇다고 정말 제멋대로 할 수는 없는 일이었다.

'이제 좀 정신이 돌아온 것 같네.'

동시에 한숨이 나왔다. 도대체 뭘까, 그 남자는. 그리고 가슴은 왜 또…….

하르페니언의 존재가 없었다면 가장 쉬운 답이 있을 터였다.

첫눈에 반했다.

하지만 그건 말도 안 된다. 내가 그에 대해 아는 게 뭐라고? 수아는 고집스레 입술을 깨물었다.

"기, 기분이 상하셨다면……."

그리고 그제야 수아의 한숨에 흠칫 몸을 덜덜 떨며 고개를 숙이고 있는 하녀가 보였다.

"그게 아니라……."

요, 라고 자연스럽게 존대를 하려다가 수아는 말을 멈췄다. 보통 시중을 드는 사람에게는 존대를 하지 않지. 그렇게 배웠고, 그래서 리노체스 저택에서도 하녀들에게는 반말을 썼다.

"기분이 상한 게 아니야. 잠깐 생각할 것이 있어서. 준비라고 했어?"

"네, 원하신다면 단장을 도와드리겠습니다."

하녀가 한시름 놓은 얼굴로 답했다. 수아가 허락하자, 곧 다른 하녀들이 들어와 그녀의 수발을 들기 시작했다.

간단하게 씻고, 옷을 몇 벌 정도 입어보고는 액세서리로 치장했다. 옷은 수아에게 조금 컸으나 하녀들이 달라붙어 손을 놀리자 꽤 편하게 입을 수 있게 되었다.

"영주님은 오셨어?"

"아직 도착하지 않으셨습니다."

수아에게 배정된 하녀는 총 다섯 명이었는데, 그중 가장 나이가 많고 연륜이 있어 보이는 하녀 하나가 침착하게 대답했다. 원래 영주는 한밤중에나 영지에 돌아올 예정이었으나 하르페니언이 왔다는 소리에 급히 말 머리를 돌린 모양이었다.

"알…… 황태자 전하는?"

"서류를 살피고 계신 것으로 알고 있습니다만, 원하신다면 그쪽으로 안내 해드리겠습니다."

"아냐. 그냥 차나 한 잔 가져다줘."

"즉시 대령하겠습니다."

하녀의 어투는 굉장히 공손했고, 그에 비례해 숨길 수 없는 긴장도 느껴졌다. 그나마 그녀를 응대하는 하녀는 좀 나았지만, 다른 하녀들은 긴장을 넘은 그 어떤 기색까지 있었다. 그리고 수아는 그게 무엇인지 알 수 있었다. 결코 자신에게 향하리라고 생각해본 적이 없는 감정이었다.

공포.

수아는 순간 당황했지만 다음 순간 이해했다. 저주받은 황태자의 일행이다. 더구나 그녀 자체도 성녀니 악마니 소문이 무성하다. 저러지 않는 것이 더 이상하겠지. 수아는 이상하게 까끌거리는 혀의 감각을 느끼며 속으로 한숨을 내쉬었다. 그래도 차라리 전보다는 낫다는 생각도 들었다. 전에는 동정이었다. 억지로 무시무시한 황태자와 함께 다녀야 하는, 아무것도 모르는 피해자.

수아의 차를 준비하러 하녀 두 명이 방을 나섰고, 나머지 하녀들은 한 번 더 수아의 옷과 액세서리를 점검했다. 주황색을 띤 드레스는 크게 고급스럽거나 화려해 보이진 않았지만 초라해 보이지도 않았다.

“아까.”

“하명하십시오.”

“은발의 남자는 누구야?”

“이아스님 말씀입니까?”

수아의 말에 대답하는 것은 그녀를 매만지고 있지 않은, 연륜 있는 하녀 한 명뿐이었다. 나머지는 마치 벙어리라도 된 듯 입을 꽉 다물고 있었다.

“이아스라고 해?”

“실바코프 이아스님. 이 영지의 마법사이십니다.”

하녀의 대답은 짤막했지만 수아가 묻는 것에는 확실히 대답을 해줬다. 몇 번의 질문 끝에 나온 정보는 그가 오래전부터 이 영지에서 마법사로서 영주를 도왔다는 것, 신임이 두텁고 성격이 섬세해 종종 영주대리로서 손님 접대에 나선다는 것 정도였다. 딱히 수아가 얻고자 하는 정보는 없었다. 아니, 애초에 무슨 정보를 얻으려고 한 건지 스스로도 알 수 없긴 했지만.

그녀는 한숨이 다시 나오려는 걸 간신히 참았다. 지금은 실바코프의 모습을 떠올려도 거짓말처럼 아무렇지도 않았다. 눈꼬리가 약간 내려간 타입의 준수하게 생긴 미남. 은색 머리가 반짝반짝해 신기했고, 신비로운 인상이었다. 기껏해야 그 정도의 감상이었다. 하지만 처음 봤을 때 가슴이 뛰었고 한동안 그 두근거림이 가라앉지 않았던 것도 사실이었다.

옆에 있는 하르페니언의 존재가 희미해질 정도로.

도대체 뭐였을까.

수아는 주먹을 꽉 쥐었다. 뭐든 간에, 이건 그냥 해프닝이다. 그 이상이 돼서는 안 됐다. 절대.

차를 마시고 있자니 만찬 시간이 되었는지 하녀들이 공손히 그녀를 모시러 왔다. 수아는 하녀가 안내하는 대로 발걸음을 옮겼다. 곧 도착한 응접실에서는 하르페니언이 수아를 기다리고 있었고, 그를 본 수아는 미소를 지었다. 여전히 검은색이 베이스긴 했지만 하얀색과 갈색 등 여러 가지 색을 포인트로 준 예복은 꽤 고급스럽고 화려했다. 밝은 회색이 도는 장갑 또한 액세서리처럼 잘 어울렸다. 어깨에는 커다랗게 황가의 문장이 붙어 있었고 머리 모양도 단정하게 뒤로 다듬어 넘긴 것이 평소의 모습과는 상당히 달랐다.

하르페니언은 그녀에게 손을 내밀었고, 그녀는 최대한 천천히 그 위로 자신의 손을 얹었다. 마치 동화 속에 나오는 공주님이라도 된 것같이 설렜다. 동시에 정말 여기저기 자랑하고 싶어졌다. 있죠, 이 사람이 제 남자래요! 가슴이 간질간질해서 입가가 가만히 있질 않고 헤실헤실 웃음이 지어졌다. 그렇게 수아가 자연스럽게 하르페니언의 곁에 섰을 때, 집사가 그에게 다가와 영주의 도착을 알렸다.

레흐크 자작은 진한 초록색 머리를 뒤로 넘긴 40대 중반 정도의 남자로, 몸이 탄탄한 무인 타입이었다. 그는 단순히 영지 안의 시찰이 아닌, 경비병들을 거느리고 영지 주변에서 몬스터가 나오는 길목을 살피다 온 모양이었다. 서둘러 온다고 했지만 지금도 통상의 저녁보다는 조금 늦은 시간이다. 그래서인지 영주는 긴장한 기색이 역력했지만 그런 것치고는 거의 주눅 들지 않은 태도로 하르페니언에게 인사를 올렸다.

하지만 수아는 이미 레흐크 자작을 보고 있지 않았다. 영주의 뒤에는 가신으로 보이는 이들이 몇 있었는데, 그녀의 시선은 그중에서도 은발의 남자에게 고정되어 있었다.

가슴이 두방망이질해 댔다. 두근거리는 정도의 귀여운 표현이 아니었다. 쿵, 쿵, 쿵. 마치 커다란 북을 때리는 것처럼 심장이 통제할 수 없이 그를 향해 뛰고 있었다. 수아는 그녀의 연인이 옆에 있다는 사실을 잊지 않으려고 노력하며 필사적으로 하르페니언에게 시선을 돌렸다. 그는 그녀에게 딱히 신경 쓰지 않은 채 영주와 대화하고 있었다.

다행이다. 심장 뛰는 소리가 그에게까지는 들리지 않는구나.

그런 엉뚱한 안도를 하는데 갑자기 하르페니언이 그녀에게 고개를 돌렸다. 설마 들렸나? 얼마나 놀랐던지 그야말로 미동도 할 수 없었다.

“이쪽은 내 동행이다.”

하지만 그는 단순히 영주에게 그녀를 소개할 의도였던 듯싶었다. 하르페니언의 말에 영주는 수아에게 고개를 숙였다.

“보고는 들었습니다. 저는 이 영지의 영주를 맡고 있는 브린드 아덴 레흐크라라고 합니다. 황실의 은혜를 입고 있는 미천한 종이지요. 부디 부족하지만 황태자 전하를 모시는 것만큼이나 힘껏 모시도록 하겠습니다.”

수아는 깜짝 놀란 와중에도 반사적으로 치마를 잡고 살짝 무릎을 숙여 예법대로 그에게 인사를 건넸다.

“불편한 점이 있으면 언제든지 말씀해주십시오. 이미 보셨겠지만 정식으로 소개드리지요. 앞으로 아가씨를 모실 분들입니다.”

영주의 말과 함께 한 발 나온 것이, 아까 수아에게 대답하던 하녀와 은발의 마법사였다.

맙소사. 수아는 잠깐 눈을 감았다가 떴다.

“하녀장과 이 성의 마법사입니다. 둘 다 능숙한 이들이니 아가씨를 불편함 없이 모실 것입니다.”

“제란 콜로키입니다.”

“실바코프 이아스입니다. 한 번 인사드렸었죠. 모시게 되어 영광입니다.”

실바코프가 한 발 다가와 제비꽃과 같은 보라색 눈동자를 수아에게 맞추는 순간, 수아는 정말 아무것도 생각할 수가 없게 되었다.

숨이 가빠오고 가슴이 미친 듯이 요동을 친다. 이 사람이야. 누군가가 그녀에게 속삭인다. 바로 이 사람이…….

순간 수아는 자신이 하르페니언의 손을 잡고 있다는 걸 깨달았다. 그녀는 그를 잡은 손에 조금 힘을 준 다음, 고개를 살짝 끄덕여 두 사람의 인사에 답했다. 그다음은 하르페니언이 자연스럽게 말을 이었다.

“수아는 이민족이니 이곳 풍습에 익숙하지 않아. 실수는 용서치 않는다.”

“명 받들겠습니다.”

“걱정 마십시오, 황태자 전하. 최선을 다해 모시겠습니다.”

하녀장은 최대한 태연하게 고개를 숙였지만 살짝 떨리는 몸까지는 어쩌지 못했다. 하지만 실바코프는 아무렇지도 않은 듯, 평정을 유지하며 고개를 숙였다.

그 후 영주가 손짓하자 하녀장과 실바코프는 조용히 물러났다.

“그럼 식당으로 이동하시지 않겠습니까, 전하? 급한 준비라 전하의 입맛에 맞으실지 모르겠습니다만, 부디 제게 황태자 전하께 식사를 대접할 수 있는 영광을 주십시오.”

실바코프가 시야에서 사라지자 좀 나았다. 하녀장과 마법사가 둘 다 방 밖으로 나가는 것을 보고, 수아는 그제야 간신히 숨을 좀 편하게 내쉬었다. 그녀는 시선을 바닥으로 향한 채 작게 심호흡을 했고, 그러느라 하르페니언이 영주에 말에 뭐라고 답했는지는 듣지 못했다. 수아가 고개를 든 건 하르페니언이 손을 뻗어 그녀의 어깨를 가볍게 감쌌기 때문이었다.

"가지."

수아는 그제야 정신을 제대로 차리고 하르페니언을 바라보았다. 그녀의 어깨에 두른 팔은 마치 그가 여기 있다고 말하는 것만 같은 강한 존재감이 있었다.

동시에 여기저기서 숨을 삼키는 소리가 났다. 홀 안에는 처음부터 대기하고 있던 시종들과 하녀들이 있었는데, 모두 못을 몇 개쯤 삼킨 것 같은 표정을 하고 있었다. 당장에라도 비명을 지르거나 주저앉을 것만 같은 표정. 아마 하르페니언이 수아의 어깨를 감싼 것 때문이겠지. 스스로의 감정을 잘 갈무리하고 있던 영주의 얼굴에서도 놀란 빛이 스쳐 가는 것이 보였다. 그 뒤의 가신들은 더더욱.

수아가 눈치챘다면 하르페니언이 모를 리 없을 텐데도, 그는 아무렇지도 않은 표정이었다. 그는 오만하게까지 보이는 동작으로 문 쪽으로 턱을 들었고 그 모습에 화들짝 놀란 하인 하나가 깊게 고개를 숙였다.

"안, 안내하겠습니다!"

하르페니언은 수아의 어깨에 팔을 두른 채 하인을 따라 발걸음을 옮겼다. 영주와 가신들, 그리고 다른 고용인들이 그 뒤를 따랐다.

"괜찮나."

하르페니언이 작게 속삭였다. 뒤따라오는 이들과는 거리가 꽤 떨어져 있었기에 수아에게만 들릴 정도의 목소리였다.

"긴장한 것 같은데."

걱정스럽게 그녀를 바라보는 금안이 부드럽게 일렁였다.

"괘, 괜찮아요."

죄책감이 들었다. 아무래도 그는 그녀가 이 상황 자체에 긴장해 어쩔 줄 모르는 걸로 보이는 모양이었다. 그게, 그게 아니다. 하지만 사실대로 말할 수도 없는 노릇이었다. 수아는 머뭇거리며 하르페니언 쪽으로 살짝 몸을 붙였다. 그제야 수아는 자신이 희미하게 떨고 있다는 걸 깨달았다.

"정말 괜찮아요, 알."

그리고 다시 한 번 작게, 하지만 또박또박 그 말을 반복했다. 그건 수아 자신에게 하는 소리기도 했다. 하르페니언은 그녀에게 괜찮다는 듯 살짝 웃어주고는 고개를 들었다. 수아는 그런 그의 옷자락을 꽉 쥐었다.

그러는 사이 금세 식당에 도착했다.

그리고 수아는 순간 상황이나 하던 생각도 잊고 살짝 입을 벌렸다. 커다란 식탁에는 족히 수십 가지는 되어 보이는 음식들이 펼쳐져 있었다. 시간이 그렇게 많지도 않았을 텐데, 어떻게 이걸 다 조리한 걸까. 더구나 영주도 부재중이었다고 하지 않았나.

수아가 전지 여관의 특성을 살려 어떤 경로를 통해 요리가 완성되었나를 잠깐 추측해보고 있을 때, 하인 한 명이 굳은 동작으로 다가왔다. 하인은 하르페니언의 의자를 뒤로 빼려고 했지만, 그는 손짓으로 하인을 물러가게 했다.

"내 시중은 필요 없다고 말했을 텐데."

그 말과 함께 하르페니언은 수아의 의자를 빼며 그녀에게 앉으라는 듯 눈짓했다. 수아가 반사적으로 의자에 앉자 그는 자연스럽게 의자를 앞으로 넣어주었고, 동시에 헉하는 숨넘어가는 소리가 들렸다. 아까보다도 훨씬 노골적인 소리였다. 수아가 놀라 고개를 들었지만 이번에는 다들 놀라는 티를 숨기려는 기색도 없이 모두 수아를 바라보고 있었다. 도대체 왜? 수아가 의아해하는 사이 하르페니언은 시중 없이 착석하고는, 말했다.

"모두 앉게나."

그 말에 식당 안 사람들은 하르페니언에게 가볍게 묵례를 하고는 자리에 앉았다. 그제야 수아는 왜 다른 이들이 자신을 그렇게 봤는지 깨달았다.

황족은 모든 이들의 위다. 당연히 황족이 서 있는데 감히 그 아래인 자가 먼저 앉을 수 없다. 그나마 지금처럼 같은 식탁을 쓸 수 있는 것도 하르페니언이 특별히 「허락」을 했기 때문일 텐데, 거기서 황태자가 손수 의자를 빼주고, 그보다 먼저 앉는다?

등에 식은땀이 흐르는 것 같았다. 그녀가 멋대로 행동한 것이 아니었다. 먼저 하르페니언이 의자를 빼주고 눈짓했다. 즉, 그가 일부러 이런 상황을 만들어낸 것이다. 다른 사람들 앞에서, 그가 수아를 얼마나 소중하게 여기는지 과시하기 위해. 난 이 여자를 이렇게나 대우해주고 있으니 가볍게 본다면 용서하지 않으리라는, 어쩌면 협박의 가까운 의미.

그걸 깨달은 순간 가슴이 지잉 울렸다. 고맙고, 미안했다.

그는 이렇게나 그녀를 소중히 여겨주는데.

수아는 저도 모르게 식당 안을 힐끗 둘러보며 은색의 머리칼을 찾았다. 다행히 실바코프는 보이지 않았다. 그리고, 그에 안도하는 자신이 한심했다.

식사는 별일 없이 끝났다. 대부분 짧은 시간 안에 조리가 가능한 요리들이었지만, 공을 들인 음식이 없다는 것이 문제가 되지 못할 정도로 가짓수가 많았다. 길지도 짧지도 않은 식사를 마친 후에는 티타임을 가지지 않았다. 수아는 곧바로 방으로, 하르페니언은 업무를 보러 영주의 집무실로 향했다.

그 뒤 수아는 씻은 후 하녀들에게 마사지를 받았다. 향유 냄새가 기분 좋았다. 마지막으로 수아가 잠옷으로 갈아입자 하녀들이 공손히 고개를 숙이고는 물러갔다. 필요한 일이 있으면 부르라는 말과 함께.

방에 혼자 남자, 수아는 참았던 숨을 내쉬었다. 이 영지에 온 지 하루는커녕 반나절도 지나지 않았는데 굉장히 많은 일이 있었던 것 같았다. 머릿속이 엉킨 게 아닐까 싶을 정도로 엉망진창이었다. 그 원인은 왜인지 생각할 필요도 없었다.

실바코프 이아스.

그 남자는 뭘까. 마법사라고? 그러면 혹여나 그녀에게 마법을 건 것이 아닐까. 억지로 두근거리게 하는 마법을…….

"하아."

다시 한숨이 나왔다. 말이 되나. 황태자 일행에게 마법을 걸어? 설사 걸 수 있다고 해도 가슴을 뛰게 만드는 마법을?

수아는 자신이 생각해놓고도 어이가 없어 킥킥거렸다. 핑계도 댈 걸 대야지.

하지만 분명 그를 처음 봤을 때의 상태는 정상이 아니었다.

애초에 누군가를 처음 보자마자 그 사람만 시야에 담기면서 가슴이 미친 듯이 요동친다는 것 자체가 말이 되나. 하르페니언을 처음 봤을 때도 그러지는 않았다.

그래. 백 보 양보해서 한눈에 반했다고 치자. 아주 강렬하게 반했으면 그럴 수도 있겠지, 응. 하지만 그렇다면 그를 떠올렸을 때 무슨 감정이 있어야 할 것 아닌가. 두근거리거나, 그러지 않더라도 최소한 한 번 더 보고 싶다는 생각이 들어야 하지 않을까. 그러나 지금 수아가 느끼는 건 가급적 그를 두 번 다시 보고 싶지 않다는 꺼림칙한 감정뿐이었다. 아무리 하르페니언에게 미안하다고 해도, 정말 그에게 반했다면 그것과는 별개로 감정이 움직여야 맞았다.

응, 그러니까 아니야. 그냥 일시적인 현상일 뿐이야. 난 그에게 반하지 않았어.

수아는 몇 번이나 주문을 외우듯 스스로에게 그렇게 중얼거렸다. 하지만 생각은 곧 처음으로 되돌아갔다.

누군가가 속삭였다. 정말 그런 거야? 사실 실바코프라는 그 마법사에게 반한 게 맞는데 하르페니언에게 너무 미안해서, 그를 사랑해야 한다는 강박감 때문에 그렇게 느끼는 게 아니고?

수아는 답답함을 느끼며 자리에서 벌떡 일어났다. 너무 짜증이 나서 눈물이 나올 것 같았다. 이런 걸로 고민하는 스스로가 싫었다. 어제까지만 해도, 세상이 설사 무너진다 하더라도 그를 사랑하는 마음만은 변하지 않을 거라는 확신이 있었는데.

전 남친이 떠올랐다. 이별 이후 스쳐 지나갈 때만 제외하고는 아무런 마음이 들지 않았던 그. 지금 누군가가 당시에 그를 정말로 사랑하긴 했느냐고 물으면 고개를 끄덕이지 못할 것 같았다. 좋아하긴 했지만, 글쎄, 그걸 과연 사랑이라고 할 수 있었을까, 하고. 하지만 당시에는 웃기게도 그를 사랑한다고 믿었다. 고등학생, 지금 생각하면 어리다는 생각만 들지만 객관적으로 봤을 땐 기껏해야 몇 년 지나지 않았던 그때.

설마 그때와 같은 일을 반복하는 게 아닐까? 몇 년이 아니라 10년, 20년이 지난 후에 누가 하르페니언에 대해서 묻게 된다면, 당시에는 정말 사랑한다고 착각했지만 사실은 사랑이 아니었다고 그런 대답을 하게 될까? 이런 감정이 우습도록, 다른 누군가를 더 절절하게 사랑하게 될까?

그럼 하르페니언은? 하르페니언이 지금 그녀를 사랑한다는 사실은 의심할 여지가 없다. 하지만 세월이 지나면? 그 또한 그녀에게 서서히 식어갈까? 나중에는 사랑이 아니었구나, 그런 식으로 여기게 될까?

머리가 아팠다. 수아는 방 안을 이리저리 돌아다니기 시작했다. 속이 울렁거려 뭘 어떻게 해야 할지를 알 수가 없었다. 아니, 알 수 없다고? 끝까지 핑계를 대려는 걸까, 나는. 수아는 그 자리에 우뚝 섰다. 사실 그녀가 할 일은 명확했다.

이 영지에 묵다가 하르페니언과 함께 떠나는 것.

그리고 실바코프라는 마법사를 두 번 다시 보지 않는 것.

지금 상황에서 그에게 반하든 반하지 않았든 그게 중요한가. 반한 게 맞다면 그 마법사에게 매달리기라도 할 건가, 하르페니언에게 결별을 고하기라도 할 건가.

"그럴 리가."

수아는 일부러 소리 내어 그렇게 말했다. 머리가 좀 개운해지는 기분이었다. 그래, 이 감정을 굳이 정의 내릴 필요는 없었다. 쓸데없는 거니까.

일단 빨리 자야겠다. 좀 자고, 내일이 되면……. 그 마법사는 옆에 오지 못하게 해달라고 할까. 뭐라고 핑계를 대지. 그냥 느낌이 좀 안 좋다고? 아니, 굳이 그런 핑계를 대지 않아도 그녀가 그러고 싶다고 하면 하르페니언이 알아서 해줄 터였다.

그때 침대로 향하던 수아의 눈에 무언가가 띄었다. 정확히는 장식장, 그 안에 있는 것들. 수아는 그쪽으로 다가가 장식장 문을 열었다. 다행히 잠금쇠가 걸려 있지 않았고, 수아는 눈을 빛냈다.

그 안에는 가지각색의 술들이 가득 차 있었다.

하르페니언은 영주에게 꽤 만족했다. 그가 여기서 원하는 건 몬스터에 관한 자료를 얻는 것과 수아가 제대로 대접받는 것이었는데, 둘 다 별로 흠 잡을 것이 없었다.

자료는 영지 자체의 미래가 걸려 있는 만큼 생각보다 훨씬 더 체계적이고 꼼꼼하게 정리를 해놓았고, 영주 자신도 직접 현장에 갈 정도로 적극적이었다.

수아를 대하는 태도도 흡족했다. 사실 수아는 상당히 애매한 위치에 있었다. 신분도 직위도 없는, 그저 황태자가 데리고 다닐 뿐인 이민족 소녀. 성녀라는 소문 이면으로 악마라는 소문도 만만찮았다.

이곳에도 양쪽 모두를 믿는 이들이 각각 있을 터. 대놓고 황태자의 일행을 짓누르려는 미친 인간은 없겠지만 그는 사람들이 얼마나 음습하게 누군가를 괴롭힐 수 있는지 잘 알고 있었다. 그런 수아에게 영주는 직접 고용인들을 소개해주었다. 이 영지에서 일한 지 오래된 신뢰할 만한 마법사와, 여주인이 없는 이 저택에서 하녀들을 통솔하고 있는 이 영지 태생의 하녀장이라면 쓸데없는 걱정은 크게 하지 않아도 될 것이었다.

자작 부인은 몇 년 전 별세했고, 아들 둘은 수도에서 공부를 하고 있는 모양이니 영주 가족들과 관련된 변수도 없을 테고.

"병력이 필요합니다."

영주와도 꽤 말이 잘 통했다.

당연히 개인적인 친분 이야기는 아니었다.

그는 어떻게든 영지를 살리고자 하는 의지가 있었고, 그를 위해 어떻게든 지원을 원했다.

안전하다는 확신을 주지 않으면 사람들은 지나다니길 꺼릴 테고, 벌써부터 그 기미가 보이고 있었다. 이대로 가다간 영지가 한순간에 무너져 내릴 수 있으니 그것만은 막아야 한다는 의지가 보였다. 그리고 그 의지는 하르페니언에 대한 공포를 이길 수 있는 힘을 주었다. 영주는 최대한 정중하고 태연한 태도로 저주받은 황태자를 대했다.

"병력은 주겠네. 단지 그건 임시방편밖에 되지 않아. 근본 원인을 찾지 않으면 안 될 걸세."

"명심하고 있습니다, 전하."

둘은 자료를 보며 몬스터들이 몰려다니는 패턴을 분석하며 대화를 나눴다.

결국 그가 영주의 집무실에서 나온 것은 달이 꽤 높이 뜬 후였다. 복도는 최소한의 불빛을 밝혀놓은 듯 어둑했고 성 안은 잠에 빠져 있었다.

하르페니언은 곧바로 방으로 가지 않고 성을 나와 정원 쪽으로 한 바퀴 돌았다. 레흐크 영지는 주변 몬스터들을 퇴치하기 위해 영지의 크기와 규모에 비하면 병력이 꽤 되는 편이었고, 경비대원의 수준도 높은 편이었다.

더구나 얼마 있으면 하르페니언과 수아가 이 영지에서 나올 걸 뻔히 아는 놈들이 굳이 여기까지 숨어 들어오진 않겠지만 혹시 모를 일이었다.

그러다, 하르페니언은 자리에 우뚝 섰다.

달빛이 비치고 있었다. 방금까지만 해도 그저 불빛에 불과했던 것이 금방이라도 부스러질 듯 아름다운 은빛 조명으로 보였다. 별이 아름다웠다. 단순히 살을 스치던 바람은 순식간에 기분 좋은 밤바람으로 변해 주변을 휘감았다.

그 아래, 그녀가 있었기에.

'수아.'

결코 잘못 볼 수 없는 이였다. 그녀는 발코니에 몸을 기대고 작은 어깨를 움츠린 채 하늘을 바라보고 있었다. 밑에 누군가가 있다는 건 아예 눈치채지 못한 듯했다. 부드러운 상앗빛 피부가 달빛 아래서도 똑똑히 보였다.

하르페니언은 한참이나 그런 그녀를 올려다보았다.

얼마나 그렇게 서 있었을까. 수아는 아직 서늘한 밤바람이 추웠는지 숄을 걸친 몸을 움츠리며 살짝 몸을 떨었다. 그러다 비로소 발코니 밑, 정원에 서 있는 하르페니언을 발견한 듯했다.

"어, 알?"

커다란 눈이 동그랗게 변하는 모습이 견딜 수 없을 만큼 사랑스러워 보였다.

"거기서 뭐 해요?"

"그대야말로."

"아, 잠이 안 와서요."

수아는 배시시 웃었다.

"별이 예뻐서, 좀 보다 자려고 했어요. 알이야말로 너무 늦었는데 지금까지 일한 거예요?"

그런 그녀가 너무나도 아름다워 보여 황홀한 반면 조금 언짢아지기도 했다. 지금 이곳을 다른 이가 지났다면 어쩌려고 저럴까. 지금 수아는 매우 무방비한 상태로, 어깨에 숄을 걸치기는 했다지만 잠옷 차림이었다.

"누가."

보면 어쩌려고. 하지만 그 말은 끝까지 하지 못했다. 입을 연 순간 방의 발코니에도 나오지 못하게 하는 건 너무 참견하는 게 아닌가 하는 생각이 들었기 때문이다.

"네?"

"아니, 흠. 누가 무례하게 굴진 않던가."

"전혀요. 오히려 바싹 얼어서 지나칠 정도로 조심하던걸요."

고요한 밤에 수아의 목소리는 조곤하게 울려 퍼졌다. 그녀의 방은 3층으로 꽤 높았기에 주변이 조용하지 않았다면 말을 주고받기는 어려웠을 터였다.

"다행이군."

"알은 괜찮아요?"

"나야 물론."

수아가 발코니에서 조금 더 고개를 숙였다. 검은 눈이 달빛에 비쳐 빛났다.

"제가 내려갈까요?"

"아냐. 밤이 너무 깊었어."

"그럼 알이 올라올래요?"

순간 하르페니언은 말문이 막혔다. 올라오라고? 그렇게 묻는 수아의 표정은 정말 순진무구해 보여, 하르페니언은 잠깐 속된 생각을 한 자신을 반성했다.

그래, 별다를 것도 없는 말이다. 어차피 몇 번 한 방을 쓴 적도 있고.

"피곤하지 않겠나."

"저야 뭐, 내일 할 일이 있기나 해요? 하긴 알이 피곤하겠네요. 그러면……."

"아니, 올라가지."

그는 즉시 대답했다. 그 말에 수아가 다시 한 번 부드럽게 웃었다.

수아의 방문 앞에는 병사 두 명이 서 있었다. 하르페니언은 영주에 대한 평가를 조금 더 올렸다. 둘은 약간 졸린 듯한 얼굴로 앞을 보고 있다가 인기척에 긴장한 듯 하르페니언 쪽을 노려보았다.

"누구…… 헉!"

이곳에서 하르페니언은 황가의 문장을 달고 있었다. 그 때문인지 단숨에 그를 알아본 병사들의 얼굴이 희게 질렸다. 동시에 둘은 그대로 무릎을 꿇었다.

"화, 황태자 전하!"

"전하를 뵙습니다!"

쩌렁쩌렁한 목소리였다. 소란스러워지는 것이 싫어 살짝 인상을 찌푸리자, 병사들은 이제 얼굴이 새파랗게 질려가며 거의 절하듯 고개를 조아렸다. 그냥 들어가게 비키기나 하라고 말하려는 순간, 그보다 먼저 문이 벌컥 열렸다.

"알!"

"수아."

그녀는 여전히 숄로 어깨를 가린 잠옷 차림이었다. 하르페니언은 당황했다. 지금 여기는 다른 남자가 둘이나 더 있는데. 그는 병사들이 자리에서 일어서기 전에 빠르게 방 안으로 들어갔다.

"계속 임무를 다하도록."

그는 병사의 대답도 듣지 않은 채 문을 닫고는, 작게 한숨을 쉬며 그녀를 돌아보았다. 다른 건 몰라도 복도에 다른 남자가 있는데 이런 차림을 하고 나오는 건 매우 곤란했다.

"알."

하지만 하르페니언이 무어라고 하기 전, 수아는 빙긋 웃으며 그에게 몸을 기댔다. 술 냄새가 훅 끼쳐왔다.

"수아?"

그녀는 빙긋빙긋 웃으며 그에게 몸을 붙여왔다. 붉게 물든 뺨이 어두컴컴한 조명 밑에서 유난히 눈에 띄었다.

"술……을 마셨나."

"네, 여기 좀 있길래요."

방 안을 둘러보니 테이블 위에 술 여러 병과 잔이 올라가 있는 것이 보였다. 하르페니언은 눈살을 찌푸렸다. 아무래도 장식장에 있던 술들을 꺼낸 모양인데, 그런 곳에 있는 술은 보관이 쉽도록 대부분 독하다. 더구나 줄어 있는 양을 보면…….

"수아."

"맛있는데, 알도 좀 마실래요?"

수아는 쿡, 작게 웃으며 몸을 떼고는 테이블로 갔다. 그리고 병 하나를 집어 잔에 술을 따랐다.

호박색 액체가 잔을 채웠다.

“이거 향이 좋더라고요.”

“……수아.”

그가 한숨을 쉬듯 말하자 수아는 입을 삐죽였다.

“왜요. 술 마시는 여자는 싫어요?”

“그게, 아니라.”

그는 조금 당황해서 그녀에게 다가갔다.

“안 마셔요?”

엉겁결에 그녀가 건네준 잔을 받고는 한 모금 마셨다. 그녀의 말대로 꽤 향이 좋은 고급 술이긴 했지만, 그것과 별개로 식도를 알싸하게 태워 내려가는 느낌에 미간을 찌푸렸다. 하지만 수아는 헤헤 웃었다.

“그게 제일 맛있었어요.”

실제로 꽤 큰 그 술병은 3분의 1 정도 비어 있었다. 머리가 아파지는 것 같았다.

“이걸 다 마신 건가.”

“네.”

하지만 수아는 그게 뭐 어떠냐는 듯 까르르 웃었다. 그러면서 알아들을 수 없는 말이 나온다.

"[사이다나 콜라를] 타 먹으면 더 좋을 거 같지만. 아, [오렌지주스도 그립고요]."

그는 한숨을 다시 쉬고는 잔에 있는 호박색 액체를 모두 비웠다. 혹시나 그가 다 마시지 않으면 그녀가 먹겠다고 할 것 같아 두려웠다. 술 자체는 확실히 나쁘진 않지만…….

"아, 안주 먹어야죠."

수아는 비틀거리며 다시 테이블로 갔다. 그리고 쿠키를 하나 집었다. 육포나 치즈, 그리고 쿠키 등 갖가지 주전부리들이 가득 놓여 있는 접시였다.

"먹어요."

수아는 쿠키를 든 손을 하르페니언에게 내밀었다. 그는 잠깐 망설이다가 그녀가 내민 손에 있는 쿠키를 그대로 깨물었다. 안에 치즈를 덩어리째 넣었는지 꽤 풍미가 좋았다.

"그거 맛있죠? 안주 좀 달라니까 요리를 해서 가져올 기세더라고요. 그래서 그냥 쿠키나 좀 가져다 달라고 했어요. 그랬더니 저 접시가 왔지만. 아, 쿠키 중에는 그게 제일 맛있었어요."

그녀는 손가락에 묻은 부스러기를 모두 먹기라도 하겠다는 듯 손을 입으로 가져갔다. 붉은 혀가, 방금까지 그의 입이 닿았던 손가락을 핥았다.

"[다이어트]에는 전혀 도움이 되지 않을 거 같지만요."

"수아."

방금까지도 사심은 전혀 가지지 않을 거라고 되뇌며 들어왔다. 하지만 순간 확 열이 올랐다.

"네?"

하지만 그녀는 뭐가 문제인지 전혀 모르는 듯, 왜 부르느냐는 듯한 시선으로 그를 바라보았다.

"……그대는, 진짜……."

그가, 그녀에게 성큼 다가갔다. 그녀는 피하지 않았다.

여전히 술 냄새가 났다. 별로 안온하지 못한 생각이 마구 그의 머릿속을 치듯이 때렸다.

"수아."

"알."

수아는 빙긋 웃으며 그에게 또다시 몸을 기댔다. 숄 너머로 느껴지는 따뜻한 체온에 순간, 하르페니언은 더 이상 스스로를 자제할 수가 없었다.

그는 그대로 그녀를 잡아당겼다. 그다지 입을 맞춘다는 생각도 없는 자연스러운 행동이었다. 부드러운 입술이 맞닿고, 잠시간의 키스가 이어진 후에야 비로소 그는 자신이 그녀를 껴안고 있다는 걸 깨달았다.

쿠키의 달콤한 맛이, 짙은 술 냄새가, 그리고 그걸 뛰어넘은 수아의 향기가 났다.

교태를 부리는 것 같은 숨결이 그의 입술을 스쳤다.

그녀가 거부하지 않는다는 생각이 그의 행동에 박차를 가했다. 그는 그녀의 가는 허리를 팔로 휘감으며 더욱 깊게 입을 맞췄다. 달뜬 숨소리가 중간중간 들렸고, 그만큼 그는 더욱 그녀를 몰아붙였다.

그가 정신을 차렸을 때 그녀는 완전히 그에게 몸을 맡기고 있었다. 순간 머릿속에서의 위험 신호가 켜졌다. 하르페니언이 간신히 몸을 떼면서 그녀를 바로 세우려고 하자, 수아는 오히려 그의 목에 팔을 감아버렸다. 놀란 그가 그녀의 어깨를 잡았지만 수아는 단순히 몸을 지탱하지 못해 그에게 기댄 것이 아닌 것 같았다.

"알."

유혹하듯, 그의 이름이 그녀의 입술에서 흘러나왔다. 그 소리에 하르페니언의 머리가 아찔했다. 그녀가 더욱 밀착해오자 따뜻한 체온이, 부드러운 몸이 그대로 느껴졌다.

툭. 숄이 떨어지며 앞이 깊이 파인 잠옷이 그대로 드러났다. 더구나 수아가 그의 목에 팔을 감고 있었기에 그녀의 맨살에 몸이 그대로 밀착됐다.

여기서 더 저항하라는 건 무리였다. 그는 힘껏 그녀의 몸을 껴안고는 거의 빨아들이듯 목덜미에 입을 맞췄다. 매끈한 피부 뒤로 맥박이 뛰는 것이 느껴져, 저도 모르게 이를 세워 강하게 그의 흔적을 남겼다.

움찔거리는 수아의 반응이 느껴졌지만 그녀는 그를 밀어내지 않았다. 오히려, 감고 있는 팔에 더욱 힘을 줘 그를 끌어들였다.

하르페니언은 자신의 옷차림에 답답함을 느꼈다. 영주와 이야기를 나눈 후 곧비로 정원을 둘러보던 터라 두 겹인 장갑도, 목덜미까지 올라오는 옷도 완전히 그를 가리고 있었다. 그는 수아의 등 뒤에서 장갑을 찢어내듯 벗어던졌다. 그리고 수아의 목덜미를 손으로 감싸며 그대로 손가락으로 쓸어내렸다.

더 이상 참기는 힘들었다. 하르페니언은 수아를 안아 올려 곧바로 침대로 향했다.

그러면서도 그는 아무런 소리도 낼 수 없었다. 심지어 그녀의 이름조차 제대로 부를 수가 없었다. 지금 이 상황을 믿을 수 없기 때문이었다.

꿈이 아닐까. 무슨 소리를 내면 깨버리는 것이 아닐까. 침대에 간 순간, 모든 것이 사라지는 것이 아닐까.

하지만 수아를 침대에 눕히고 나서도 그녀는 눈앞에서 사라지지 않았다. 오히려 그녀는 매달리는 듯한 눈빛으로 그를 올려다보았다. 하르페니언은 그대로 그녀 위에 올라타, 더 이상 생각할 것도 없이 수아를 덮쳤다.

그녀의 등 뒤, 옷 사이를 파고든 손이 맨살을 부드럽게 쓰다듬었다. 수아는 그의 어깨에 손을 끌어당기듯 얹었다.

두꺼운 옷 위에, 그다지 힘이 들어간 것이 아니었음에도 하르페니언은 그 손길에 눈앞이 아찔할 정도였다.

그는 다시 한 번 깊게 그녀의 입술을 탐했다. 들뜬 숨이 사이사이로 새어 나왔다. 하르페니언은 간신히 수아의 옷을 찢어내지 않았을 뿐, 거의 그러한 거나 다름없이 거칠게 옷을 벗겨내기 시작했다. 물론 매듭은 한 손으로 풀어내기에는 좀 무리가 있었다. 그는 조급함을 느끼며 그녀를 짓누르고 있던 입술을 뗐다. 하지만 고개를 드는 순간, 외려 입을 맞추고 있을 때는 몰랐던 알코올 향이 수아의 숨결을 타고 확 느껴졌다.

그는 그대로 굳었다. 정신이 번뜩 난 것과 동시에 섬뜩한 느낌이 등골을 타고 내려갔다.

지금, 내가, 무얼.

그녀는 몽롱한 눈빛으로 그를 바라보고 있었다. 붉어진 뺨, 평소보다도 더 나른해 보이는 분위기. 테이블 위에 잔뜩 올라가 있던 술병들이 떠올랐다.

그리고 취해 있는 수아.

하르페니언은 급히 몸을 일으켰다.

"알?"

체온이 떨어져 나가자, 수아는 의아한 듯 눈을 깜박였다. 정신이 난 것과는 별개로 아직 그의 몸은 수아를 원하고 있었다.

열기로 몸이 떨린다.

뱃속에서 치밀어 오르는 느낌에 그는 이를 악물었다.

"수아, 난."

무리다. 차분하게 그녀와 이야기를 할 만한 자제력까지 남아 있지 않다. 그저, 다시 그녀를 짓누르고 싶은 것을 참는 게 고작이었다.

하르페니언은 간신히 침대 위에서 내려왔다.

"미안, 내일……."

그녀를 후회하게 하고 싶진 않았다. 그 어떤 상처라도 입히고 싶지 않았다.

하르페니언은 자신이 더 이상 방 안에 남아 있어서는 안 된다고 판단했다. 한번 오른 열기는 쉬이 내려가지 않는다. 조금이라도 정신을 놓으면 다시 그녀에게 다가갈 것 같았다.

그는 뭐라고 더 이야기하기 위해 입을 열었지만 목소리를 내지 못했다.

안 돼. 빨리 이 방에서 나가지 않으면.

그때 시야 한구석에 바닥에 떨어진 그의 장갑이 눈에 띄었다. 저걸 집어야 해. 그런 마음을 먹자 그제야 뒤로 움직일 수 있었다. 하르페니언은 장갑을 줍고는, 수아를 돌아보지도 않은 채 방을 나섰다.

탁. 문이 닫히는 소리와 함께 그는 거의 도망가듯 방으로 발걸음을 돌렸다.

수아는 멍하니 닫힌 문을 바라보다 그대로 침대 위에서 몸을 웅크렸다. 몸이 덜덜 떨렸다. 방금까지 그녀를 쓰다듬던 감촉이 아직도 온건히 남아 있었다. 커다랗고 투박한 손이 바로 맨살에 맞닿았던 것이 방금 전이었다.

바보.

그녀는 자신을 향한 것인지 그를 향한 것인지 알 수 없는 말을 속으로 중얼거렸다. 동시에 폭풍과도 같은 후회가 밀려왔다.

눈치를 보는 자신이 싫었다. 다른 남자에게 정신을 빼앗겨 안달복달하는 모습이 싫었다. 오롯이 그에게 집중하지 못하는 그녀 자신이 싫었다.

하지만 방금은 정말로 비겁했다. 하르페니언이 그냥 그녀를 안는 것에서 만족했다면 진작 밀어붙였을 터였다. 이제까지 기회는 꽤 많았으니까. 하지만 그는 그녀를 존중했다. 계속해서 기다렸다. 그 배려를 어찌 모를까.

그는 그녀를 소중히 여겨줬는데, 정작 그녀는 그렇지 못했다. 방법도 나빴다.

차라리 방에 가서 대놓고 유혹을 하는 편이 훨씬 나았을 것이다. 술의 힘을 빌려 은근슬쩍 접근해 결국 책임은 다 그에게 미뤄버리는 꼴이라니.

수아는 몸을 더욱 웅크렸다.

아무리 생각해도 그녀의 잘못이었다. 충동적으로 일이 일어나면 누구보다도 더 후회할 사람은 하르페니언이었다. 아무리 아니라고, 그녀도 원했다고 손을 내저어도 그는 그녀에게 상처를 줬다며 끝까지 자책하겠지.

사과해야 해.

수아는 자리에서 벌떡 일어났다. 아니, 일어나려고 했다. 순간 머리가 핑 돌면서 주변이 한 바퀴 돌았다. 속이 울렁거렸다.

"으……."

수아는 최대한 절제된 동작으로 천천히 침대에서 내려와 이번에는 컵에 물을 가득 따라 마셨다. 하지만 여전히 어지러운 건 나아지지 않았다.

아, 나 취했구나.

하긴 그 정도로 마셨는데 취하지 않는다면 그게 더 이상하다. 정신은 멀쩡하다고 우기고 싶었지만, 보통 취객의 변명과 전혀 다를 바가 없었다.

수아는 하르페니언의 방으로 바로 달려가려던 자신의 계획을 수정했다.

일단 술이나 깬 뒤, 제정신으로 그의 얼굴을 보지 않으면 안 됐다.

수아는 다시 침대로 돌아가려다 옷장 옆에 있는 전신 거울을 보고 그쪽으로 비틀비틀 다가갔다. 그리고 그곳에 비친 자신의 모습을 보고는 얼굴을 확 붉혔다. 목덜미에 난 흔적이 너무나도 뚜렷했다. 손으로 그 부분을 쓸자 따끔하고 통증이 느껴졌다. 그가 이 정도로 깊게 흔적을 남긴 것은 처음이었다.

다시 죄책감이 일었다. 그리고 그 죄책감은 자괴감으로 이어졌다. 그녀는 입술을 꾹 깨물고는 얌전히 침대로 되돌아갔다. 술이 늦게 오르는지 정신을 차릴 수 없을 정도로 어지러웠다. 수아는 불도 끄지 못한 채 곧바로 침대 안으로 파고들었다.

미안해요, 알.

그렇게 중얼거리는 것을 마지막으로, 그녀는 그대로 잠이 들었다.

다음 날 아침, 가장 먼저 느낀 감각은 지끈거리면서 울리는 머리였다.

으, 미쳤지. 내가 다시 술을 마시나 봐라.

과음한 여느 때의 아침과 같은 생각을 하며 수아는 비틀거리며 일어났다. 그리고 창가로 가서 커튼을 걷자 햇빛이 쏟아져 내렸다.

"윽."

어제와는 달리 맑고 화창한 날씨였지만, 지금의 수아에게 그 햇빛은 속을 울렁거리게 할 뿐이었다.

"해가 중천이네……."

상당히 늦잠을 잔 셈인데, 수아는 이제까지 아무도 깨우지 않았다는 것에 잠시 당황하다가 곧 납득했다. 보통의 귀부인들은 무도회에 참석한 다음 날이면 정오까지 침실에서 나오지 않는 경우가 흔히 있다고 들었다. 그러니 늦잠은 드문 일이 아닐 터였다. 더구나 누가 황태자의 일행을 감히 깨울까.

수아는 커튼을 반 정도 치고는 방 안을 둘러보았다. 이미 하녀들이 정리를 하고 간 듯 불은 꺼져 있었고 안주와 술병, 컵 등을 잔뜩 늘어놨던 테이블 위도 깨끗했다.

수아는 머리를 움켜잡았다. 어제 일도 저 테이블처럼 깨끗하게 없던 일이었으면 참 좋겠다는 생각을 하면서.

두통, 울렁거림, 무거운 몸이라는 숙취 3종 세트를 갖춘 수아는 일단 탁자로 다가가 물 두 컵을 단숨에 마셨다. 그리고 곧바로 욕실로 들어갔다.

그녀는 샤워를 하며, 떨어지는 물속에서 한참이나 이 생각 저 생각을 했지만 정작 물에 다 휩쓸려갔는지, 욕실에서 나왔을 때는 어떤 생각을 했는지 전혀 기억이 나지 않았다.

끈을 잡아당겨 벨을 울리자 곧 노크 소리와 함께 어제 본 하녀들 중 하나가 급히 방 안으로 들어섰다. 그리고 새파래진 얼굴로 깊게 고개를 숙였다.

"시, 시중을 들지 못해 죄송합니다!"

금방이라도 숨이 넘어갈 듯한 목소리였다. 설마 혼자 씻게 했다고 이런 반응인 건가?

"아냐, 일부러 안 불렀어. 혼자 씻고 싶어서."

가끔 마사지를 받을 때라면 몰라도, 솔직히 씻는 건 혼자가 편하다. 그래서 리노체스 백작가에 있을 때도 목욕 시중은 그다지 받은 적이 없었다.

"그나저나 뭘 좀 먹고 싶은데."

수아가 별다른 추궁을 하지 않자 하녀의 얼굴에 살았다는 빛이 뚜렷하게 떠올랐다.

"감사합니다. 즉시 대령하겠습니다!"

"아니, 그냥 내가 식당으로 갈래."

방에 있어봤자 머리만 더 아플 것 같았다. 그러자 하녀는 알겠다며 고개를 깊게 조아리고는 급히 방을 뛰쳐나가듯 나섰다. 수아는 그 모습을 보며 작게 한숨을 내쉬었다.

누군가가 그녀를 무서워하다니, 정말로 익숙지 않은 감각이었다.

잠시 후 다시 들어온 사람은 어제 본 하녀장이었다. 그녀의 뒤에는 다른 하녀들이 드레스를 몇 개 들고 서 있었다.

"불편한 것은 없으셨는지요."

그나마 하녀장이 그녀를 대하는 것에 가장 능숙해 보였다. 조심스러워한다는 것은 보였지만 그 외의 과한 감정은 잘 갈무리하고 있는 듯했다. 그게 꽤 편하게 느껴져, 수아는 새삼 왜 영주가 하녀장을 붙여줬는지 알겠다는 생각을 했다. 수아는 괜찮다고 대답을 해주고는 하녀들이 가져온 드레스 중 하나를 골랐다.

하지만 곧 수아의 옷시중을 들던 하녀 하나가 흠칫했다.

"응?"

뭔가 말하고 싶은 표정으로 그녀를 보기에 물었더니, 하녀는 깜짝 놀라며 허리를 조아렸다. 옆에 있던 하녀장이 대신 말했다.

"다른 드레스를 고르셔야 할 것 같습니다, 아가씨."

"다른 드레스?"

"상의 쪽이 좀 드러나서……. 다른 디자인의 드레스를 가지고 오겠습니다."

무슨 소린가 하고 수아는 드레스를 보고 거울을 보았다. 평상복 스타일의 드레스라 하더라도 목덜미나 어깨 쪽을 드러내는 디자인이 많은데 새삼 무슨 소리를…….

아.

수아는 외마디 비명을 지를 뻔했다. 깜박했다!

거울 속에 비친 그녀의 모습에는 목덜미와 가슴 위쪽에 꽤나 큰 흔적이 남아 있었다. 잇자국과 붉게 부어오른 자국 등이 여럿. 그녀는 거울에서 시선을 돌렸지만 확하고 뺨이 달아오르는 것까진 막을 수 없었다.

"어, 그럼 그냥…… 가릴 수 있는 걸로."

그 말에 하녀들은 다시 일사불란하게 움직이기 시작했다.

곧 상의를 드러내지 않는 드레스 여러 개가 새로 방으로 날라져 왔고 수아는 그중 하나를 골랐다. 그렇게 간신히 옷치장이 끝나고, 수아는 식당으로 안내받았다. 어제 만찬을 먹은 곳이 아닌 좀 더 작은 식당이었다. 물론 작다고 해도 식탁 위에 놓여 있는 접시들은 수아 한 사람을 위해서라고 보기에는 지나치게 많았다. 하지만 수아의 시선이 고정된 건 진수성찬이라고 할 만한 음식이 아니었다.

"오셨습니까."

식탁 옆에 은발의 마법사가 서 있었다.

그가 결코 반갑지 않은 마음과는 달리, 심장은 다시 그 박동을 빨리했다. 쿵, 쿵, 쿵. 동시에 그에게서 시선을 돌릴 수가 없어졌다.

"시장하시지요? 음식이 입맛에 맞으실지 모르겠습니다."

그는 고개를 깊이 숙였다가 들고는 빙긋 웃었다. 꽤나 부드러운 미소였다. 수아의 뛰는 가슴은 전혀 모른다는 듯, 말 그대로 모셔야 할 윗사람에게 보이는 사심 없고 사근사근한 미소. 연보라색 눈동자가 그녀에게 고정되자 수아는 그대로 숨 쉬는 것조차 잊어버릴 것만 같았다.

"그럼, 아가씨 시중은 내가 들 테니 나가도 좋아."

하지만 하녀들이 그 말에 나가려는 순간 정신이 들었다.

"아니요."

"네?"

그의 반문에 수아는 터질 것 같은 가슴을 간신히 진정시키며 말했다.

"시중, 은 필요 없어요. 이아스 씨라고 했나요? 함께 나가주세요."

"하지만……."

"나가주세요. 다른 사람도 들어올 필요 없어요."

거듭되는 그녀의 말에 실바코프는 더 이상 반문하지 않았다. 그는 다시 한 번 고개를 깊이 숙였다.

"명 받들겠습니다. 혹여 필요하시거든 벨을 울려주십시오, 아가씨."

실바코프와 하녀들이 나가고, 식당에 혼자 남게 되자 수아는 간신히 숨을 내쉬었다. 아직도 뛰는 가슴이 가라앉질 않는다.

쿵, 쿵, 쿵, 귀에 울릴 정도로 커다란 소리였다.

용케 나가라고 말할 수 있었구나.

한동안 그 자리에 가만히 앉아 있던 수아는, 음식의 향기가 코를 간질이는 걸 느끼며 정신을 차렸다. 아, 그래. 먹어야지.

그녀는 스푼을 들어 일단 김이 모락모락 나는 수프를 먹기 시작했다. 하지만 두 모금을 넘기자 그걸로 끝이었다. 따뜻한 건 좋았지만 맑은 국물이 아닌 버터와 크림 베이스였기에 속이 더 울렁거렸다. 그럼 뭔가 먹을 거라도……. 수아는 부드러운 흰 빵에 손을 뻗어 딱 한 입을 먹고는 내려놓았다. 그러고는 식탁을 천천히 살폈지만 이 많은 음식 중 먹을 만한 것이 없었다. 고기나 샌드위치 종류는 보는 것만으로도 먹고 싶은 생각이 사라졌고, 샐러드도 그다지, 생선 요리는 더더욱 싫고.

해장국이 필요했다. 라면도 좋았다. 우동도 괜찮은데. 잔치국수도 좋다. 따뜻한 국물의 음식이 머릿속을 빙글빙글 돌았다.

그때 노크도 없이 식당 문이 벌컥 열렸다. 수아는 깜짝 놀라 그쪽을 바라보았다. 아무도 들어오지 말라고 했는데, 하는 말은 속에서 꿀꺽 삼켜졌다. 대신 수아는 들어온 이의 이름을 불렀다.

"알."

"흠, 식사 중인 걸 방해했나."

"아, 아니에요."

수아는 놀라 자리에서 벌떡 일어났다. 하르페니언이 그 곁으로 다가왔다. 수아는 힐끗 그의 눈치를 살폈지만, 평소와 그다지 다를 건 없어 보였다. 단지 그는 식탁 위를 한 번 살펴보더니 살짝 한숨을 내쉬었다. 그리고 그를 따라 들어온 시중인 중 하나에게 말했다.

"꿀물을 타오고, 토마토도 갈아서 가져오도록."

그는 즉시 고개를 숙이고 식당을 나섰다. 수아는 그 지시가 좀 민망했지만 애써 아무렇지도 않은 척 물었다.

"알은 식사했어요?"

"아직. 괜찮다면 함께하고 싶은데."

"네. 전 좋아요."

그 말에 하르페니언은 수아의 대각선 방향에 있는 의자에 앉았다. 그러자 당황한 것은 그 자리에 남아 있던 시중인들이었다. 지금 수아는 혼자 식사를 하고 있었고, 당연히 가장 상석에 앉아 있었다. 하지만 더 윗사람인 황태자가 왔으니 당연히 자리를 바꿔야 했다. 그러나 하르페니언은 아무렇지도 않게 다른 의자에 앉았고, 상석을 차지하고 있던 여자도 별로 당황한 기색 없이 다시 자리에 앉은 것이다.

그들은 서로에게 눈짓을 하며 도대체 어떻게 해야 하는지 맹렬하게 고민하기 시작했다. 원래 가장 높은 사람이 모습을 드러내기 전까지는 먼저 식사를 시작하지 않는 것이 예의라 이제까지

한 번도 이런 사태를 겪어본 적이 없었다. 지금이라도 급히 여자가 먹던 자리를 치우고 다시 황태자를 위해 음식을 차려야 하는지, 하지만 다른 사람이 먹다 만 자리에 황족을 앉게 해도 되는 건지, 아니면 아예 방을 옮겨야 하는 건지……. 그걸 한 번에 정리한 건 하르페니언이었다.

"다들 나가."

결국 시중인들은 하르페니언의 자리에 새 식기와, 그사이 도착한 꿀물과 토마토 주스를 놓고 물러갔다. 식당 문이 닫히자 하르페니언은 자신의 앞에 놓인 꿀물과 토마토 주스를 수아에게 건네주었다.

"아…… 고마워요."

수아는 먼저 꿀물을 받아 마셨다. 따뜻한 꿀물은 그야말로 속을 확 풀어줬다. 그녀는 몇 모금을 연거푸 삼켰다. 뜨겁지만 않으면 원샷이라도 하고 싶은 기분이었다.

"속이 많이 안 좋나 보군."

"……으."

하르페니언의 걱정 어린 말은 다정했지만, 차마 고개를 들질 못하겠다. 그러나 어쨌건 하르페니언과 제정신일 때 얼굴을 맞댔으니 할 말은 한 가지였다.

"미안해요."

"수아?"

"그…… 어제는 제가 잘못했어요. 알을 쉽게 봐서 그런 게 아니라……."

수아는 꿀물이 든 컵 손잡이를 손으로 만지작거리며 말했다. 하지만 그 소리에 하르페니언은 단번에 고개를 저었다.

"무슨. 실례는 나였는걸."

"네?"

"술에 취한 그대를, 음……."

말이 끊겼다. 하르페니언의 얼굴도, 수아의 얼굴도 순식간에 붉게 물들었다. 둘은 음식을 사이에 두고 서로에게 시선을 맞추지 못했다.

하르페니언 또한 수아가 고민한 만큼이나, 아니 그보다도 훨씬 더 마음고생이 심했다. 한번 자극된 몸은 끊이지 않는 번뇌를 만들어내 그의 온갖 상상력을 자극했다. 그리고 그것은 고스란히 자괴감으로 되돌아왔다.

검을 미친 듯이 휘두르기도 하고, 찬물에 몸을 씻기도 했지만 그는 결국 잠을 잘 수가 없었다. 억지로 눈을 붙이려고 노력했지만 잠깐 눈을 감은 그 순간에도 수아의 모습이 떠올랐다. 꿈에서 그녀는 울기도 하고 다시 그를 유혹하려고 하기도 했다. 그중에는 그가 그녀의 의도를 상관치 않는 상황도 있었다. 결국 하르페니언은 쉬는 걸 포기했다.

아무리 생각해도 그가 잘못했다. 변명의 여지가 없었다.

그렇게 잘난 척 기다리겠다고 떠들어댔으면서 술에 취한 그녀에게 손을 뻗다니. 무슨 일이 있어도 그녀를 지키겠다 마음먹었는데 오히려 그가 상처를 줄 뻔했다. 아니, 혹시 이미 상처를 준 건 아닐까. 결국 하르페니언은 수아가 일어나 식당으로 향했다는 보고를 듣자마자 한달음에 달려왔다.

"아, 아무튼. 이건 알이 사과할 게 아니에요. 제 잘못이니까요."

침묵을 깨고, 수아는 그렇게 선언하듯 말했다.

"솔직히 약간은 의도적인 것도 있었거든요. 좀 불안해서……."

"불안?"

"아."

수아는 말실수를 했다는 듯 입을 다물었지만 그걸 그냥 넘어갈 하르페니언이 아니었다.

"무슨 일이 있었나?"

"그……. 음, 뭐 대단한 건 아니고요. 그냥 이것저것 생각하다가요."

"생각?"

"만약에요."

수아는 잠깐 망설이는 것 같았지만 곧 결심한 듯 말했다.

"정말 가정이에요. 만약 알이 다른 여자에게 마음이 가면 어떻게 될 거 같아요?"

"뭐?"

순간적으로 뇌가 그녀의 말을 받아들이는 것을 거부하는 것 같았다. 그가 누굴?

“반대로 제가 누굴……. 음, 아무튼 그냥 그런 생각이 들었어요. 정말 생각조차 하기 싫지만 혹시라도, 정말 혹시라도 나중에 마음이 식으면 어떡해요? 그렇게 변해버리면……. 아, 알을 못 믿어서가 아니에요. 그냥 쓸데없이…….”

수아는 우물쭈물, 그렇게 이야기를 꺼냈지만 벌써부터 조금 후회하고 있었다.

잘못 알아듣고 오해하면 어쩌지. 실제로 하르페니언은 곧바로 대답하지 않았다. 수아는 초조해져 컵을 꽉 잡았다. 차마 그의 얼굴을 볼 용기가 나지 않았다. 하지만 곧 그녀의 귀에 닿은 것은 부드러운 목소리였다.

“그래도 함께 있겠지.”

그 말에 시선을 잔에 두고 있던 수아가 고개를 들었다. 그는 부드럽게 웃고 있었다.

“알?”

그 모습은 어쩐지…….

“그대도 그런 생각을 하는군.”

기뻐 보여서.

“난 오랫동안 사람들과 의도적으로 거리를 두고 살았어. 그래서 가끔은 의심이 갔지. 난 이미 제정신이 아닌 게 아닐까,

이미 미쳐버린 건 아닐까 하고. 그래서 그대를 만난 후에도 쉽게 확신할 수 없었지. 그대에게 느끼는 감정이 과연 정상적인 걸까? 그저 집착이나 번뇌를 착각하고 있는 것이 아닐까. 사랑이라고? 그저 비틀리고 또 비틀린 감정을 그렇게 여기고 있는 게 아닐까? 반면 그대는 나를 그저 동경할 뿐인데……. 음, 이 이야긴 저번에도 했군. 어쨌거나 그런 불안감에 어찌할 줄을 몰랐어. 때로는 그대를 그냥 감금하거나 억지로라도 안아버리면 내 것이라는 낙인을 찍을 수 있게 되지 않을까, 그러면 내 마음의 실체가 어떻든 그대를 가질 수 있지 않을까 그렇게 생각했지."

그는 더욱 깊게 미소 지으며, 눈을 동그랗게 뜨고 있는 그의 사랑스러운 연인을 바라보았다.

"하지만 그러지 않아도 된다는 건, 그대가 알려줬어."

"네? 저, 저요……?"

"마음이 식거나 변할 수도 있겠지. 하지만 그럴 가능성을 생각하면서 「지금」을 대한다면 너무 아깝지 않나. 지금은 그대가 날 얼마나 사랑하는지 알고, 나 또한 그 이상으로 그대를 사모해. 설사 변한다고 해도, 지금과 같은 감정이 온건히 이어지지 않는다 해도 서로 곁에서 사라질 정도는 아니라고……. 그 정도의 신뢰를, 그대는 내게 줬어."

"알."

"그대가 그런 생각을 했다는 것도…… 이기적인 말이지만 기쁘군. 나와의 관계를 좀 더 깊게 생각해줬다는 말이니까."

그는 장갑을 벗고, 그녀를 향해 손을 내밀었다. 수아는 하르페니언을 한 번 바라보고는 그 위에 손을 얹었다. 그가 힘을 주어 그녀의 손을 잡았다.

"괜찮아, 수아."

단지 그것뿐이었는데도, 수아는 순간적으로 눈물이 날 것 같았다. 그의 손이 너무 단단하고 따뜻해서, 그의 말이 너무 고마워서, 정말 그럴 거라는 생각이 들어서. 그런 쓸데없는 고민을 한 게 너무 미안해서.

"알, 전……."

"뭐든, 그대 마음 가는 대로 해. 그래도 괜찮아."

그리고, 믿어줘서.

수아는 곧 그의 손을 힘주어 마주 잡았다. 그래, 뭘 걱정한 걸까. 몇 번이나, 그리고 매 순간 그에게 다시 반하고 또 반하면서.

누구에게 어떤 마음이 들든, 최소한 다른 사람이 생겨 이 손을 놓는 일 따윈 절대 일어나지 않을 거라고, 수아는 다시 한 번 확신했다.

“며칠 자리를 비운다고요?”

식사를 마치고 하르페니언과 차를 마시던 중, 수아는 난데없는 날벼락에 눈을 동그랗게 떴다. 하르페니언이 면목 없다는 얼굴로 대답했다.

“아무래도 서류만으로는 세부적인 부분까지 파악이 힘들어서.”

영주가 정리한 자료들은 훌륭한 편이었다. 하지만 어디까지나 영지 근처와 보호에 초점이 맞춰져 있을 뿐이라 몬스터 자체나 퇴치에 대한 부분은 상당히 부족했다. 사람을 보내 조사를 명하는 것도 가능했으나 그러면 시간이 지체되는 건 물론. 직접 가는 것에 비해서 구멍이 있을 터였다. 따라서 하르페니언은 보고서를 토대로 몬스터들이 나타나는 빈도수가 높은 몇 곳을 직접 둘러보고 오는 것이 좋겠다는 결론을 냈다.

“잠시 떨어져 있어야 하는 게 마음에 걸리지만, 이게 최대한으로 시간을 단축할 수 있는 방법이야. 문제는 그대인데…….”

“전 괜찮아요!”

수아는 곧바로 고개를 저었다.

"조사는 며칠이나 가는데요?"

"일주일 정도. 더 일찍 돌아올 수도 있겠지만, 그 이상이 될 일은 없을 거야."

그 대답에 긴장하며 하르페니언을 바라보고 있던 수아가 풋 웃었다.

"뭐예요. 하도 심각하게 말하길래 훨씬 길게 가는 줄 알았잖아요. 그 정도는 진짜 괜찮아요. 책이라도 읽고 있으면 되죠."

"답답할 텐데."

"괜찮다니까요? 리노체스 저택에선 며칠이나 방에만 있던 적도 많았어요. 알이야말로…… 음, 몬스터를 조사하러 가는 거잖아요? 그거 안 위험하겠어요?"

"그건 걱정 안 해도 돼. 딱히 몬스터 퇴치를 하러 가는 것도 아니고. 설사 퇴치라고 해도 고작 몬스터 몇 마리에 내가 위험해지는 일은 없다."

당연한 사실을 말한다는 식의 확언이었다.

"그대에게도 문제는 없을 거야. 이곳 경비병들은 꽤 믿음직스러운 편이고, 무엇보다도 그 마법사가 있으니까."

"네?"

순간 잠시간 잊고 있던 은발의 마법사가 훅 떠올랐다. 갑자기 그 사람 이야기가 왜 나오는 걸까.

"아, 그대를 호위해주는 실바코프 이아스라는 마법사. 영주가 신경을 많이 썼더군. 기본적으로 그대의 시중을 드는 하녀들은 모두 이 영지에서 태어나고 자란 자로 신분이 확실하고, 그 마법사도 이곳에서 10대 중후반부터 일하기 시작해 꽤 신뢰받는 자야. 마법사로서의 실력은 그렇게까지 뛰어난 편은 아닌 것 같지만, 유사시에는 아무래도 마법사가 있는 게 든든하지."

"아……."

그렇구나. 수아는 그가 얼마나 그녀의 안전에 신경을 쓰고 있는지 충분히 알고 있었다. 그리고 그 마법사가 하르페니언이 신경 쓴 사람 중에 하나라면, 다른 이로 바꿔달라고 하는 부탁에 곤란해할 거라는 것도 쉽게 추측할 수 있었다. 어쩌면 다른 사람을 찾아야 한다며 업무에 차질을 빚을지도 몰랐다. 수아가 말하면 들어주긴 하겠지만, 그녀는 하르페니언의 계획을 어그러뜨리고 싶지 않았다.

더구나 아까 식당에서 만난 실바코프는 그녀의 나가라는 말 한마디에 순순히 나갔다. 앞으로도 그런 식으로 마주치지 않으면 된다. 그리고 하르페니언이 돌아오면 바로 이 영지를 떠나면 되니까.

"수아?"

자신도 모르게 잔을 쳐다보고 있었던 수아는 퍼뜩 고개를 들었다. 그가 걱정스러운 얼굴로 그녀를 바라보고 있었다.

수아는 재빨리 둘러댔다.

"아, 마법이 어떤 건지는 상상이 잘 안 가서요. 제가 온 세계에서 마법이라는 건 그냥 허구의 존재였으니까요. 아무튼 알겠어요. 그럼 제가 주의할 점이 따로 있나요?"

"음, 성 밖에는 나가지 않았으면 좋겠어."

"안 나갈게요."

"정원 산책 정도는 상관없지만, 꼭 경비병이나 마법사를 대동하고. 성 안이라면 어디든 가도 좋지만 집무실에는 출입하지 않았으면 해."

"네. 그 외에는요?"

"……가급적 술은 안 마셨으면 싶은데."

"윽."

수아는 어깨를 움츠렸다. 상당히, 아니 엄청나게 찔렸다.

"한 방울도 안 마실게요."

"그럴 필요까진 없어. 단지 적당히만……."

"아뇨, 정말로요. 어차피 별로 좋아하지도 않아요. 어, 그럼 알은 언제 떠나요?"

하르페니언은 바로 대답을 하지 못했다. 그는 잠깐 말을 끊었다가, 한숨처럼 말했다.

"……오늘 저녁."

빨라! 수아는 차마 입으로는 말하지 못하고 속으로만 외쳤다.

하지만 아무래도 얼굴에 티가 나는 모양이었다.

"오늘 아침에 결정한 거라……. 최대한 빨리 돌아올게."

"어, 아니에요. 이왕 간 김에 확실히 보고 와야죠. 몸만 조심해요."

그 말에 하르페니언은 부드럽게 웃었다.

"명심하지."

하르페니언은 저녁 식사 이후 곧바로 떠났다. 수아는 그와 저녁을 함께하긴 했지만 시간이 없었기에 낮과 같이 느긋한 시간은 아니었다. 둘은 몇 마디를 주고받으며 식사를 했다.

시찰이니 당연히 영주와 함께였고, 수행원은 경비병 열 명과 실바코프가 아닌 다른 마법사 한 명 정도가 다였다. 처음에는 너무 적은 것이 아닌가 생각했지만 사람이 괜히 많아봤자 걸리적거리니, 이 멤버가 소수정예라는 말에 수아도 납득했다.

하르페니언은 굳이 배웅을 나오지 않아도 된다고 했지만 그럴 수는 없었다. 물론 성 밖에까지 나가면 그가 외려 더 신경 쓸 것을 알기에 그냥 실내에서 끝낼 생각이었다.

그래서 수아는 현관과 연결된 홀에서 그를 기다리고 있었다. 곧 안쪽에서 한 사람이 아닌 여러 사람의 발소리가 들렸다. 하르페니언과 영주, 그리고 그 뒤를 따르는 경비병들이 모습을 드러냈다.

"수아."

그녀를 발견한 하르페니언이 발걸음을 멈췄다. 당연히 그보다 두어 걸음 뒤에 있던 영주와 경비병들 또한 멈추게 되었다. 수아는 빙긋 웃었다. 그 미소에 하르페니언이 그녀에게 다가갔다.

그가 그녀의 바로 앞에 서게 되자, 정해진 수순처럼 숨넘어가는 듯한 소리가 들렸다. 최대한 억누르려고 하는 거겠지만 숨을 들이마시는 소리까지 숨기기엔 어려운 모양이었다.

수아는 그쪽으로 시선도 던지지 않으며 하르페니언의 팔을 잡았다. 안에 가죽 건틀릿이라도 착용했는지 평소와는 다른 딱딱한 감촉이 느껴졌다.

"알."

수아는 팔을 잡아당기며 그의 이름을 불렀다. 하르페니언이 반사적으로 그녀에게 몸을 기울이자, 수아는 그의 뺨에 부드럽게 입을 맞췄다.

"잘 다녀와요. 신의 가호가 있을 거예요."

남 앞에서 이러는 게 조금 부끄럽긴 했지만, 그만큼 효과는 좋을 터였다.

어차피 소문을 잠재울 수 없다면, 차라리 조금이라도 유리한 방향으로 커지게 해주는 게 나을지도 모르겠다는, 약간은 충동적인 행동이었다.

수아는 홀을 한 번 눈으로 훑었다. 영주는 경악한 얼굴로 그녀를 바라보고 있다가 수아가 눈길을 준 순간 시선을 피했다. 경비병들도 거의 비슷한 반응이었다. 하인과 하녀들은 기절을 하지 않은 것이 용할 정도였다. 새하얗게 질린 얼굴로 자기 입을 틀어막고 있는 하녀라든지, 수아와 눈이 마주쳤는데도 피할 생각을 하지 못하고 경직해서 온몸을 부들부들 떨고 있는 하인이라든지. 예상했던 반응이긴 하지만 역시 기분은 좋지 않았다.

언젠가, 이런 식의 접촉을 다른 이들이 자연스럽게 받아들이는 날이 올까.

수아는 다시 하르페니언을 올려다보았다. 그는 잠시 놀란 얼굴로 그녀를 보고 있다가, 곧 미소 지었다. 황금빛 눈동자가 장난기를 담아 웃는 거 같다는 생각을 한 순간, 그는 한 손으로 수아의 손을 잡더니 그대로 허리를 숙였다. 그리고 드러난 손등에 가볍게 입을 맞췄다.

"뜻대로."

수아는 그대로 굳었다. 하르페니언이 작게 인사를 하고 그 곁을 스쳐 지나가고, 영주와 경비병들이 허리를 숙여 보인 후 지나갈 때까지도 꼼짝없이.

잠시 후 정신을 차린 그녀가 뒤를 돌았을 때는 이미 현관으로 나가는 뒷모습만이 보였다.

"후아."

수아는 살짝 심호흡을 하며 그 뒷모습이 완전히 보이지 않게 될 때까지 잠시 그 자리에 서 있었다. 그러고는 밖으로 나가지 않겠다는 결심을 지켜, 현관 밖에까지 배웅하고 싶은 마음을 꾹 억누르며 등을 돌렸다. 한 손으로는 아까 하르페니언이 입을 맞춘 손등을 꼭 쥔 채로.

방으로 돌아온 수아는 그녀를 따라온 경비병들이 방 앞에 서는 것도 확인하지 않고 곧바로 문을 걸어 잠갔다. 그 후 옷을 갈아입지도 않은 채 그대로 침대로 뛰어 들어가 몸을 웅크렸다. 아직도 손등에는 하르페니언의 입술 감촉이 남아 있는 듯했다.

"으, 진짜!"

수아는 뒤늦게 올라오는 부끄러움에 베개에 얼굴을 묻었다. 남들이 보고 있는 앞에서 뺨에 입을 맞춘 것만으로도 한계치였는데, 이건 아주…….

아주.

'……멋있지.'

제대로 콩깍지다. 아니, 객관적으로 봐도 멋있지 않을까? 설마 보기만 해도 빛나는 저런 남자가 자신만의 콩깍지일 리가.

다른 사람들이 몰라주는 건 무서워하느라 제대로 그를 볼 여유가 없어서 그런 것뿐이다. 응, 플로나도 그랬지 않은가.

수아는 베개를 꼭 껴안고 한 번 침대를 굴렀다.

사랑하는 사람이 그녀의 행동을 받아주고, 마주 봐주고, 반응해준다. 그것만큼 멋진 일이 또 어디 있을까.

한참 후에야 수아는 간신히 몸을 일으켰다. 이제 할 일은 없었다. 남은 것은, 기다리는 것뿐이었다.

분명 어제까지는 그렇게 생각했다. 하지만 그 예측이 이런 식으로 빗나갈 거라고는 생각하지 못했다.

"혼자 있고 싶다고 했어요."

수아는 다시 한 번 그 말을 힘주어 말했다. 하지만 눈앞의 남자는 조금의 흔들림도 없이 답했다. 제비꽃 색 눈동자가 그녀를 바라보았다.

"아니요. 아가씨를 혼자 둘 순 없습니다."

수아는 그를 더 바라보면 안 될 것 같아 애써 시선을 돌려 바닥을 내려다보았다.

쿵, 쿵, 쿵. 여전히 가슴은 귓가에까지 울릴 정도로 뛰고 있었다. 어쩌지. 수아는 필사적으로 하르페니언을 떠올리려고 했다. 하지만 어째서인지 그의 얼굴이 흐릿했다. 말도 안 된다. 헤어진 게 바로 어제다.

그녀는 주변에 누구라도 부르기 위해 간신히 고개를 들어 주변을 살펴보았다. 하지만 티룸에는 은발의 마법사 말곤 아무도 없었다. 그제야 조금 전, 남자가 고용인들을 모두 내보냈다는 걸 간신히 떠올렸다.

—방해받고 싶지 않으시다면, 다른 사용인들은 내보내겠습니다.

왜 이런 상황이 된 거지. 수아는 도무지 영문을 알 수가 없었다. 실제로 하르페니언이 떠난 날부터 방금까지는 별다른 일이 없었다. 밤이 되자 이제 같은 건물 안에 하르페니언이 없다는 생각에 조금 쓸쓸해지긴 했지만 심각한 건 아니었다.

숙취의 여파로 온종일 피곤했던 수아는 이내 푹 잠들었고, 아침에 일어났을 때는 전날의 쓸쓸함을 모두 떨쳐낸 후였다. 그 뒤로는 침대 위에서 아침을 받아 먹고, 이번에는 훨씬 더 움직이기 편한 드레스로 갈아입고는 점심시간이 되기 전까지 성 안 여기저기를 구경하며 창밖을 내다보았다.

굳이 직접 나가지 않아도 여기저기서 내려다보는 정원은 꽤 구경할 만했다. 그때까지만 해도 하녀장과 다른 하녀가 그녀의 시중을 들었고, 경비병들이 따라다니며 그녀를 호위했을 뿐 실바코프는 머리카락 한 올도 보이지 않았다.

그렇게 오전 시간을 보내고, 이번에는 식당에서 호화스러운 점심을 먹은 후 서재로 갔다. 서재라고 불리기에는 책이 다소 적었지만 그래도 책이 수십 권 정도는 있는 방이었다. 대부분 병법서나 전술서라는 게 문제라면 문제였지만.

그래도 수아는 대충 한 권을 골라낼 수 있었다. 다소 딱딱하긴 했으나 그녀 수준에도 그럭저럭 읽을 만해 보이는 역사 서적이었다. 수아는 책을 들고 방이 아닌 티룸으로 향했다.

그녀의 방 테이블도 나쁘지 않았지만 티룸에는 푹신한 소파가 있었고 훨씬 더 아늑했다.

하지만 책을 읽을 장소로 티룸을 정한 것이 잘못이라면 잘못이었을까? 책에 집중하던 수아는 이내 나온 다과가 작은 식탁 하나를 거의 다 채울 정도의 양인 걸 보고 당황하여 고개를 들었고, 다음 순간 책을 놓치고 말았다. 그 다과를 가져온 것이 생각지도 않은 은발의 마법사라는 걸 확인한 탓이었다.

숨이 턱 막혔다. 가슴이 뛰기 시작했다. 완전히 조건반사적인 그 반응에 수아는 불쾌함까지 느끼며, 간신히 그 마법사에게 나가라고 했다. 혼자 있고 싶으니, 나가라고. 하지만 그가 한 짓은 자신은 남고 다른 고용인들을 내보내는 것이었다.

"왜……."

바로 어제, 비슷한 상황이 있었다. 식당에서 실바코프가 그녀의 시중을 들겠다는 것을 수아가 내보냈다. 그때는 별말 없이 조용히 나갔었다. 그만이 아니라 다른 사람들까지, 모두. 그런데 이제 와서 왜 안 된다는 건지 도무지 알 수 없었다. 하르페니언에게 사람을 바꿔달라고 말하지 않은 건 그녀가 원할 때 그를 내보낼 수 있다는 확신이 있기 때문이었는데.

괜히 티룸으로 왔다. 만약 여기가 수아의 방이었다면 남자인 그가, 최소한 단둘이 그녀의 곁에 있을 거라고 주장하진 못했으리라.

"그, 그럼 제가 방으로 돌아가겠어요."

제대로 따질 여력은커녕 시선도 마주칠 자신이 없었다. 수아는 바닥을 본 채 벌떡 자리에서 일어났다. 다리가 덜덜 떨리고 있었다.

"그렇겐 안 되겠습니다만."

다음 순간, 바로 실바코프가 눈앞에 있었다.

"무슨……!"

"다 알고 있습니다. 저를 보면 가슴이 뛰시죠?"

순간 가슴이 철렁했다. 어떻게?

"저도 그렇거든요, 아가씨. 이건 운명이 아닐까요? 저도 아가씨를 본 순간 첫눈에 반했으니까요."

그는 매혹적인 미소를 띠며 그녀를 똑바로 바라보았다.

"그런 연인이 있지요. 신께서 맺어주신 인연. 태어났을 때부터 서로에게 끌리게 만들어놓은 운명. 이렇게 만났으니 앞으로는 서로의 영혼을 그러쥔 채 다시는 어긋나지 않아야 합니다. 당신은 내 것, 나 또한 당신의 것이니."

달콤한 목소리였다. 그는 수아의 한 손을 부드럽게 들어 올리고는 허리를 숙여, 그녀의 손등에 입을 맞췄다.

그리고 심장이 여전히 쿵쾅거리는 가운데, 그와 가까워진 몸이, 잡힌 손이, 입술이 닿은 손등이 오싹했다.

"놔요!"

수아는 그가 잡은 손을 뿌리치려고 했지만 몸에 제대로 힘이 들어가지도 않은 상태에서는 무리였다. 실바코프는 잠깐 눈을 크게 뜨더니, 이내 씨익 웃으며 그녀의 잡은 손을 자신 쪽으로 끌어당겼다. 그러고는 다른 한 손으로 그녀의 턱을 잡아 고정시켰다.

"수아."

제비꽃 색 눈동자가 바로 눈앞에 있었다. 입김이 닿을 정도의 거리. 수아는 순간 숨을 쉬는 것도 잊고 그의 눈을 쳐다보았다. 연보라색 눈동자에는 그의 머리카락 색과 같은 은색이 섞여 있었다.

"보고 싶었어."

그가 달콤한 목소리로 속삭이듯 말했다.

"잘 생각해봐, 수아. 넌 나를 알고 있을 거야."

쿵, 쿵. 그 소리는 그녀의 심장에서라기보다는 어디 멀리선가 들려오는 소리 같았다.

아, 그래. 난 이 사람을 알고 있어.

어째서 이제껏 잊고 있었을까. 몸이 떨렸다. 이 세계에 와서 안 사람이 아니다. 눈앞의 남자는, 아주 어릴 때부터 수아네 옆집에 살고 있던 오빠였다.

그는 언제나 수아의 곁에 있었다. 유치원을 지나 초등학교에 들어가고, 점점 자라나 중학교 그리고 고등학교에 진학할 때까지. 그는 그녀에게 가장 어려웠던 계산 문제를 순식간에 풀어줬고, 동생이나 부모님과 문제가 생길 때마다 자신의 일처럼 들어주었으며, 무슨 일이 생기면 순식간에 해결해주었다.

수아는 그런 그가 좋았다. 특히 언제나 빛나던 은빛 머리카락은 반짝반짝 아름다워, 수아는 툭하면 넋을 잃고 그걸 바라보곤 했다.

"한시도 잊어본 적이 없어. 너를 만난 순간부터 지금 이 순간까지, 너를 계속해서 찾았어."

그래, 그녀는 그를 마음에 두고 있었다. 그리고 그 또한 그렇다고 했다. 대학교 합격 발표가 난 날, 그는 근사한 레스토랑에 수아를 데려가 그렇게 말했다.

하지만 수아가 절벽에서 떨어진 후 모든 것이 어긋났다.

이상하게도 수아는 그 뒤 그가 어떻게 지냈는지를 알 수 있었다. 그는 거의 미쳐버렸다. 수아가 있는 곳으로 갈 수 있는 방법을 찾고 또 찾았다. 그러다 기적처럼 차원을 넘는 방법을 발견했다. 그는 망설이지 않고 이곳으로 넘어왔지만 그것을 위해 커다란 대가를 치렀다.

모든 이들의 기억 속에서 그는 사라졌다. 그 세계에 그가 태어났었다는, 존재했었다는 흔적 자체가 남지 않았다. 차원을 의지로 넘어 순리를 거스른 이에게 내리는 세계의 형벌이었다.

수아 또한 예외는 아니었다. 그와 관련된 과거의 모든 일을 잊었다. 그리고 다른 사람과 사랑에 빠졌다. 오로지 그녀를 위해서 차원까지도 넘어온 그를 남겨둔 채.

그리고 지금, 다시 수아 앞에 나타났다.

울컥, 눈앞이 흐려졌다. 어떻게 그를 잊을 수 있었을까.

그는 그런 그녀를 보며 희미하게 웃었다. 괜찮아. 다른 사람을 만나도, 네가 행복하다면 나는 됐어.

그의 얼굴이 조금 더 가까이 다가왔고, 다음 순간 입술이 겹쳐졌다. 그는 수아의 턱을 잡은 채 조금 더 깊숙이 들어왔다.

"읍……!"

수아는 말캉거리는 것이 입안을 제멋대로 휘젓는 순간 정신을 차렸다. 다음 순간 실바코프가 읏, 신음을 내며 고개를 들었다. 동시에 수아의 손이 크게 움직였다.

짜악! 크게 살이 부딪치는 소리와 함께 실바코프의 얼굴이 옆으로 돌아갔다.

"도대체 무슨 짓……!"

어찌나 기가 막혔던지 그 이상의 말이 이어지지 않았다. 손이 부들부들 떨렸다. 방금까지의 감촉이, 그리고 입안에 남은 피비린내까지 더할 나위 없이 기분이 나빴다.

정말 오싹할 정도로 싫었다.

"쳇, 아쉽네."

그리고 실바코프는 수아에게 깨물린 혀로 터진 입술을 한 번 핥았다. 연보라색 눈동자는 마치 놓친 사냥감을 보는 듯했다. 그 시선에 수아는 본능적으로 위협을 느꼈다. 지금 이 방에는 그와 단둘뿐. 그리고 상대는 수아보다 한참 큰 남자다. 육체적으로 절대 이길 수 없는 상대일뿐더러, 심지어 그는 마법사기도 했다.

"밖…… 밖에 누구 없어요?"

소리 지를 거라는 경고까지 할 필요도 없었다. 수아는 곧바로 목소리를 높였다. 바로 이 방을 벗어나고 싶었지만 안타깝게도 문은 실바코프의 등 뒤쪽에 있었다. 물론 티룸은 상당히 넓어 그의 곁을 바로 지나지 않고도 문으로 갈 수 있었지만, 그건 오히려 문까지의 거리가 상당히 멀다는 말도 됐다.

"소용없어, 아가씨. 밖에서는 안 들릴걸."

그가 씨익 웃었다. 실제로 수아가 꽤 크게 소리를 질렀는데도 문밖은 조용했다. 그녀가 겁에 질려 목소리를 작게 낸 걸까, 아니면 방이 너무 방음이 잘돼서 들리지 않는 걸까? 하지만 단순히 그런 것으로 보기에는 실바코프의 태도가 지나치도록 자신만만했다.

그는 천천히 그녀를 향해 발을 뗐고, 수아는 깜짝 놀라 뒷걸음질 쳤다. 그대로 등을 돌려 문으로 뛰어 나가고 싶은 마음은 간절했으나, 그 순간 잡힐 것 같아 망설일 수밖에 없었다. 실바코프는 뭐가 그렇게 재밌는지 킥킥 웃었다.

"이야, 진짜. 직접 만나니 꽤 재밌네."

위험하다. 더는 지체할 수 없다. 수아는 이래서는 안 된다는 걸 알면서도 곧바로 몸을 돌려 문 쪽으로 내달렸다.

하지만 잡히는 건 예상보다 더 순식간이었다. 빙글, 세상이 돌고 다음 순간 그녀는 소파 위로 내던져졌다. 곧바로 일어나려는 수아의 몸을, 실바코프는 자신의 몸으로 짓눌렀다. 한 손으로 양 손목이 잡히자 벗어나려는 시도는커녕 정말 미동도 할 수 없었다. 수아는 새삼 체격 차를 느꼈다. 그는 거의 하르페니언과 비슷했다.

"어차피 못 나가, 아가씨."

실바코프는 여유롭게 웃으며 나머지 한 손으로 굳어버린 수아의 뺨을 쓰다듬었다.

그 손은 이내 지분거리며 목덜미로 내려갔다. 오싹, 전신에 소름이 끼쳤다.

"놔, 놔요."

"싫다면?"

그는 손가락으로 수아의 입술을 매만졌다. 수아는 그 손가락을 깨물려고 했으나 그는 쉽게도 피해버렸다.

"그냥 포기하고 나랑 재밌게 즐겨보면 어때?"

"비켜요!"

울컥, 아까와는 다른 의미로 눈물이 나왔다. 분하기 짝이 없었다. 하르페니언과는 완전히 다르다. 다른 남자가 그녀에게 입을 맞추고 멋대로 매만진다. 그 감각이 너무나도 싫었고 무서웠다.

하지만 지금 상황에서 그녀가 할 수 있는 건 아무것도 없었다. 몸이 가늘게 떨리기 시작했다.

그렇지만 겁을 먹었다는 걸 보여주고 싶진 않았다. 수아는 필사적으로 입술을 깨물며 눈물을 참았다. 그래 봤자 눈앞이 흐려지고 눈꼬리를 따라 눈물이 또르르 흘러내리는 것까진 막을 수 없었지만, 수아는 그걸 무시한 채 눈앞의 남자를 노려보았다.

그러자 실바코프는 가볍게 한숨을 내쉬었다.

"으음, 더 했다간 정말로 미움받겠네."

그 말과 함께 그녀의 몸을 짓누르고 있던 힘이 순식간이 사라졌다. 실바코프가 작게 한숨을 내쉬며 몸을 일으킨 것이다.

수아는 이게 어떻게 된 건지 파악하기도 전에 반사적으로 소파에서 일어났다. 일단 이 자리를 피해야 했다. 몸이 후들거려서 똑바로 설 수가 없었지만 그래도 비틀비틀, 최대한 빠르게 문 쪽으로 뛰었다. 실바코프는 그런 그녀를 말리지 않았다.

왜 쫓아오지 않는지 조금 의아하긴 했지만 그보다는 이 방을 얼른 나가야 한다는 조급함이 더 컸다. 드디어 문고리를 잡았을 때는 크나큰 안도감까지 느꼈다.

하지만.

철컥, 철컥. 문고리는 요란하게 돌아가기만 할 뿐 열리지 않았다. 수아는 당황했다. 특수한 문이 아닌 이상 밖에서는 잠글 수 없게 되어 있는 게 보통이다. 그리고 안쪽에서 본 문의 잠금쇠는 확실히 풀려 있었다. 그런데 왜?

필사적으로 문을 밀고 당기는 그녀에게 실바코프의 목소리가 들려왔다.

"밖에서는 안 들린다고 했잖아. 나갈 수도 없어."

수아는 휙, 그쪽으로 고개를 돌렸다. 그가 여유로운 표정으로 웃고 있었다. 수아는 저 얼굴에 한 방을 더 날려주고 싶은 충동을 느꼈다.

"뭐예요. 당신 정말 누구죠?"

"방금까진 알지 않았어?"

"말도 안 되는 소리 하지 마요!"

그래, 안다고 생각했다. 옆집에 살던 오빠. 그녀가 사랑하고, 그녀를 사랑한 남자. 그래서 결국 차원을 넘어 이곳까지 찾아왔지만 결국 그녀가 새까맣게 잊어버린 남자.

하지만 그게 말이 되는가.

"제가 살던 곳에는 은발이나 보라색 눈동자를 한 사람은 없어요! 게다가 우리 집은 여러 번 이사했고요!"

그녀의 가족은 이사를 여러 번 했다. 전세가 오를 때마다 또 집을 새로 찾아야 한다는 한숨과 같은 부모님의 말이 아직도 기억났다. 그러니 어릴 때부터 쭈욱 같이 있던 옆집 오빠 같은 사람이 있을 리가 없었다.

그러나 가장 무서운 건 그녀가 정말 순간적이긴 해도 실바코프가 옆집 오빠이며 한때는 사랑하는 사이였다는 사실을 믿었다는 것이었다. 겨우 몇 초 정도지만, 정말 진심으로. 심지어 그는 이런 기억에 관한 설명을 직접 말로 한 것도 아니었다. 그저 정말 모르겠느냐는 한마디에 수아가 스스로 떠올린 것뿐. 혹시 자신이 미친 것이 아닐까 충분히 의심할 수 있을 정도의 수준이었다. 머릿속이 엉망으로 엉키는 것 같았다.

그런 혼란이 얼굴에 고스란히 드러났는지 실바코프는 느긋하게 말했다.

"진정해, 아가씨. 일단 질 나쁜 장난을 한 건 사과하지."
"장난, 장난이라고요?!"
"진정하라니까? 마법이 제대로 안 통하길래 나도 모르게."
낯선 단어에 수아의 눈이 커졌다. 마법이라고?
"아가씨, 혹시 날 봤을 때 별 이상 없었어? 처음부터 꽤 열심히 걸었는데 어째 통하질 않더라고."
그는 투덜거렸다. 그리고 그제야 수아는, 자신이 그를 「똑바로」 보고 있다는 걸 깨달았다. 조금 전 일 때문에 감정이 격해져서 심장이 크게 뛰고 있다는 걸 느낄 뿐, 이유 없이 쿵쿵거리던 커다란 두근거림이 완전히 사라져 있었다.
"맙소사……."
그러니까, 그게, 정말 마법이었다고? 처음부터 그를 보며 이유 없이 두근거린 게? 첫눈에 반한 게 아니라, 조금이라도 그에게 마음에 쏠린 것이 아니라, 정말 100% 마법 때문에?
순간 긴장이 풀리며 수아의 몸이 휘청거렸다. 그녀는 그대로 바닥으로 주저앉았다.
"이런, 아가씨."
"가까이 오지 말아요."
그 소리에 수아에게 다가오려던 실바코프가 걸음을 멈췄다. 그리고 두 손을 가볍게 들며 항복 표시를 했다.
"정말로 더 이상 나쁜 짓 안 한다니까?"

"처음 보자마자 마법을 걸고, 조금 전에는 그, 런 짓까지 한 사람의 말을 믿으라고요? 게다가 지금 이 문이 안 열리는 것도 당신 짓일 거 아니에요."

"뭐, 맞는 말이긴 한데……. 음, 좋아. 그럼 이렇게 하지. 내가 변명을 할 테니 아가씨는 들어줘. 그리고 다 들으면 문을 열어줄게. 대화 중에는 아가씨에게 손 하나 까딱 안 할 거고. 어때?"

수아는 실바코프를 바라보았다.

처음으로 그를 천천히 살펴볼 수 있었다. 눈꼬리가 내려간 눈은 약간은 나른하게 빛나고 있었고, 크게 눈에 띌 정도는 아니었지만 피부색은 살짝 어두웠다. 마법사라는 느낌과 다르게 꽤 날렵해 보이는 몸을 가지고 있었고 키도 꽤 큰 편이었다. 하르페니언과 비슷한 정도다.

"어떠냐니요."

떨림이 조금은 가라앉았다. 수아는 자리에서 비틀거리며 일어나 문에 등을 기댔다.

"저에게 선택의 여지가 있는 말이긴 해요?"

언뜻 들으면 그가 한 발 물러난 것 같았지만, 상황은 하나도 바뀌지 않았다. 결국 지금 이 말도 자신의 말을 끝까지 듣지 않으면 결코 이곳에서 나갈 수 없으리라는, 그런 협박일 뿐이었다.

"그건 그러네."

곧바로 수긍하는 모습이 더 얄밉다.

"그렇다고 계속 이대로 대치하고 있을 순 없잖아? 일단……."

실바코프는 방 안에 있는 커다란 테이블로 걸어가 그 의자에 앉았다.

"이쪽으로 와서 앉아, 아가씨. 이야기하는 동안 난 여기서 일어나지 않을 테니 걱정하지 말고."

수아는 조금 망설였지만, 솔직히 실바코프가 정말 수아를 어떻게 하거나 해칠 마음이 있다면 이런 식으로 나오지 않아도 충분히 원하는 바를 이룰 수 있었다. 그런데도 그녀를 달래는 식으로 나왔다는 건 일단은 그런 게 목적이 아니기 때문이리라. 더구나 지금은 그의 말을 듣는 것 말고는 할 수 있는 일이 없었다.

수아는 경계 어린 발걸음으로 그쪽으로 다가갔다. 실바코프는 옅은 미소만을 띠고 그녀를 보고 있을 뿐 자신의 말대로 의자에서 움직이지 않았다.

그녀는 그의 맞은편 의자에 앉았다. 둘 사이에 커다란 테이블이 있다는 것이 그나마 위안이 됐다.

"할 말이 뭐예요? 아니, 그전에 당신은 누구죠?"

"이런. 왜 자꾸 나에 대해서 묻는 건지. 나에게 정말로 관심이 생긴 거야, 아가씨?"

그는 상큼하게 윙크를 하며 말했지만 그 윙크를 받은 수아의 얼굴은 그야말로 썩어 들어갔다. 그 싸늘한 반응에 실바코프는 어깨를 으쓱했다.

"단단히 찍힌 거 같네. 뭐, 좋아. 그럼 더 쓸데없는 말은 하지 않고 본론으로 들어가지. 일단 내 이름은 실바코프가 맞아. 그리고 인간이 아니지."

"……네?"

"여길 봐."

실바코프가 자신의 귀를 가리켰다. 그냥 보통의 귀였다. 하지만 도대체 뭘 보라는 거냐고 물어보려는 순간, 귀의 모양이 일렁였다.

어라? 수아는 혹여 잘못 본 건가 하고 눈을 한 번 깜박였다. 하지만 다음 순간, 귀 끝이 뾰족하게 바뀌며 쑤욱 길어졌다.

"어때?"

그는 씩 웃었다. 여전히 귀는 뾰족하고 기다란 채였다. 수아는 저런 귀를 한 사람을 이 세계의 책에서 그림으로 본 적이 있었다. 지금은 모두 사라졌지만 신마전쟁 전까지만 해도 인간과 어울려 지냈던 종족들 중 하나의 특징이, 분명 저렇게 기다란 귀였다.

"다른…… 종족?"

"네, 맞았습니다. 그럼 이제 소거법을 이용해보자. 사라졌다는 종족은 땅딸막하고 성질 고약한 두더지 드워프와 우아한 미모를 지닌 온화한 조화의 종족 엘프라고 하지. 그렇다면 그중에서 난 누구일까요?"

"……사기꾼?"

"엉?"

"일단, 그 귀가 진짜라는 보장은 어디 있어요? 마법사이니 환각을 보여주거나 아니면 귀 일부를 변형하는 것 정도는 쉬울 것 같은데요."

"흠, 뭐."

그는 손가락을 가볍게 튕겼다. 그의 귀는 조금 전을 거꾸로 되돌리는 것 같은 과정을 거쳐, 곧 다시 보통의 귀로 되돌아갔다.

"아가씨가 완전히 믿어줄 거라는 생각은 안 했지만, 예상보다 더 단호하네? 일단 대답을 해주자면, 일단 귀를 변형한 건 마법이 맞아. 단지 환각이 아니라 실제로 모양을 바꾸는 거라, 현재 인간들에게는 실전된 주문이지. 이렇게 말해도 아가씨는 마법사가 아니니까 내가 인간이 아니라는 증명이 되진 않겠지만."

"당연하죠."

수아는 정신을 바짝 차리려고 노력했다. 언제 무슨 말로 넘어가게 될지 모른다. 도중에 또다시 그러한 마법을 쓰려고 할지도 몰랐다. 최대한 정신을 차려야 해.

수아는 바짝 긴장하며 그의 한마디 한마디를 놓치지 않도록 주의했다.

"그럼 이건 어때? 아가씨, 이계인이지?"

그래서 그 말이 떨어졌을 때, 수아는 정말 간이 떨어져 나갈 만큼 놀랐다.

"무, 무슨."

수아는 반사적으로 부정했지만, 실바코프는 그런 그녀를 보며 쿡쿡 웃었다.

"이야, 아가씨는 정말 거짓말하면 안 되겠다. 지금 얼굴에 「그걸 어떻게?」라고 쓰여 있어. 아, 참고로 찔러본 건 아냐. 아가씨가 다른 세계에서 온 건 처음부터 알고 있던 거니까. 어디 보자, 아직 1년은 안 됐지, 아가씨? 이 세계로 온 것 말이야."

그는 정말 아무렇지도 않게 말했다. 마치 내일 날씨 이야기를 하듯, 자연스럽게.

수아는 정말 숨이 턱 막혔다. 바로 부정하려고 했지만 목소리가 나오지 않았다. 아니, 부정이 가능할까? 그녀가 이 세계로 온 것은 여름이 한참일 때였다. 지금도 여름에 접어든 때이긴 했지만 비슷한 시기가 되려면 한 달 정도는 더 있어야 했다. 즉, 그의 말이 맞았다.

설마 마법사라는 족속은 이계인을 알아보는 능력이라도 가진 걸까? 그 시기까지 맞추는 걸로?

물론 그럴 리 없었다. 만약 그랬다면 하르페니언이 절대 그녀를 마법사와 만나게 했을 리는 없을 테니까. 하지만 떠오른 수많은 생각은 다음 실바코프의 말과 함께 새하얗게 사라졌다.

"난…… 아니, 우리는 대충 그때부터 아가씨를 살피고 있었거든. 저주받은 황태자와 그 「열쇠」를."

이번에는 정말로 숨 쉬는 것조차 잠시 잊었다.

열쇠. 수아의 머릿속에서 그 단어만이 빙빙 돌았다. 수아는 결코 그 단어를 누군가에게 이야기한 적이 없었다. 심지어 하르페니언에게도.

그런데 어떻게, 저 남자가 그 단어를.

"너무 놀라게 했나?"

그렇게 말하는 실바코프의 목소리는 곤란하다기보다는 오히려 재미있어하는 투였다. 수아는 그제야 간신히 숨을 내쉬었다.

"아이스 씨."

"실바코프라고 불러. 어차피 아이스라는 건 가명이고."

"네?"

"난 인간이 아니라니까?"

다시 잠깐의 침묵이 흘렀다. 수아는 도대체 그 말을 어떻게 받아들여야 할지 몰라서, 실바코프는 수아가 무슨 반응을 할 거라고 생각해서.

잠시 후 그는 머리를 한 번 긁적였다.

"으음, 확실히 내가 처음부터 너무 두서없이 말하긴 했는데……. 좀 차근차근 가볼까."

그는 손가락을 하나 펴면서 말했다.

"첫째, 내가 이곳에 온 것은 아가씨가 이곳에 도착하기 사흘 전이야. 실바코프 이아스라는 이름에서 이아스라는 성도 가짜. 누군가의 자손이라는 걸 나타내기 위해 성이 필요한 건 인간뿐이거든."

"사흘……이라고요? 하지만 여기서 오래 일하지 않았어요?"

"아, 그거? 아가씨에게 실패했던 마법이 다른 사람들에게는 통했던 것뿐이야. 기억 조작 마법이지."

기억 조작. 그 단어를 듣자 수아는 아까 자신에게 무슨 일이 벌어졌는지 알 것 같았다. 머릿속에 흘러들어온 낯선 기억이 뭔지. 동시에 기가 찼다.

"그게 가능해요?"

머릿속의 기억을 마음대로 조작하다니. 기억이 있는데 그게 내 것이 아니라 남이 멋대로 끼워 넣은 것일지도 모른다고? 수아는 겨우 몇 초간 당한 것뿐이었지만 오싹 소름이 끼쳤다. 그 기억을 정말 자신의 것이라고 믿었다면 어떻게 되었을까.

"보통 인간이라면 불가능하지. 인간에게 허락된 마법이 아니거든. 생각해봐. 만약 마법사라는 이름을 단 누구나가 기억 조작을 할 수 있다면 세상이 얼마나 엉망이 될지."

"하지만 실바코프 씨는…… 네, 인간이 아니라는 게 사실이라 하더라도 결국 기억 조작 마법을 쓸 수 있는 거잖아요."

"아니, 그 인간이 아니라는 점이 굉장히 중요한 거야. 인간은 사리사욕을 위해 마법을 사용하니까."

그는 말을 잠낀 끊었나가 수아의 반응을 살피듯 다시 말을 이었다.

"아, 인간을 폄하하려는 뜻은 아니야. 삶에 대한 욕심은 인간의 특징일 뿐이니까. 모든 걸 삼켜버리려는 그 탐욕은 세상을 발전시키지. 모든 인간이 현재에 만족하면서 평화롭게만 산다면 그게 더 문제일걸? 엘프는 조화에 대한 욕심이 있고, 드워프는 세공에 대한 욕심이 있지. 그냥 종족 특징이야. 단지 그것 때문에 몇몇 마법은 인간에게 허락되지 못했을 뿐. 황금시대 전에 엘프가 마법 종족이라 불렸던 것도, 특히 솜씨가 뛰어나서라기보다는 인간이 쓰지 못하는 종류의 마법을 쓸 수 있었기 때문이지."

뭔가 장황하다. 평소라면 인간만이 있던 세계에서 온 수아이니만큼, 이종족이라는 존재 자체에 크게 흥미를 느낄 수도 있었으리라. 하지만 지금 그녀에게 그럴 만한 여유가 없었다.

"하지만 실바코프 씨는 지금 그 마법을 사용했잖아요."

"함부로 쓰진 않아."

"그럼, 지금은요?"

"필요했으니까. 사리사욕이 아니라, 공적인 의미에서."

아무리 생각해도 말장난 같았다. 그렇게 따지면 나라 간 전쟁이나 단체의 다툼도 공적인 일 아닌가.

하지만 여기서 그런 걸 따지면서 시간을 더 끌고 싶진 않았다. 얼른 그 변명이라는 걸 듣고, 일단 이 방에서 나가고 싶었다. 그녀는 순순히 고개를 끄덕였다.

"알았어요. 그럼 그 공적인 일이 뭔데요?"

"황태자 전하 일행에 대한 접근?"

수아는 저도 모르게 미간을 찌푸렸다.

눈앞의 남자는 나름대로 계속 수아의 말에 답해주고 있었고 수아 자신도 정리를 하고 있는 게 분명한데도 어째 이야기가 빙빙 도는 기분이었다.

"그런 거라면 그냥 우연히 만난 것처럼 꾸미면 되잖아요? 굳이 기억 조작 마법이라는 걸 쓸 필요가 있었어요?"

"일회성 만남이 아니라, 지속적으로 같이 다닐 일행이 되었으면 해서. 더구나 잘못 쫓아왔으면 암살자로 몰렸을 것 같아 그냥 이렇게 접근한 건데……. 아가씨에게 기억 조작 마법이 통하면 그걸 이용해서 일행으로 들어가려고 했거든."

"헤어졌던 전 연인이라는 기억으로요?"

그게 무슨 난리인가. 상상만 해도 위가 아파지는 기분이었다. 다행히 실바코프는 고개를 저었다.

"아니, 그건 실험용이었어. 일단 한번 마법에 걸리면 다른 기억으로 바꿔치기하는 건 쉽거든. 굳이 연인이라는 역할을 택한 건, 감정에 휩쓸리기 쉬운 자극적인 설정이 가장 잘 먹히기 때문이야. 미묘하게 이상한 점은 뇌가 알아서 정리해주니까. 아까 입 맞춘 것도 잘 안 통하길래 쐐기를 박아보려고 한 건데……. 반대로 오히려 아가씨가 이상한 점을 더 깨닫게 해주는 역할이나 한 것 같네. 아니, 그전에 머리카락 색이라는 기본적인 부분부터 어긋났을 정도면 그냥 소용이 없었나."

실바코프는 작게 한숨을 내쉬며 고개를 절레절레 저었다. 수아는 자신의 입술을 꽉 깨물었다. 실험용이었다고? 겨우 그런 이유로? 입에서 아까의 감촉이 스멀스멀 되살아나는 것 같았다.

그는 다시 정리하듯 손가락을 하나 더 폈다.

"둘째, 내가 접근한 목적은 황태자 전하와 아가씨에 대한 관찰이야. 신의 저주를 받은 사람과 그 저주가 통하지 않는 사람. 이제까지 신의 저주를 받았다던 사람은 없거든. 그래서 신이 어떤 의중인지 알고 싶었어."

하지만 저주 이야기가 나오자 계속 입을 다물고 있을 수만은 없었다.

"신의 의중이라고요?"

"도대체 신이, 사람을 저주해서 뭘 하려고 하는지. 그걸 알게 되면 우리도 이 세계에서의 향방을 결정할 수 있게 될 테니까."

무슨 소리인지 잘 이해가 안 갔다. 수아가 별다른 반응이 없자 실바코프가 덧붙여 설명했다.

"음, 인간들은 엘프와 드워프가 없어진 종족이라고 알고 있지? 신마전쟁 이후 없어졌다고. 땡, 틀렸습니다. 없어진 게 아니라 스스로를 격리한 거야. 삶에 대한 탐욕은 아무리 인간의 특성이라지만, 신마전쟁 때의 이기적인 모습은 더 이상 어울릴 수 없다고 판단할 정도로 좀 심했어. 좀 과장하자면 마물에게 죽은 엘프와 드워프보다 인간에게 죽은 수가 더 많다고 할 정도로. 그래서 무려 드워프와 엘프가 협력해서 결계를 쳐 인간과 스스로를 분리했지. 지금까지 말이야. 그리고 문제가 생겼지. 애초에 이 세계는 세 종족이 어울려 살아야 하는데 그 조화가 깨지니 어그러져 버린 거야. 인간이 빠지니 변화도, 발전도 없게 되었고 모든 것이 멈춰 있어서인지 아이의 수도 계속 줄어들더군. 계속 이런 식이라면 엘프와 드워프는 도태되어 사라질 거고, 비교할 종족이 없는 인간은 날뛰다 자멸하겠지."

실바코프는 한쪽 입가를 비틀며 웃었다.

"하긴, 그런 면 미래까지 보지 않아도 결계가 언제까지 버틸지도 모르는 거지. 이대로라면 백 년도 되지 않아 인간들이 먼저 결계를 발견하게 될 테니까. 그렇다면 남은 것은 두 가지야. 다시 어울릴 준비를 하든지, 아니면 다른 차원으로 가든지."

수아는 저도 모르게 의자에서 일어날 뻔했다.

"다른 차원이라고요?"

"응. 이곳과 완전히 다른 세계."

"그게 가능해요? 마음대로 넘어간다는 게?"

"일단 가능하긴 해. 단지 쉬운 일은 아니야. 가는 방법 자체도 여러모로 난항이겠지만 그보다도 본질적인 문제가 있거든. 세 종족이 함께 어우러져야 정상인 세계에서 이미 억지로 떨어져 비정상으로 돌아가고 있는 걸, 아예 세계 자체에서 두 종족의 존재 자체를 지워 다시 정상으로 되돌린다는 난폭한 방법인데……. 그런다고 이 세계가 정상이 될지는 아무도 장담 못 해. 다른 차원으로 간 드워프와 엘프 또한 마찬가지야. 그 세계에 제대로 편입할 수 있을지 없을지 모르거든. 어쨌건 차원은 골라 갈 수 있는 게 아니니까."

"골라 갈 수 있는 게 아니다……. 역시 그렇군요."

수아가 이계인이라는 걸 아는 다른 사람들도 비슷한 이야기를 했다. 수아는 이곳에 사고로 왔고, 따라서 되돌아가는 건 불가능하다고. 그러나 실바코프는 한마디를 덧붙였다.

"완전히 새로운 차원으로 가는 건 그럴 수밖에 없지. 어디에 무슨 차원이 있는 줄 알고? 하지만 아가씨의 경우는 조금 달라. 온 차원이 있으니까. 아마 쉽지는 않겠지만, 흔적을 더듬어 보면 원래 세계로 돌아가는 게 가능할 거야."

그 소리에 수아는 숨이 턱 막히는 걸 느꼈다.

돌아갈 수…… 있어?

"왜, 돌아가고 싶어?"

순식간에 가슴이 먹먹해졌다.

"……저는, 거기에 가족이 있어요."

"그렇겠지."

"제 모든 생활이 그곳에 있었고요."

수아는 주먹을 꽉 쥐었다. 꿈에서 시우의 말을 들은 후에도 억지로 꾹꾹 눌러놨던 소리다. 이렇게 함부로, 가볍게 이야기할 만한 성질의 것이 아니었다.

"이곳에는, 실바코프 씨 말대로 온 지 1년도 되지 않았어요."

그래, 객관적으로 보면 그녀는 돌아가야 했다. 하지만 겨우 1년도 되지 않은 사이, 20년간 살아온 세계보다 더 중요한 사람이 생겼다.

하르페니언.

수아는 잠깐 눈을 감았다가 떴다. 가슴 한구석이 욱신거렸다. 스스로도 미루고 미룬 대답이었다. 사실은 자신이 억지로 모른 척하고 있다는 것, 선택지가 차라리 없기를 바라고 있다는 것 정도는 인지하고 있었다. 저쪽에선 없어진 그녀를 계속해서 찾는 사람이 있다는 걸 알면서도, 참으로 이기적이게도 이곳에 남기를 소망했다. 그것도 그녀의 선택이 아니라, 어쩔 수 없었다는 핑계를 변명으로 갖길 바란 채.

"제가 지금 그 대답을 해야 하나요?"

그리고 수아는 한 번 더 도망치기로 했다. 어차피 이 사람에게 내가 말해야 하는 의무 따윈 없다고 그렇게 속으로 속삭이면서.

"그래. 지금 당장은 상관없는 이야기지."

실바코프는 씩 웃었다.

"그럼 다시 본론으로 돌아갈까? 아, 그전에 아가씨. 저기 트레이 좀 가져다주지 않겠어?"

그는 이 방에 들어올 때 자신이 끌고 온 트레이를 가리켰다. 아직 테이블로 옮기지도 않았기에 10여 종류가 넘는 디저트와 티포트가 그 위에 그대로 있었다. 수아는 기가 막혔다.

"지금 저걸 먹겠다고요?"

"이야기가 길어지니까, 당분 보충. 내가 가져와도 상관은 없지만 이야기가 끝날 때까지 여기서 일어나지 않는다고 약속을 해버려서. 아니면 그 약속을 물러도 될까?"

욕을 하는 게 속이 시원할까, 아니면 얼굴을 한 대 더 올려치는 나을까. 수아는 잠깐 그런 고민을 하다가 이내 자리에서 일어났다. 그리고 트레이를 끌고 왔다. 여기서 감정에 휘말려봤자 좋을 게 없다. 감정은 최대한 억누르고, 궁금한 건 최대한 추궁하고, 그 외의 건 최대한 무시하자. 그녀는 다시 한 번 그렇게 마음을 먹었다.

실바코프의 앞으로 트레이를 끌고 가자, 그는 신나는 듯 손을 뻗어 이것저것을 집어 테이블로 올려놓았다. 수아는 곧바로 다시 자리로 되돌아와 앉았다.

"아가씨도 좀 먹지?"

"됐어요."

그는 두 번은 묻지 않았다. 실바코프는 반 정도 식은 차를 찻잔에 따르며 스콘을 하나 집었다.

"어쨌건, 그렇게 위험하다면 다른 차원으로 가지 않는 게 낫잖아요?"

"글쎄. 단순하게 생각하면 그렇지. 정확히는 인간만 피하기 위해서 차원을 넘겠다는 건 새끼 몬스터 하나 피하겠다고 그 소굴에 제 발로 걸어 들어가는 짓이니까. 만약 문제가 인간만이었다면 당연히 길은 하나밖에 없었을 거야. 결계를 거두고, 인간과 어울려 살아가는 것. 그런데 굳이 다른 차원에 넘어가는 걸 고려한 건……."

그는 잠깐 입을 다물었다가, 이제까지와 조금도 다르지 않은 목소리로 말했다.

"신을 믿지 못해서야."

"……네?"

수아는 눈을 두어 번 깜박였지만, 아무래도 자신이 잘못 들은 것은 아닌 것 같았다.

이곳에서는 신이 존재한다는 것은 해가 뜨고 진다는 것처럼 너무나도 당연한 사실이었고, 더 나아가 신의 은총이 있기에 살아갈 수 있다고 믿었다. 그 믿음은 맹목적인 것을 넘어 이 세계 사람들을 이루는 기본적인 근간이었다. 따라서 의문을 가지는 것은 매우 불경하기 짝이 없는 행위, 그 이상도 이하도 아니었다. 가장 강력한 나라이자 황권을 지닌 제국에서조차 신의 저주를 받았다는 것 하나 때문에 황태자가 없는 사람으로 취급받을 정도이지 않은가.

당연히 수아는 그러한 걸 납득할 수 없었지만 이곳에서 신이라는 건 그러한 존재였다. 그런데 실바코프는 그 믿음을 너무나도 쉽게 부정했다.

"그렇잖아. 애초에 신마전쟁은 왜 일어났을까? 인간들이야 황금시대의 사람들이 신의 힘을 업고 사리사욕을 채우며 신을 공경하지 않았기 때문에 악마에게 신을 넘볼 틈을 주었다 여기는 모양이지만, 그때에도 인간들은 신을 존중했어. 물론 신의 이름을 팔아먹으면서 헛짓을 하는 수가 좀 많았고, 일부는 교만해져 신의 존재가 필요 없다는 식의 주장을 펼치기도 했지. 하지만 신마전쟁이 일어난 이유가 단지 그것 때문일까? 만약 그렇다고 하면 인간이 타락하면 신이 힘을 잃는다는 말이 되는데, 그 말은 오히려 신이 이 세계를 유지할 만한 힘을 가지고 있지 않다는 증명이겠지."

수아는 멍하니 그를 바라보았다. 사실 그녀에게는 「신」이라는 것 자체가 익숙하지 않은 낯선 개념이었기에 그의 말에 동의나 반박을 할 수가 없었다. 그녀에게 신이란 아주 멀어, 있는지 없는지도 모르는 것이 당연한 느낌이 드는 무엇이었으니까. 그래서 그녀는 실바코프의 말을 더듬는 게 조금 힘겨웠다.

그는 스콘을 입에 넣고 차를 마셨다. 그러고는 여전히 조용하기까지 한 목소리로 말을 이었다.

"만약 신마전쟁 때 일이 잘못 틀어졌으면, 즉 악마 쪽이 이겼다면 어떻게 되었을까? 세계가 아예 멸망하는 걸까? 그렇다면 그런 신을 믿고 이 세계에서 살아가는 것을 고집하는 것이 맞는 걸까? 이대로라면 신마전쟁이 근시일 내에 또 일어나는 것은 아닐까? 그렇다면 좀 위험하더라도 다른 길을 찾아봐야 하지 않을까? 뭐 그런 것들이지."

"아……."

"하지만 누가, 어떻게, 무슨 방법으로 신의 능력을 평가하겠어? 그나마 신마전쟁 전에는 신과 좀 소통이 됐었는데, 이후로는 그 길이 막혀 버렸단 말이야. 신탁이라면서 일방적으로 한두 마디 툭툭 던져주는 게 다일 뿐. 그런데 그러던 중에, 내려온 네 번째 신탁이 인간에게 저주를 내리는 거라네? 그래서 다들 이거다 싶었지."

"네?"

"사실 말이지, 아홉 살도 되지 않은 아이가 신의 저주를 받을 만큼의 잘못을 저지르는 게 가능하다고 생각해? 그것도 신탁으로 공공연하게 알릴 만큼."

이 질문에는 조금의 망설임도 없이 바로 대답할 수 있었다.

"절대로, 아니요."

"그렇지? 부정한 영혼이라거나 원래부터 잘못 태어났다거나 그런 건 다 나중에 적당히 이유를 가져다 붙인 거야. 참 상상력들도 좋지. 더구나 황태자 전하는 인간이지. 인간은 사회 없이는 살지 못하는 종족이고, 따라서 그건 사형선고보다 더 지독해. 그런데 겨우 아홉 살도 되지 않는 아이에게 왜 그런 형벌을 내렸을까?"

이상한 기분이었다. 수아가 스스로 되새겼지만, 그리고 아마 하르페니언과 그 주변 사람들도 그리 생각했겠지만 대놓고 꺼내지 못했을 이야기가 낯선 이에게서 나오고 있다는 건. 그것도 인간이 아닌 다른 존재라고 주장하는 이에게서.

수아는 꿀꺽, 긴장으로 침을 한 번 삼키고는 물었다.

"그렇다면, 실바코프 씨는 왜 그런 건지 짐작이 가는 건가요?"

"글쎄. 한 가지 확실한 건 신이 아무런 이유 없이 저주를 내리지는 않았으리라는 거야. 여기까지는 인간들이 생각하는 것과 같겠지만, 그 뒤가 문제지. 보통 저주라는 건 상대를 죽이고 싶거나 그에 상응하는 괴롭힘을 주고 싶을 때 대가를 주고 거는 거야. 그래서 저주를 거는 것 자체가 목적이 되고 결과가 돼. 그렇다면 황태자 전하가 걸린 저주는 무엇의 결과일까? 아니, 애초에 결과이기나 할까? 인간 하나를 저주하는 게 신의 목적이라고? 그럴 리가. 그럼 반대로 생각해보면 어떨까? 뭔가를 위해, 인간에게 저주를 건 거라면?"

실바코프는 거기에서 잠깐 말을 끊고는, 티포트를 들어 찻잔에 차를 따랐다. 조금 식긴 했지만 아직 따뜻한지 찻잔에서는 김이 모락모락 올라왔다. 바짝 긴장해서 그를 바라보고 있는 수아의 모습과는 대조되는 여유로운 동작이었다.

그는 천천히 차를 한 모금 마신 후, 여전히 평범한 어조로 말을 이었다.

"저주를 걸기 위해 뭔가를 희생한 것이 아니라 뭔가를 위해 저주를 건 거라면? 저주 자체가 목적이 아닌 그저 수단이었다면? 그렇다면 그 목적이 뭔지를 알게 된다면 신이 지금 어떤 상태인지 알 수 있게 되지 않을까? 이런 식으로 의문이 이어지고, 결국 그 관심은 저주를 받은 인간인 황태자 전하께 집중되게 됐지. 여기까지 이해되나, 아가씨?"

수아는 바로 대답하지 않았다. 이 남자와 이야기를 시작할 때부터 기분은 최악을 달렸지만 거기서 더 안 좋아질 수도 있구나 싶었다. 속이 울렁거린다.

확실히 그가 말하는 내용은 그저 신의 노하여 저주를 내렸다는 추상적인 이야기보다는 훨씬 더 일리가 있었다.

단지, 그 내용이, 너무나도 기분 나빠서.

"뭐예요, 그건."

"음?"

"그건…… 마치 알이."

정말로 무언가를 위해 저주가 내려진 거라면, 그건.

"제물이라는 것과, 뭐가 달라요?"

어느 종교인지, 어느 시대인지는 모르겠지만 제물로 어린 양이나 짐승을 바치는 것이 당연하던 때가 있었다는 걸 들어본 적이 있다. 어디에서는 태양신에게 바치기 위해 사람의 심장을 찌르기도 했다지. 그나마 그건 인간이 신에게 바치는 것이었지만, 실바코프의 말대로라면 신이 인간을 이용했다는 말이다.

왜? 신이 뭐가 부족해서?

"흐흠. 역시 아가씨가 생각하기에도 그렇지? 그래, 바로 그게 이상해. 사실 신이 인간을 이용하려면 방법은 많거든. 황금시대나 그전을 봐도 신탁을 받은 성자나 성녀의 기록은 꽤 있어. 하지만 굳이 저주라니. 아무래도 예삿일은 아니지."

"그럼 실바코프 씨도 그 이유가 뭔지는 모르는 거죠?"

"그래."

실바코프의 빠른 대답은, 조금 야속했다.

"우리는 그 신탁이 내렸을 때부터 황태자 전하를 지켜봐 왔어. 사실 아홉 살 꼬마가 스물일곱까지 살아남을 거라고는 생각도 하지 않았지. 그런데 의외로 잘 버티더군. 솔직하게 말해서, 감탄했어. 게다가 만약 저주받은 인간이 황태자가 아니었다면 본인의 의지와는 상관없이 이미 살해당했겠지. 더구나 스물일곱이라는 한계까지 따로 줬어. 확실해. 신은 황태자 전하를 그때까지 살려두고 싶었던 거야."

수아는 입술을 꾹 깨물었다. 그러지 않으면 소리를 지를 것 같아서. 실바코프의 말 안에서 묘사되는 하르페니언의 모습은 너무 하찮게 느껴졌다.

"하지만 황태자 전하 주변에서는 딱히 변하는 게 없더군. 이대로 스물일곱까지 가게 되는 게 아닐까 싶었는데, 아가씨가 왔지. 처음에는 이계인에게 황태자 전하가 신경을 많이 쓰는구나 정도였는데 저주가 통하지 않는다는 걸 알게 됐어. 더구나 그거 알아, 아가씨? 몬스터들이 몰려다니기 시작한 것도 아가씨가 이 세계에 올 때쯤이라는 것. 우연인지 아닌진 모르겠지만 이 정도의 변화가 한꺼번에 일어나는데, 가만히 있을 수는 없었지."

그는 빙긋 웃었다.

"그래서 꽤 망설였어. 「끝」이 다가오는데 이제까지처럼 지켜보기만 하는 것이 맞을까, 아니면 어느 정도는 개입을 해야 하나. 좀 고민했지만 모종의 일 이후로 결정했지. 역시 돕는 게 낫겠다고."

"돕는다고요?"

"「끝」까지 아가씨와 황태자 전하를 보호하겠다는 거지. 여기까지 버텼는데, 도중에 죽어버린다면 너무 아깝잖아. 그러려면 내가 함께 여정을 하는 게 좋겠지. 덤으로 나도 어떤 일이 벌어지는지 더 자세히 관찰할 수 있고."

"……실바코프 씨."

스스로도 목소리가 낮게 나온다는 것을 알 수 있었다.

가급적 감정을 담은 소리는 하지 않으려고 했다. 그래 봤자 어차피 눈앞의 남자는 생각을 바꾸지 않을 테니, 이곳에서 벗어나는 시간이 늦어질 뿐이다. 하지만 지금은 도무지 참을 수 없었다.

"알은 실험용 쥐가 아니에요."

"아니, 별로 그런 뜻은 아닌……."

변명을 끝까지 듣고 싶지도 않았다. 수아는 그 말을 도중에 끊었다.

"애초에 왜 저예요?"

"응?"

"결국 실바코프 씨의 말은 그거잖아요. 신이 알을 이용해 뭔가를 하려고 하는데, 그게 뭔지 모르니까 신탁에서 말한 스물일곱이 될 때까지 옆에서 지켜보겠다. 단지 그때까지 죽으면 곤란하니까 지켜는 주겠다. 결국 다 알과…… 하르페니언과 관련된 이야기잖아요. 왜 저에게 그 이야기를 하죠? 그 말을 할 대상은 제가 아닐 텐데요."

"음."

그는 쓴웃음을 지었다.

"아가씨 말이 맞긴 한데……. 가급적이면 변수가 없는 편이 좋으니까. 원래 관찰이라는 건 당사자에게 그 사실을 알리지 않게 하는 게 가장 좋고, 지금 황태자 전하도 아가씨의 호위가 필요한 상태잖아? 그러니 아가씨가 내가 마음에 들었으니 앞으로의 여정에 함께하자고 하면, 황태자 전하는 기꺼이 들어주실 거라고 생각했는데…… 일단 아가씨가 그렇게 해줄 것 같지가 않군."

"네."

"왜? 관찰한다는 말이 마음에 안 들어서? 아니면 사랑하는 그이에게 뭔가를 숨기는 게 싫어서?"

"네?"

"그런 사람들이 있지. 그냥 혼자 지고 가면 끝날 이야기들을 고해성사니 뭐니 하면서 털어놔서 괜히 평지풍파를 일으키는 사람. 몰랐다면 더 좋았을 이야기를 소곤거리며 털어놓지. 그러고는 난 솔직하게 말했다며 후련함과 떳떳하다는 당당함을 동시에 가지고, 사실에 대해서는 더 이상 책임지지 않으려고 하는 사람."

설마 도발하려고 하는 걸까? 나는 그런 사람이 아니니, 원하는 대로 정체를 숨겨주겠다고 하는 답을 원하면서?

"사실 황태자 전하에게 더 부담을 지울 필요가 있어? 누군가 옆에서 목적을 가지고 관찰하겠다는 소리를 들으면 마음이 편치 않을 텐데. 더구나 정말 변수가 일어날지도 모르고."

"변수는 실바코프 씨 쪽의 문제겠죠."

하지만 수아는 화가 나기는커녕 짜증이나 그 비슷한 감정도 일지 않았다. 그녀는 스스로도 놀랄 정도로 무덤덤한 목소리로 말했다.

"만약 신의 목적이 스물일곱이 될 때 알을 죽여서 뭔가를 이루는 거라면, 그럼 신의 뜻대로 그를 죽이기 위해 노력할 건가요? 살아나는 것 자체가 변수가 되니까? 애초에 제가 실바코프 씨의 뭘 믿고 멋대로 그를 자신의 문제에서 배제시키죠?"

하지만 겨우 그 정도를 말했는데도 숨이 찼다. 수아는 그제야 지금 자신이 화를 꾹 눌러 참고 있다는 것을 알았다. 그녀는 숨을 한 번 크게 들이마시고는 단숨에 뱉어내듯 말을 이었다.

"전 알이 살기를 원해요. 저주를 푼 다음, 제대로 그의 삶을 살아가기를요. 하지만 결국 이건 알의 문제예요. 본인의 의사도 묻지 않고 제멋대로 그를 위한다면서 수상한 인물을 접근시키라고요? 뭘 어떻게 할 줄 알고요? 더구나 실바코프 씨 말대로 전 이계인인데, 이 세계에 온 지 1년도 되지 않은 제가 멋대로 결정한다는 것부터가 오히려 그를 위해 뭔가를 하고 있다는 자기만족을 위한 것이 아닌가요?"

하르페니언을 얼마나 안다고, 죽어버리면 아깝다느니 관찰이라느니 하는 소리를 함부로 하는가. 물론 다른 이들이 그가 얼마나 힘들어했는지 같은 건 알아줄 필요도 없다. 그러나 최소한 그것이 아무것도 아닌 양 말할 자격은 없었다.

거기까지 말해놓고 호흡이 힘들어 어깨를 들썩거리고 있는데, 난데없이 실바코프가 손뼉을 쳤다. 짝, 짝, 짝. 느리게 세 번 손바닥 부딪치는 소리가 났다.

"이야. 아가씨 꽤, 진지하게 생각하고 있네?"

"뭐라고요?"

"아니, 실례했다고 말하는 거야."

그는 알 수 없는 말을 하며 빙글거리며 웃었다. 그러고는 수아가 뭐라고 더 반응하기도 전에 단정 짓듯 말했다.

"아가씨 의견은 잘 알았어. 그럼 황태자 전하가 돌아오시는 대로 의견을 여쭙도록 하지. 그리고 전하 스스로 결정하시도록. 아가씨가 원한 게 그거지?"

그거긴 한데. 수아는 조금 당황하여 그를 바라보았다. 너무 쉽게 수아의 말대로 하겠다고 한 저의가 뭔지 의심스러웠다. 실바코프는 그 시선을 읽은 듯 어깨를 으쓱였다.

"뭐…… 아가씨를 더 자극해 봤자 좋을 건 없을 거 같아서.

설사 황태자 전하가 허락하신다고 해도 아가씨가 계속 경계를 하면 될 것도 안 되잖아."

"애초에 그렇게 접근해놓고는, 제가 경계를 안 하길 바랐다고요?"

"기억 조작 마법이 통했으면 이렇게 복잡하게 갈 것도 없었지. 황태자 전하야 당사자니 마법이 안 통하는 것도 그런가 보다 싶지만, 아가씨까지 그럴 줄이야."

"잠깐, 당신 알에게도 접근했었어요?"

"이 모습으로는 아니었지만, 몇 번. 아, 다시 말하지만 해를 끼치려는 의미는 아니었다니까?"

그렇게 말한다고 아, 그렇군요 하고 납득할 수 있을 리가 없었다. 더욱더 진해져 가는 경계심을 읽은 그가 작게 한숨을 내쉬었다.

"일단 이야기는 끝났으니 처음 약속한 대로 결계를 풀 텐데…… 그전에 하나만. 황태자 전하가 돌아올 때까지 함께할 호위로 나를 지목해줬으면 해."

"함께할 호위라고요?"

"황태자 전하가 아가씨 방 이외에는 절대 아가씨를 혼자 두지 말라는 명을 내리고 가셨거든. 아가씨 방이야 뭐, 몇 겹으로 경계 마법과 방어 마법이 둘러져 있지만 다른 곳은 아니다 보니 최소 한두 명은 따라 붙어야 해."

방의 마법이 걸려 있다는 건 처음 들었지만, 확실히 하르페니언이라면 그녀의 안전에 그 정도는 신경 쓸 것 같았다.

"별말이 없으면 그냥 병사들이나 내가 돌아가며 교대로 지키겠지만, 아가씨가 지목한다면 이야기는 달라지지. 혹시라도 있을 만약의 사태를 위해 가급적이면 내가 아가씨 옆에 있었으면 싶은데. 굳이 따로 말을 전할 필요도 없어. 괜찮다고 하면 내가 아가씨가 날 지목했다고 다른 호위병들에게 말을 전해놓지."

"저기요, 아무리 생각해도 당신이 가장 위험한 것 같은데요?"

"이런, 아가씨. 말했잖아? 난 황태자 전하를 끝까지 지켜봐야 해. 그리고 그 범위 안엔 아가씨도 포함되어 있지. 만약 아가씨에게 무슨 일이 벌어지면 나도 아주 곤란해진단 말이야. 그러니 안전하다는 의미에서는 내가 제일이지 않아? 더구나 내가 아가씨를 해하려고 했다면 굳이 이런 복잡한 방법을 쓸 필요도 없었고."

수아는 미간을 찌푸렸다. 이번에는 그의 말이 맞긴 했다.

"접근 방법이 좋지 않았다는 건 인정해. 그건 사과하지. 하지만 그것 덕분에 아가씨도 좀 안심되지 않아? 내 마법은 아가씨에게 잘 통하지 않아. 그러니 수작을 부릴 확률도 줄어들겠지. 또…… 그래, 일단 이 성 안에서는 절대 아가씨가 하는 말을 어기지 않겠어. 이성적인 의미로 접근하지도 않을 거고. 이 정도면 좀 안심이 될까?"

그녀는 잠시 고민했다. 확실히 그의 말이 맞긴 했지만, 그렇다고 해서 그녀가 그걸 받아들여야 하는 이유는 되지 못했다. 그녀의 호위에 대한 건 하르페니언이 모두 대비하고 나갔을 터였고, 따라서 처음 예정된 대로 병사들이 교대하며 그녀를 지킨다고 해서 새삼 더 위험해지거나 하지는 않을 것 같았다. 하지만…….

"알았어요."

이내 수아는 고개를 끄덕였다. 하르페니언이 아무리 대비를 잘해놓고 갔다 하더라도, 결국 실바코프라는 존재 하나로 완전히 무너져 내린 것 또한 사실이었기 때문이다. 만약 그가 수아를 해치려고 했다면 하르페니언의 대비는 전혀 의미가 없었다.

물론 그건 하르페니언의 잘못이 아니었다. 상식적으로 지금은 존재를 감춘 사라진 종족이 기억 조작 마법까지 걸어가면서까지 인간 마법사로 위장해 있을 거라고 그 누가 짐작이나 했겠는가. 하지만 실바코프가 나타난 이상 또 다른 비상식적인 존재가 나타나지 말라는 법은 없었다. 아무리 눈앞의 상대가 찜찜해도 그것을 생각하지 않으면 안 됐다.

"그 약속, 꼭 지켜요."

"말씀대로, 아가씨."

그녀의 허락과 동시에 그가 손가락을 튕겼다. 아무것도 변한 것은 없어 보였지만, 곧 문밖에서 노크 소리가 들려왔다.

수아의 허락과 함께 그렇게나 옴짝달싹하지 않던 문이 열렸다. 들어온 것은 슬슬 차가 식었을 거라고 짐작해 뜨거운 물을 가져온 하녀였다.

수아는 온몸의 긴장이 풀리는 것을 느끼며 그대로 의자에 몸을 기댔다. 견딜 수 없을 정도로 피곤했다.

"체크 메이트."

"아!"

수아는 자신의 백색 킹을 잡은 흑색 폰을 바라보았다. 두 턴 전까지만 해도 상상도 못 했던 폰이 어느새 킹을 밀어내고 있었다.

"말도 안 돼."

"아가씨가 너무 단순하게 둔다니까?"

"전 체스 오늘 배웠거든요?"

벌써 다섯 판 연속 깔끔하게 당했다. 수아는 한숨을 쉬며 소파에 몸을 묻었다. 진짜 이런 건 약하다. 한국에 있을 때 아빠에게 바둑을 배우긴 했지만 그때도 나중에 배운 동생들에게 지곤 했다.

이런 건 전략을 변형시켰다고 하는데, 아마 전략가가 되면 굶어 죽을 것 같았다. 아니, 그전에 전쟁에 져서 죽겠지.

'애초에 안 시켜주겠구나.'

수아는 쓸데없는 생각을 하며 고개를 저었다.

"더 안 할래요."

"도망치는 거야?"

"아까도 그 소리에 발끈해서 다시 둔 거잖아요……."

"쳇, 더는 안 통하네."

실바코프는 투덜거리며 체스판을 치웠다. 그런 그를 수아는 가만히 바라보았다. 확실히 처음보다는 좀 더 편하게 그를 대할 수 있었다.

그저께 오후 그와 대화를 나눈 뒤, 완전히 진이 빠져버린 수아는 곧바로 방으로 돌아갔다. 그리고 저녁도 먹지 않은 채 방에만 있었다. 여러 마법이 걸려 있다는 실바코프의 말이 사실인지는 모르겠지만 어쨌건 수아에겐 그곳이 가장 안심되는 장소였다. 실제로 저녁 내내 실바코프는 코빼기도 비추지 않았고, 그 사실에 마음이 놓였다.

다음 날 아침이 되자 수아는 아예 방에서 나오지 않으면 어떨까도 싶었지만 아무래도 그건 좀 무리였다. 그냥 저녁 식사를 한 번 걸렀을 뿐인데도 하녀들이 완전히 긴장하고 주눅이 들어 있는 게 한눈에 보였으니까.

나중엔 하녀장마저 조심스럽게 무언가 불편한 점이 있느냐고 물어왔다. 그냥 속이 좀 안 좋았다고 말하자 하녀장은 당장 묽은 수프를 가져오라, 신관을 모셔오라 반응이 대단했다. 깜짝 놀란 수아가 지금은 괜찮다는 걸 몇 번이나 강조하고 나서야 간신히 그녀를 말릴 수가 있었다. 그런데 방에 온종일 있다가는 도대체 어떤 태도로 나올지 상상도 가지 않았다. 가뜩이나 수아를 두려워하는 기색을 보이는 하녀들에게 이 이상의 공포심은 부채질하고 싶지 않았다.

결국 조심스레 문밖으로 나왔는데, 그때부터는 당연하다는 듯 실바코프가 따라붙었다. 그나마 다행인 건 그 두근거림이 마법 때문이라는 걸 증명하듯 그의 얼굴을 봐도 그냥 기분이 나쁠 뿐 심장이 쿵쾅거리며 뛰진 않았다는 것 정도였다.

그렇게 수아는 다시 성 안을 돌아다니며 구경하고, 이번에는 티룸이 아닌 서재에 앉아 책을 읽다가 식사를 하며 그렇게 별일 없는 하루를 보냈다.

그동안 실바코프는 자신이 약속한 대로 수아에게 매우 고분고분했다. 남 앞에서는 물론 둘이 남았을 때도 딱히 말을 걸지 않았고, 그녀가 하녀에게 시킨 심부름도 그냥 그가 해치웠다. 그가 조용한 건 좋았지만, 이번엔 다른 문제가 생겼다. 시간이 가는 것이 너무 느렸다. 물론 그녀에 대한 대우는 지극했다. 간식을 원하면 최상급 차와 갖은 종류의 달콤한 다과를 내왔고,

그녀가 움직일 때면 하녀장이 어디 불편한 곳이 없는지 원하는 것은 없는지 일일이 확인했다. 식사는 주방장이 혼신을 다해 만든 음식들이, 혼자 다 먹으면 신기할 정도로 많은 양이 차려졌다.

하지만 그뿐이었다. 개인적인 대화는커녕 말 자체를 길게 할 수가 없었다. 하려면 못 할 것도 없었지만, 수아는 그녀를 두려워하는 이에게 굳이 부담을 얹어주면서까지 말을 걸고 싶지 않았다. 그런 조건을 제외하면 남는 것은 실바코프뿐이었고, 결국 오후 늦게 그녀가 먼저 그에게 말을 걸었다.

그는 생각보다 굉장히 괜찮은 대화 상대였다. 그는 아는 것이 아주 많았고, 그걸 쉽게 설명할 줄 알았다. 하르페니언과는 또 다른 관점이나 말투라 이야기를 듣는 것이 재밌었다. 더구나 그는 아주 오래 살았기에, 신마전쟁 당시나 그전의 이야기들까지도 모두 「알고」 있었다. 그냥 문헌이 아니라 실제로 그가 보고 체험한 것이라고 생각하면 더 흥미로웠다.

물론 그렇다고 하더라도 갑작스럽게 그에게 친근감을 느끼거나 신뢰가 생길 리는 없었다. 단지 긴장이 조금 풀리고 경계도 옅어져, 다음 날인 오늘 그에게서 체스를 배워 함께 둘 정도의 사이는 됐다.

"그런데 여기도 체스가 있네요?"

"아가씨네 세계에도 있어?"

"네. 말 모양도 비슷한 거 같고, 규칙도 그렇게 다른 것 같진 않고……. 정확히는 몰라요. 체스는 둬본 적도 없거든요. 대신 바둑이라고 비슷, 아. 체스랑 비슷한 건 장기인가? 아무튼 종류가 여러 가지 있어요."

다른 세계라고 해도 차원이 완전히 막혀 있는 건 아니니 나름 교류가 일어나고 있는지도 모르겠다는 생각이 들었다. 그렇다는 건 수아가 살던 세계에도 다른 세계의 사람이 넘어오는 일이 있는 걸까?

하긴 없는 게 더 이상하다. 그럼 저쪽에서는 이계인의 존재를 아예 모를까? 정부에서 규제 같은 걸 하나? 아니, 그냥 미친 사람으로 취급받으려나. 어차피 말도 통하지 않는데 노숙자로 전락하거나 죽었을지도 모른다.

'참, 그건 여기서도 마찬가지구나.'

만약 이계인이라는 개념이 없었다면 이곳에서도 다른 세계에서 넘어온 사람이 아니라 그냥 이상한 옷을 입고 이상한 말을 하는 사람으로 취급받았을 것이다. 그렇게 떠돌아다니다가 죽거나, 누군가에게 살해당하거나.

그런데 왜 여기에는 이계인이라는 개념이 있는 걸까. 마법이 있는 세계와 그렇지 않은 세계와의 차이인가. 혹은 신과 몬스터 등, 인간이 아닌 다른 무언가의 존재가 공존하는 세계와의 차이일지도.

수아는 그런 생각을 하며 창문 쪽으로 시선을 돌렸다. 햇빛이 쨍쨍했다. 그녀가 멍하니 쏟아지는 햇빛을 보고 있자 체스판을 치운 실바코프가 가볍게 권했다.

"정원 나가지 않을래, 아가씨?"

"아뇨."

수아는 반사적으로 대답했다. 그 대답이 너무 단호했는지 실바코프는 고개를 갸웃거렸다.

"왜, 너무 더울까 봐?"

"알이 없는 동안은 나가지 않기로 했어요."

"어이쿠. 거 참. 약속을 아주 확실하게 지키네."

"최소한 나가 있는 동안 걱정 끼치긴 싫어요."

"갸륵한 마음씬데? 음, 확실히 황태자 전하는 아가씨를 소중하게 여기시는 것 같고."

그리고 실바코프는 씩 웃으며 말을 이었다.

"그거 알아? 손등에 입을 맞추는 건 보통 아랫사람이 윗사람에게 하는 거야. 하지만 한쪽이 여자일 때는 다르지. 평생 레이디로 모시겠다는 뜻이니까."

그 말에 수아의 얼굴이 확 달아올랐다. 손등에 입을 맞춘 건 하르페니언이 영주관에서 떠나며 수아에게 한 행동이었다. 그러고 보니 어디 책에서 실바코프의 말과 비슷한 내용을 읽은 것 같긴 하지만…….

기사와 레이디라니, 그녀와는 평생 상관없었을 단어였는데.

"으…… 근데 그걸 실바코프 씨가 어떻게 알아요? 알이 떠나는 자리에 없었잖아요."

"하인과 하녀들 사이에서 아주 떠들썩한데, 모를 리가."

"……아, 진짜."

수아는 손으로 눈을 가렸다.

예상은 했지만 고용인들 사이에서 참으로 여러 가지로 말이 퍼지고 있는 모양이었다.

"뭐, 나쁘진 않잖아?"

"그렇……긴 한데요. 으아."

체스판을 한구석에 둔 실바코프가 수아에게 다가왔다.

"아무튼 체스는 그만한다고 치고, 그럼 다른 놀이 하지 않을래?"

"네?"

수아가 고개를 들었을 때 실바코프는 소파에 앉아 있는 수아 바로 앞까지 다가와 있었다. 그의 제비꽃 빛 눈동자가 은은하게 그녀를 바라보았다. 은빛 머리카락이 마치 화려한 은실처럼 보였다. 그는 유혹하듯 반 정도 눈을 깔고 그녀에게 속삭이듯 말했다.

"연애 놀이. 수려한 호위와 노는 건 귀족 부인들의 유구한 전통 놀…… 푸헉!"

수아는 말없이 손에 잡히는 쿠션을 그에게 집어 던졌고, 너무 가까이 있어 차마 피할 생각을 하지 못했는지 그는 정통으로 얼굴을 맞았다.

"종교 안 믿어요. 물건 안 사요. 잡상인은 가주세요."

"이봐!"

"이성적인 접근은 안 한다면서요?"

"그래서 착실하게 허락받고 있잖아."

수아는 미간을 찌푸렸다.

"절대 싫어요. 그리고 혹여나 제가 알이랑 헤어지면 곤란한 건 실바코프 씨 쪽 아니에요?"

"……음? 어, 그렇긴 하네."

"그런데 자꾸 왜 그런 건데요?"

"아니, 뭐. 커플만 보면 깨버리고 싶은 생각이 나도 모르게……. 흠흠. 못 들은 척합시다, 아가씨."

그녀는 의심스러운 눈으로 그를 바라보았다.

"아무튼 뭐, 좋아. 그럼 나도 그 마음을 받아 황태자 전하가 돌아오실 때까지 그냥 얌전하고 충실한 호위로 있지."

"그거, 돌아오면 아니라는 소리로 들리잖아요."

"황태자 전하의 대답 여부에 따라? 일단은 안심해, 아가씨. 설사 거절하신다 해도 내가 전하와 적대할 일은 거의 없을 테니까."

그는 빙글빙글 웃었다. 그 얼굴을 본 수아는 괜히 심사가 뒤틀렸다.

"글쎄요, 저에게 잘하셔야 하는 거 아니에요? 따지면 일행에 넣어달라고 하는 건 실바코프 씨인데."

"어라? 그러고 보니 그런가?"

"그렇죠. 그리고 영주관 내에서는 제 말을 다 듣겠다면서요? 약속은 지키셔야죠."

그녀는 퉁명스럽게 내뱉었다. 실바코프는 그녀를 보다가 이내 클클거리며 웃었다.

"그 말대론걸? 그래, 그럼 황태자 전하 오기 전까지는 아가씨 노예로 있으면 되나?"

수아는 그 말에 잠깐 당황하긴 했지만, 그냥 해본 말이라고 얼버무리기는 싫었다. 그래서 겉으로는 더욱더 태연스럽게 대꾸했다.

"좋네요. 알 와도요."

"종신 계약이라도 하시게? 어차피 나야 인간들보다는 훨씬 수명이 기니까 큰 상관은 없겠지만."

하지만 실바코프는 기분을 상해하거나 난감해 하지 않았다. 아무리 봐도 재미있어하는 투였다.

에라, 모르겠다. 수아는 의자에 몸을 파묻으며 말했다.

"그럼 목이 마른데, 일단 주스부터 가져오실래요?"

"명령대로, 아가씨."

그는 우아하게 한 손을 크게 들고 허리를 숙여 절을 하고는, 빙긋 웃으며 방을 나섰다.

비가 내리고 있었다. 한 치 앞이 제대로 보이지 않을 정도였다.

하르페니언은 아무 표정 없이 하늘을 보았다. 빗물이 계속 로브를 때린 후 밑으로 흘러내렸다. 그는 흠뻑 젖은 머리카락을 넘기며 속으로 한숨을 내쉬었다.

변덕스러운 날씨는 꽤 겪어보았지만, 아칸도르 제국 내에서 이런 극단적인 비는 흔하지 않았다. 하르페니언은 병사들의 얼굴이 불안함으로 굳어져 있다는 걸 보지 않아도 알았다. 그리고 무슨 생각을 하는지 또한.

이변을 조사하러 나와 재해에 가까운 비를 만났다. 그 상황은 저주받은 자와 함께 있기에 하늘이 노했다는 생각으로 옮겨가고, 그 생각은 또다시 하르페니언이라는 존재에 대한 공포와 혐오로 옮겨갈 터였다. 그런 인식이 해가 동쪽에서 뜨는 것만큼이나 당연하다는 걸 알고 있음에도, 새삼스레 신경이 쓰였다.

벌써 10년도 전에 익숙해져 아무런 느낌이 들지 않은 상황이었는데도.

그건 아마도…….

'수아.'

하르페니언은 잠깐 눈을 감았다 떴다.

여름에 내리는 비였지만 빗방울은 차디찼고 시야 또한 제대로 확보되지 않았다. 영주는 물론 병사들, 심지어는 용병들도 이런 비를 맞으면서 말을 몰기란 쉽지 않을 것이다.

언제부터였을까.

하르페니언은 칸의 갈기를 쓰다듬었다. 칸은 그 손길에 반응해 히히힝 소리를 내며 콧바람을 한 번 내뿜었을 뿐, 이 빗속에서 걸어가는 것에 대한 불만은 나타내지 않았다.

익숙한 것이다. 말 또한 그와 함께 고생하는 것이.

언제부터 이렇게 되었을까.

이런 비를 조금 맞는 것 따위는 그에게 고생이라고 할 수도 없었다. 며칠이나 굶은 적도, 절벽에서 떨어져 죽을 뻔한 적도, 몬스터 배 속으로 들어가기 직전까지 간 적도 수없이 많았다. 몇 번이나 사경을 헤매고 피를 토하면서도 그는 이것이 당연히 그가 겪어야 할 과정이라고 생각했다. 저주를 왜 받아야 했는지에 대해서는 미친 듯이 고민하고 고뇌했지만 힘들었다고는 생각해본 적이 없었다. 그렇게 생각할 만한 여유가 없었다.

지금에서야, 생각한다.

'수아. 그대는 나와 같은 삶을 살지 않았겠지.'

하르페니언은 그녀가 살던 세계에서 어떤 삶을 살았는지 자세히 물어본 적이 없었다. 수아가 어떻게 태어나고 살았는지 매우 궁금했지만, 단순한 호기심으로 그녀가 잃은 것을 다시금 떠올리게 하고 싶지 않았다. 그리움을 더 얹어주고 싶지 않았다. 아마, 그곳에 있을 그녀의 연인 생각 또한.

하지만 사람이 태어나고 자란 환경에서 받은 영향은 쉬이 사라지는 것이 아니었다. 그녀는 일하는 것을 당연하게 여겼고 사치라는 덕목을 아예 배우지 않은 것 같으면서도, 다디단 음식을 좋아하고 책을 읽는 걸 즐기는 등 「생존」과는 전혀 상관없는 모습을 보이기도 했다. 기본적으로 타인에게 호의를 가지고 경계라고는 찾아볼 수 없는 모습으로 순진하게 웃었다. 이곳의 귀족과 행동양식은 다소 다르지만 그녀는 귀하게 컸다. 사랑을 받고, 사랑을 내주는 것에 거리낌이 없는 이다.

그러니 앞으로도 그리 살아야 했다.

아니, 어차피 그 세계처럼 그녀를 살게 해주는 것이 무리다. 그렇다면 이 세계의 방식으로 귀히 살게 하고 싶었다.

그게, 자신과 함께 가능할까.

황태자라는 허울 좋은 이름을 가지고 있지만 지금의 그에게는 종잇장보다도 더 쉽게 구겨질 수 있는 자리라는 걸 안다.

높은 자리일수록, 드러나는 자리일수록, 화려한 자리일수록 뒤에는 어둠이 있다. 만약 그가 있는 곳이 제대로 된 자리였다면 그런 것 따위 수아에게 평생 모르도록 할 수 있었다. 감싸고, 보호하고, 눈을 가리고, 귀를 막고. 그렇게 좋은 것만 보여주고 맛난 것만 먹여줄 수도 있었다.

하지만, 지금은?

허울 좋은 황태자 위에 있으면서, 그래서 모든 이에게 보이는 자리면서, 그 보는 모든 이에게 배척받는 지금은?

무슨 일이 있어도 그녀의 곁에 있기로 결심한 뒤다. 그녀의 목숨을 그에게 달라고까지 말한 뒤다. 하지만 그것이 계속 마음에 걸렸다. 차라리 영지를 가진 하급 귀족이 지금의 그보다는 나을 것이다.

그가 고생을 하면 할수록, 빗속을 아무렇지도 않게 달리고 몬스터를 베고 평민들조차 먹지 않을 법한 음식을 먹는 이런 생활이 정말 당연하면 당연할수록. 그럴수록 수아 또한 그리된다.

「익숙해진다는 것」은 무섭다.

그 또한 귀히 컸다. 아홉 살 생일 하루 전까지의 그의 모습을 봤던 이들 중 단 한 명이라도, 지금의 그의 모습을 상상할 수 있는 이가 있었을까.

아주 어릴 때부터 모두가 시중을 들어주었던 몸이다. 시중인을 더는 죽이지 않기 위해 모두 물리친 이후로 옷을 입고 신발을 신는 기본적인 것조차 할 수 없어 한참을 헤맸다.

그 어떤 물건도 최고급으로 쓰던 그였기에 처음 여관에서 묵었을 땐 침상이 불편해 한숨도 잘 수 없었다. 눈에 띄지 않기 위해 보통의 로브를 샀을 때조차 거친 천에 살이 쓸려 한참이나 이를 아물어야 했다. 최고급 재료로 선별되어 조리된 음식 외에는 입에 대 본 적도 없었기에 식당의 음식은 구역질이 치밀어 삼키기조차 힘들었다.

각 지역에서 나는 특산물과 평균적인 양, 그에 부과되는 세금은 알아도 당장 필요한 물건을 사는 가게가 어디인지 몰랐다. 회계장부를 보고 계산하는 법은 알아도 동화 하나가 어느 정도의 가치인지, 물건이 얼마인지도 알지 못했다.

하지만 모든 것은 곧 익숙해졌다. 어느 순간부터인가 그는 아무렇지도 않게 노숙을 하고 육포를 씹었다. 천 한 장 없어도 나무 위에서 잠을 잘 수 있었다.

무엇보다도 그 이상으로 익숙해진 것은 혼자인 그 자신.

차라리 죽는 것이 나을 거라는 생각도 점점 무뎌졌고 참기 힘들던 가슴도 진정되었다. 가끔씩 찾아오는 발작과 같은 울화는 검을 휘두르는 걸로 풀었다. 사람이 그리워지면 마을이나 도시로 가 누군가를 도왔다.

하르페니언은 그냥 그걸로 충분하다고 생각했다.

진심으로 화를 내거나 기뻐한 적이 언제인지 기억도 나지 않았다. 점점 다가오는 스물일곱 번째 생일에 약간의 초조함을 가질 뿐, 정말 그날이 오면 죽는 걸까 싶을 정도로 현실감이 없었다. 어떻게든 살아야겠지만 반대로 이대로 죽어도 상관없을 것 같았다.

그래서 감정 또한 거의 사라졌다 믿었다. 저주가 풀리든 풀리지 않든, 그 어디서든 한 걸음 물러난 채로 불완전한 감정 속에서 부유하게 될 거라고. 과거에 느꼈던 감정이 희미해지고, 그것이 책에서 읽은 이야기처럼 자신의 것이 아니게 될 때쯤에는 더 생각조차 하지 않게 됐다. 너무나도 당연하고, 또 당연했으니까.

하지만 그는 수아를 만났다.

그건 기적이었을까, 아니면 당연하게 예정된 길이었을까.

저주가 통하지 않는 자. 기쁜 것은 사실이다. 그는 수아를 만나기 전까지는 자신이 그렇게나 사람의 온기에 목말라 있었는지 알지 못했다. 미소에, 목소리에, 그리고 그를 대하는 그 모든 것에.

하지만 왜 그녀는 저주가 통하지 않는 것일까. 정말로 「신의 안배」이기 때문에? 그러한 만남이 예정되어 있었다면, 그가 그녀를 사랑하는 것도 예정되어 있던 일일까? 모든 것이 신의 뜻 아래 놓인 운명일까.

하르페니언은 그 사실에 강렬한 거부감을 느꼈다.

나는,

신의 뜻으로가 아니라…….

그 순간 잠시 생각에 잠겨 있던 하르페니언이 퍼뜩 고개를 들었다. 빗소리 사이에서 기척이 느껴졌다. 그는 말을 멈추고 뒤에서 따라오는 보병들의 움직임을 정지시켰다.

"전원 태세."

하르페니언의 소리에 병사들은 흠칫하며 자세를 바로잡았다.

보병들은 영지에서 데려온 경비병과 미리 파견 나와 있던 병사, 그리고 고용한 용병까지 모두 스무 명이 약간 넘는 숫자였다. 함께 왔던 마법사는 부상을 입어 진지에서 쉬고 있는 상황이라 전사들만 있었지만 별 상관은 없었다.

영주가 물었다.

"전하, 무슨?"

"몬스터다."

그 소리와 함께 누군가의 외침이 들려왔다.

"저, 전방 확인!"

비 때문에 시야가 좁디좁았지만 저쪽에 뭔가가 움직이는 것 정도는 확인할 수 있었다.

"클렙입니다!"

"저 뒤로도……!"

"맙소사, 설마 로기닌?!"

순식간에 술렁거리는 소리와 함께 벌써 대열이 흐트러지기 시작했다.

"자리를 지키도록."

하르페니언의 그 크지 않은 목소리에 병사들은 일단 몸을 굳혔지만, 모두 동요하는 것이 눈에 보일 정도였다. 그는 속으로 혀를 찼다. 확실히 지휘를 받는 것에 익숙하지 않다. 그건 이들이 딱히 오합지졸이여서가 아니라 이제껏 대(對)몬스터를 중심으로 뒀기 때문이다.

몬스터는 사냥을 하는 것이 아니라 퇴치하는 것이다. 몬스터 퇴치 상황의 대부분은 그 대상이 피해자와 얽혀 있었고, 그렇지 않더라도 혼전이다. 즉, 몬스터와 상대하는 데 필요한 건 지휘관의 말에 맞춰 일사불란하게 움직이는 군대가 아니라 개인의 힘과 순발력 그리고 함께 싸우는 이들과 호흡을 맞출 수 있는 전사다. 따라서 레흐크 영지의 경비병들은 두 명에서 네 명까지 조를 이뤄 함께 행동했으며, 용병들을 고용할 때도 가급적 파트너가 있는 이들로 고용했다. 개인 솜씨가 뛰어나도 다른 이들과 호흡을 맞출 수 없으면 아예 고려하지 않았다.

그러나 이러한 방식은 몬스터가 몰려다니기 시작하며 완전히 바뀌었다. 지휘관이 필요해진 것이다. 또한 호흡을 맞춘다는 개인적인 수준이 아닌, 명령에 따라 일사불란하게 움직이는 훈련된 병사들이 필요해졌다.

그래야만 최소한 눈앞에 있는 놈을 잡다 뒤에서 기습을 당하는 것만이라도 방지할 수 있었다. 하지만 이제까지의 전투 방식을 쉽게 바꿀 수 있을 리 없었다. 그건 꼭 레흐크 영지만의 문제가 아닌, 용병들을 포함해 몬스터 퇴치와 관계된 모든 이들의 문제였다. 그러니 몬스터 수가 늘어난 것도, 그 기세가 더 흉포해진 것도 아닌데 이변이라는 이름으로 황궁에까지 올라온 것이다.

사실 임시방편이긴 하지만 영지에 기사를 파견하여 제대로 된 훈련을 받게 한다면 급한 불은 끌 수 있을 것이다. 황궁 기사단은 그야말로 무인의 정점에 있는 이들이었으니 개개인의 실력은 말할 것도 없었고, 군대의 특성상 단체전 훈련 또한 필수였으니까. 지휘를 받는 건 물론 병사들을 지휘하기도 하니 어떤 상황에 있어도 유연하게 대처할 수 있었다. 무기도 창, 검, 활 정도는 기본으로 다뤘으며 실제 임무도 다양해 반역자, 다른 나라의 군인, 도적 등을 상대하기도 했다. 그러니 몬스터가 갑자기 몰려다니든 춤을 추며 다니든 대처에는 큰 문제가 없었다.

그러나 하르페니언은 기사들을 영지에 파견하는 것에는 상당히 회의적이었다.

그렇게 향상된 전투력은, 방향을 잘못 잡는다면 과연 누구에게 향하게 될까?

물론 겨우 한두 영지의 병력이라면 아무리 애를 쓴다 해도 황실 기사단을 이길 수 있을 리는 없었지만, 애초에 반란이나 반역은 「현실적인」 범주에서 일어나는 것이 아니었다. 뻔히 보이는 수순도 있었지만 보통은 정말로 느닷없이, 생각하지도 못한 곳에서, 뒤통수를 맞아서.

그리고 하르페니언은 황실의 남자였다.

하지만…….

"히, 히익!"

"말도 안 돼! 저 두 마리를 어떻게 동시에……!"

"두 마리가 아냐!"

"한 놈이 뒤에 더!"

정말 기사 파견 없이 급한 불이라도 끌 수 있을까. 자리를 지키라고 한 지 1분도 채 지나기 전에 기껏 잡아놓은 대열이 흐트러졌다. 이래서는 아무래도 무리다.

하르페니언은 그들에게 더 뭐라고 하는 것을 포기하고 말에 미리 매어놓은 활을 집어 들고는 앞으로 나섰다.

어차피 그 또한 좋은 지휘관은 아니었다. 이론은 차고 넘칠 정도로 알고 있었지만 실제로 누군가를 지휘해본 경험은 없었다. 더구나 위급 상황에서 신께 저주받은 자가 하는 말을 어느 누가 신뢰하며 따를까.

"물러서도록."

그러나 지금 이 말만은 확실히 따랐다.

모두 하르페니언의 말이 떨어지기가 무섭게 뒤로 물러섰다.

클렙과 로기닌. 둘 다 한 마리씩 나와도 만만찮은 놈들이다. 클렙은 열두 개의 뿔을 가진 커다란 짐승과 같은 놈이었고, 로기닌은 서른 개에서 마흔 개 정도 되는 촉수와 같은 팔을 휘둘러대는 놈이었다. 클렙이야 힘들어도 그럭저럭 상대할 수 있다쳐도 로기닌이 나타나면 그야말로 마법사까지 찾아야 하는 비상사태 중 하나다. 비록 정교한 움직임을 보이지 않는 팔이지만 저걸로 공격받는 것은 수십 개의 채찍이 허공에서 사정없이 휘둘러지는 것과 비슷했다. 놈은 팔로 교란시킨 후 대롱 같은 입으로 먹이의 체액을 빨아먹었다.

그런 클렙과 로기닌이 하나씩. 그리고 뒤의 놈은 시야가 확보되지 않아 잘 보이지 않았지만 형태로는 크라트다. 커다란 애벌레 형태의 몬스터로, 그가 수아와 노숙할 때 느닷없이 나타난 놈이기도 했다. 기척을 숨기는 것이 유일한 무기라 공격력도 전무해 이렇게 눈에 보이는 상황이라면 농사꾼이라도 상대가 가능하다. 하지만 지금 이 자리에 있는 이들에게는 크라트마저도 패닉 상태의 원인인 듯했다. 하긴, 다른 두 마리와 함께라면 그게 뭐라도 위협적으로 보이리라.

일단 하르페니언은 클렙을 목표로 잡았다. 활로 상대하는 건 아무래도 로기닌이 나았지만 이 방향에서 공격하는 건 무리였다.

그는 팔에 가볍게 화살통을 걸고는 이쪽으로 어슬렁거리며 다가오고 있는 클렙을 향해 활시위를 당겼다. 빗속이라 전방 확보도 제대로 되지 않았고, 바람에 제대로 화살이 날아갈 리도 없건만 그에게는 충분했다.

팔의 근육이 팽팽하게 당겨지고, 잠시 겨냥을 하고 있던 하르페니언은 흔들림 없이 손을 놓았다. 그와 거의 동시에 활통에 들어 있던 화살을 순식간에 꺼내 숨 돌릴 틈도 없이 활을 연속으로 쏴댔다.

클렙의 유일한 약점은 뿔 사이에 있는 급소인데, 보통이라면 뿔 때문에 명중은커녕 살짝 비껴 맞추기도 어려웠다. 하지만 그가 쏜 화살은 다섯 대 모두 클렙의 열두 개의 뿔 사이로 들어가 정확히 미간에 명중했다.

—크, 캬아아, 끼이이이이이!

빗소리를 가르며 무어라고 형언할 수 없을 만큼 엉망인 소리가 들렸다. 비명이나 절규라기보다는 머릿속을 그대로 훑어내는, 유리를 쇠로 긁는 것보다도 더욱 끔찍한 소리. 놈은 미친 듯이 발버둥을 치면서 이쪽으로 돌격하듯 다리를 박찼다. 이때 활을 다시 쏴봤자 튕긴다는 걸 알고 있는 하르페니언은 주저 없이 활을 바닥으로 던져버리고 대신 검을 뽑았다. 그리고 말에서 뛰듯이 내려 로기닌을 향해 달려가며 외쳤다.

"전원 공격! 클렙!"

다행히 이 자리에 있는 대부분이 몬스터와의 전투 경험이 충분히 있는 베테랑이었다. 영주는 귀를 틀어막았지만 병사와 용병들은 인상을 찌푸리면서도 무기를 가지고 자리에서 버티고 있었다. 그래서 곧바로 그의 지시를 따를 수 있었다.

그러나 아이러니하게도 이 자리에 있는 이들이 황실의 기사였다면 그의 명은 실행되지 않았을 터였다. 하르페니언이 혼자 로기닌 쪽으로 몸을 날렸으니, 황족 보호가 최우선인 그들로서는 클렙을 공격하라는 명령에 불복종이 되더라도 하르페니언의 뒤를 따랐을 터였다. 하지만 지금 이 자리에 있는 건 그저 영지의 경비병들이었고, 고용된 용병이었다. 더구나 그들 또한 나름대로의 상황 판단이 빨랐다. 아직 쓰러지지는 않았다지만 급소에 화살을 다섯 대나 맞은 클렙이 평소와 같지 않게 약화되었다는 건 당연했고, 그 한 마리뿐이라면 아무리 악천후 속이라지만 이 인원이 상대하는 건 어렵지 않았다. 덤으로 크라트까지도. 만약 누군가가 로기닌만 상대해준다면 말이다.

즉, 그들은 로기닌을 막는 동안 클렙을 상대하라는 하르페니언의 말을 손쉽게 알아듣고, 모두 클렙을 향해 돌진했다.

"황태자 전하!"

단지 뒤늦게 그 모습을 본 영주만이 그를 불렀다. 영주 또한 학자라기보다는 무인 타입이었고 몬스터를 잡은 경험도 꽤 있었지만, 그는 자신의 지위를 충분히 자각하고 있었다.

아무리 호승심이 일어도 영웅 소설의 영주들처럼 행동하지 않았고 굳이 병사나 용병 흉내를 내지도 않았다. 몬스터를 잡을 이들은 많지만 영주를 대신할 이는 없다는 걸 알기에. 덕분에 영지는 눈부시게 발전했다. 그러니 지금 이 자리에서 단독으로 몬스터를 향해 달려가는 황태자를 보면서도 아무런 행동도 할 수 없었다는 것은 그의 흠이 아니었다.

결과적으로 아무런 방해도 받지 않고 로기닌에게 돌진한 하르페니언은 그것이 뻗어오는 팔을 순식간에 베어냈다. 말을 타고 있지 않아 속도가 느리다는 게 아쉽긴 했지만, 겨우 이런 놈에게 칸을 희생시킬 순 없었다.

사방에서 놈의 팔이 뻗어왔다.

하르페니언은 이를 악물고 그 팔을 쳐냈다. 아무래도 촉수 같은 팔은 상당히 단단한 편이라 그로서도 베어내는 것이 쉽지 않았다. 다행히 놈의 공격 속도는 그다지 빠르지도 않았고, 팔을 휘두르는 패턴이 다양하지도 않았다. 하긴 여기서 조금만 더 상대하기 어려웠으면 로기닌은 하급이 아니라 중급 몬스터로 분류됐을 터였다. 물론 하급 중에서도 가장 상대하기 까다로운 놈들 중 하나긴 하지만.

하르페니언은 마침내 로기닌의 팔 하나를 베어냈다. 순간 놈의 몸이 울부짖듯 크게 움직였다. 소리를 낼 수 없는 종이라 비명을 지르지는 못했지만 충분히 고통스러웠으리라.

동시에 팔을 휘두르는 공격이 변했다. 조금 더 빨라지고 위력도 강해졌지만 하르페니언을 중심적으로 노리던 이제까지와는 달리 움직임이 중구난방이었다. 마치 어린아이가 발버둥을 치는 것처럼.

콰앙! 놈이 촉수 덩어리 같은 팔을 내리칠 때마다 풍압이 그를 덮칠 듯 불어왔고, 파인 땅과 부서진 나무의 파편들이 튀어 올랐다.

"황, 황태자 전……! 뭣들 하느냐!"

하르페니언은 검을 잡지 않은 한쪽 팔로 파편들을 막아가며 그대로 돌진했다. 파고들 틈이 생겼는데 굳이 저 단단한 팔을 자르는 데 더 집중할 필요는 없었다.

콰앙! 다시 뭔가 부서지는 소리와 함께 팔이 뻗어왔다. 여전히 열 가닥이 넘는 팔을 뭉친 공격이었다.

하르페니언은 그것을 가볍게 피하며, 아예 그 위로 몸을 날렸다.

놈은 몸을 뒤흔들며 자신의 몸 위로 올라온 벌레를 응징하려 했고, 그는 그 흔들림에 몸을 맡겨 순순히 밑으로 떨어졌다. 그리고 그 순간을 놓치지 않고 틈을 보인 놈의 중심부로 몸을 날렸다.

눈앞에 놈의 입이 보였다. 그다지 길지는 않았지만, 몇 겹이나 된 대롱으로 이루어진 오밀조밀한 그의 입이.

그것은 하르페니언의 체액을 빨아 먹겠다는 듯 혐오스럽게 꿈틀거렸다.

로기닌의 입은 공격 무기임과 동시의 약점이기도 했다. 그는 몸을 웅크려 뻗어 나오는 놈의 입을 그대로 박찼다. 그리고 순간 움츠린 놈의 입을 그대로 베어 올리고는, 곧바로 로브를 뒤집어쓰며 납작 엎드렸다.

질척한 뭔가가 로브 위로 떨어지며 요란한 빗속에서도 치이익, 하는 소리가 들렸다. 곧 둔탁한 충격과 함께 그의 몸이 땅으로 내리꽂혔다.

"전하!"

그리고 영주는 미칠 지경이었다. 실력이 어설픈 그가 몬스터에게 혼자 달려가 봤자 개죽음일 뿐이지만, 그는 지금 그 방법을 진지하게 고려하고 있었다.

그나마 영주가 황태자를 구하기 위해 달려갔다가 같이 죽었다고 하면, 황제가 그의 아들들만은 살려주지 않을까.

막 클렙을 처리한 병사들도 비슷한 심정이었다. 눈앞에 닥친 몬스터를 정리하자 비로소 영주의 악다구니와 같은 외침이 들렸고, 동시에 다들 안색이 창백하게 질렸다.

병사들은 물론, 아무리 용병이라 하더라도 함께 있는 자리에서 황족이 죽는다면 무사하지 못하리라는 것 정도는 알고 있었다.

하지만 하르페니언은 이미 로기닌의 품 안쪽으로 깊숙이 들어가 있었으며, 가뜩이나 시야가 어두운 빗속이라 거의 보이지도 않았다.

다들 뒤늦게나마 로기닌 쪽으로 달려가려고 할 때, 갑자기 놈이 무너져 내렸다.

"전하!"

다시 한 번 영주의 목소리가 허공을 갈랐다.

"시끄럽군."

그리고 그 안에서, 진흙투성이가 된 하르페니언이 천천히 걸어 나왔다.

"나머지는 처리하도록."

로기닌은 그대로 옆으로 쓰러져 팔을 휘둘러대며 발버둥 치기 시작했다. 하지만 휘둘러대는 팔은 느렸고 힘도 거의 없었다. 입에 조금만 타격을 받아도 한동안 제대로 움직이지 못하는데, 그걸 아예 칼로 갈랐으니 끝이었다. 그냥 이대로 놔둬도 앓다가 며칠 안에 말라 죽어버릴 터였다.

"네, 넵!"

곧 사태 파악을 한 병사들이 우르르 로기닌의 마무리를 짓기 위해 몰려갔다.

그의 곁으로 영주가 달려왔다.

"전하! 괜찮으십니까!"

"소란 떨지 않아도 된다고 했다."

"하지만! 옥체가…… 신관을……!"

"됐다."

하르페니언이 고개를 저었다. 옷이 좀 더러워지긴 했지만 딱히 부상을 입은 것은 아니었다. 땅을 구르고 로기닌에게 내동댕이쳐진 여파로 몸이 약간 얼얼하긴 했지만, 이 정도는 찰과상이라고 부르기도 어려웠다.

"예외가 겨우 한 건뿐이군."

"예?"

"이제 몬스터는 한 종만 다니는 걸 보기가 더 힘들겠어."

그 말에 영주의 얼굴이 순식간에 침통한 표정으로 바뀌었다. 그랬다. 하르페니언 말대로 요 며칠간 만난 몬스터는 단 한 번만 빼놓고 모두 두 종 이상이 함께 나타났다. 한 종이나 두 종일 때는 대부분 하르페니언이 나서지 않아도 상관없었다. 하지만 그 이상부터가 문제였다. 굳이 그까지 나서지 않아도 상관없는 상황이 있는가 하면, 만약 그가 없었다면 큰 희생을 감수해야 했을 지금과 같은 상황도 있었다.

"이대로라면……."

영주는 고개를 떨구며 차마 말을 잇지 못했다.

하르페니언은 병사들이 로기닌을 마무리하고 크라튼까지 잡는 모습을 바라보았다.

그 또한 한숨이 나오기는 마찬가지였다. 특히 보고서에 나타난 몬스터들의 움직임이 중구난방인 이유는 기록하는 자가 게으르거나 현장 조사를 제대로 하지 못해서가 아니라 정말로 몬스터가 어울리는 패턴이 없기 때문이라는 걸 이번 조사를 통해 확인했기 때문이기도 했다.

진흙이 비에 씻겨 내려가는 걸 느끼며, 하르페니언은 한동안 그 자리에 서 있었다. 얼추 그의 옷에 묻은 로기닌의 독이 다 씻겨 내려갔다고 생각됐을 때는 병사들이 뒷정리까지 대충 끝낸 뒤였다. 하르페니언은 그제야 다가온 칸을 한 번 쓰다듬고는 그 위로 올라탔다.

"돌아가지."

어쨌건 요 며칠 중요한 곳은 모두 돌았다. 대략의 지형도 머리에 넣었고 몬스터들이 나타나는 방식도 확인했다. 더 이상 시찰이라는 이름으로 나와 있을 필요가 없었다. 그는 고삐를 잡았다.

이제 그녀가 있는 곳으로 돌아갈 시간이었다.

비가 오고 있었다. 마치 한국에서 태풍이 지나가는 것과 비슷한 거센 비였다. 이곳에서는 꽤 드문 일이다. 수아는 이 세계에서 이렇게까지 세차게 내리는 비를 본 적이 없었다.

그녀는 창가에 서서 유리를 손바닥으로 문질렀다. 서린 김은 금세 사라졌다. 하지만 잠시 손을 뗀 사이 창문에는 다시 김이 서려 바깥이 잘 보이지 않을 만큼 뿌옇게 변했다. 수아는 잠시 멍하게 있다가 다시 손을 움직였다. 별다른 의미 없는 도형이 새겨졌다가, 다시 서서히 부옇게 되돌아온다.

귀족 저택 안이라고 해도 모든 방에 유리로 된 창문이 있는 것은 아니었다. 아예 창문이 없는 방도 있었고, 고용인들이 묵는 방의 창문은 보통 나무였다. 즉 유리 창문이 크면 클수록, 그리고 많으면 많을수록 호화로운 방이었다. 실제로 이곳에서 수아가 배정받은 방의 유리창은 꽤 컸다.

하지만 지금 이곳은 수아의 방이 아닌 티룸이었다. 그리고 방 안에는 당연하다는 듯 실바코프가 있었다.

"뭐 해, 아가씨?"

실바코프가 물었다. 수아는 눈길조차 돌리지 않았다.

"비 오는 거 구경해요."

그냥 불퉁한 말투로 그렇게 대답했을 뿐이었다.

"그래, 확실히 이런 비는 드문데."

"그러게요."

수아는 한숨을 쉬며 창에서 떨어져 소파로 되돌아왔다.

"괜찮으려나요."

"누구? 황태자 전하?"

"네. 이렇게 오면 빗속에서 돌아다니기 힘들 텐데……. 더구나 몬스터에게 공격이라도 받으면 어떡해요."

"뭐, 전하 실력이라면 중급 몬스터가 나타난다고 해도 크게 위험하진 않을 거야. 아, 하긴 주변 사람들이 문제겠군."

그녀는 다시 한숨을 내쉬었다.

"언제 오려나. 일주일 안에 온다고는 했지만."

"아참, 그거. 연락 왔어."

"네?"

수아는 그를 획 돌아보았다.

"연락이 왔다고요?"

"응. 시찰이 끝났으니 바로 돌아오시겠다고. 도착은 아마 내일 낮쯤?"

"어, 언제요? 그런 소식이 있으면 바로 말해줘야죠!"

"미안 미안. 점심 준비 때문에 정신이 없어서."

"그걸 실바코프 씨가 해요? 다른 사람들이 하지."

"어라, 나도 일한다고."

실바코프는 그녀 쪽으로 다가와 소파 팔걸이에 걸터앉았다.

"이래 봬도 식사 때마다 굉장히 바빠. 식사는 물론이고 다과가 나올 때도 아가씨에게 들이기 전에 일일이 다 검사하거든. 음식에 독이 들어 있나, 없나."

"네? 독? 그럼 음식을 일일이 다 먹어본단 말이에요?"

"설마. 아가씨, 일단 난 마법사야."

"그런 마법도 있어요?"

"탐색 마법의 일종이지. 어차피 아가씨가 오기 전에도 며칠이긴 하지만 계속 검사는 했었어. 대외적으로 내 마법 수준은 낮지만 이런 보조 마법은 꽤 효율적으로 쓴다는 설정이거든. 이곳 영주님은 의외로 적이 꽤 많아서 말이야. 영지가 너무 빨리 발전했어."

그는 어깨를 으쓱였다.

"어쨌거나 나도 계속 일한다고."

"어…… 몰랐어요."

"사실 독 검사 자체가 아가씨에게는 비밀이었어. 황태자 전하가 직접 나를 불러 말하시더군. 혹여나 독살의 가능성이 있다는 걸 알면 아가씨가 불안해할 테니, 절대 말하지 말라고."

수아는 입을 다물었다. 가슴 한구석에서 말할 수 없는 감정이 휘몰아쳤다. 그러니까 수아는, 비록 하르페니언이 곁에 없다 하더라도 그에게서 소중히 보호를 받고 있는 셈이었다.

울컥, 뭔가가 올라왔다. 수아는 눈물이 핑 도는 것을 억지로 참았다.

그가 떠나기 전에는 며칠 정도야 아무렇지 않게 보낼 수 있을 거라고 생각했다. 하지만 그게 얼마나 큰 착각이었는지. 분명 책은 재미있었고 음식은 맛있었다. 실바코프의 옛이야기는 예상치 못한 흥미를 불러일으키기도 했다.

하지만 그뿐, 분명 책을 읽고 음식을 먹고 이야기를 듣는 그 순간에는 좋았으나 그것과는 별개로 시간은 마치 늘어진 엿가락처럼 가늘고 길었다. 하르페니언과 떨어진 것이 벌써 몇 주는 된 것 같은 착각을 불러일으키기까지 했다.

그 이유를 굳이 찾을 것까지도 없이 수아는 답을 알고 있었다. 그가 곁에 없기 때문에. 그가 너무나도 보고 싶기 때문에.

"큼, 그……런데. 전령이 온 거예요?"

수아는 눈물을 흘리지 않기 위해 한 번 심호흡을 한 뒤 화제를 바꿨다. 다행히 실바코프는 그런 수아의 상태를 눈치챘을 텐데도 별말을 하지 않고 순순히 그녀의 질문에 대답을 해줬다.

"아니, 이것도 마법."

"네?"

"황태자 전하가 전달용 마석을 몇 개 가져가셨거든."

"마석이요?"

"응. 두 개가 한 세트인, 마법사만 발동할 수 있는 아티팩트. 각각의 짝을 나눠 가진 상대에게 말을 전할 수 있어."

전달용 마석은 전할 수 있는 말의 길이 제한이 있고, 심지어 일회용이기에 기껏해야 한두 문장을 전하는 것이 다라고 했다. 하지만 멀리 떨어져 있는 곳에 메시지를 보낼 때는 꽤 유용한 물건이라고. 단지 발동하는 것은 마법사가 아니면 불가능. 대신 듣는 것은 굳이 마법사가 아니라도 상관없었다. 즉, 하르페니언 측에 있는 마법사가 마석을 통해 하르페니언의 전언을 전했다는 말이 된다.

"[전보 같은 거네요]."

"음?"

"아, 제가 온 곳의 언어예요. 음, 마석이랑 마법사가 둘 다 있어야 하다니 꽤 불편하네요."

수아는 새삼 휴대 전화가 그리워졌다. 그녀는 잠시 하르페니언과 안부 문자를 주고받는 상상을 하다가, 어차피 현실성 없는 망상이라는 결론을 내리고 크게 한숨을 쉬면서 소파에 몸을 묻었다.

울컥한 것이 진정되자 저절로 헤실헤실 웃음이 나왔다.

"내일 점심때라……. 그래도 생각보다 빨리 오네요."

"아가씨가 보고 싶어서 얼른 일을 해치웠나 보지. 그래도 기특한데, 아가씨?"

"네?"

"나랑 연애 놀이를 안 한 건 그렇다 쳐도, 정말 정원에 한 번도 안 나갔네."

"당연하잖아요? 무슨 일이 생길 줄 알고."

"아니, 사람이라는 건 아무래도 상황에 익숙해져 버리니까. 처음에는 위험할 거라고 경계하다가도 아무런 일이 일어나지 않으면 방심해버리게 돼. 이제까지 괜찮았으니 정원에 나가도 안전하지 않을까, 같은 거. 덕분에 나도 여러모로 골치 아픈 적이 많았고."

뭔가 경험한 것 같은 말에 수아는 고개를 갸웃했다.

"그러고 보니 실바코프 씨는…… 되게 오래 살았죠?"

그러니 자동으로 겪은 것도 많을 터였다. 그가 고개를 끄덕였다.

"당연하지. 아마 아가씨의 할아버지의 할아버지의 할아버지보다 훨씬 더 오래 살았을걸?"

"근데 겉으로는 젊어 보여서인지 실감이 잘 안 나요."

"그래? 그럼 내가 수염 숭숭한 백발 할아버지의 모습이면 연장자 존중을 좀 해줄 거야?"

"그렇게 할아버지 취급을 받고 싶어요? 노인 공경 같은 거?"

그 소리에 실바코프가 피식 웃었다.

"그럼 노인 소리 나온 김에 뭐 하나 물어봐도 되나?"

"언제는 양해 받고 물어봤어요? 뭔데요?"

"어쩌면 쓸데없는 질문 같기도 한데, 아가씨는 아가씨가 죽어야만 세상이 구원될 수 있다면 어떻게 할 거야?"

이게 무슨 생뚱맞은 소린가. 수아는 눈을 몇 번 깜박였다. 무슨 인터넷 사이트에서 올라오는 의미 없는 문답도 아니고. 아니, 사춘기 감성에 가까운 질문인가? 수아가 바로 대답을 하지 않자 실바코프가 다시 물었다.

"좀 애매한가? 그럼 아가씨가 죽지 않으면 세상이 멸망한다면?"

"음……."

어쨌거나 수아의 답을 듣고 싶으니까 이런 질문을 한 것일 터였다. 수아는 소파 위로 손가락을 의미 없이 움직이며 생각에 잠겼다.

"글쎄요, 잘 모르겠네요. 전 별로 죽고 싶진 않거든요. 하지만 제가 단순히 살아 있다는 이유 하나만으로 세계가 멸망하고 사람들이 모두 죽는다면 그건 너무 괴로울 거 같아요. 부모님이 있고, 친구가 있고, 그리고 음, 연인이 있는 그런 세곈데……."

수아는 문득 자신이 떠나온 세계를 떠올렸다. 누군가가 그곳과 지금 여기, 두 곳 중 어느 곳이 그녀의 세계냐고 묻는다면 몇 개월 전까지만 해도 당연히 전에 살던 세계라고 답했을 것이다.

그곳에서 태어나서 자랐을 뿐만 아니라, 가족도 친구도 그녀의 생활도 잔뜩 있었으니까. 하지만 지금은 그렇게 대답할 수 없었다.

이미 그녀의 세계는 두 개가 되어버렸다. 둘 중 어느 곳에서 살아가고 싶은지 물어도 확실히 대답하지 못할 만큼.

"이도 저도 아닌 대답이지만, 정말 잘 모르겠어요. 제가 죽어야만 하는 상황을 좀 더 자세히 알아야 뭔가를 결정할 수 있지 않을까요?"

"그런가."

실바코프는 나름 진지하게 고개를 끄덕였다.

"아가씨와 같은 대답을 한 사람이 있었지."

그 어투가 미묘한 느낌이라, 수아는 소파에 파묻었던 몸을 일으켰다.

"실바코프 씨?"

"좀 의외였어. 난 인간들이라는 건 모두 이기적인 존재라고만 생각했으니까."

하지만 다음 순간 그는 빙긋 웃었다.

"뭐, 종족적 편견일까. 나도 답지 않다는 소리는 많이 들으면서."

"어……. 그 소리는 실바코프 씨도 엘프 같지 않다는 뜻이에요?"

"당연하지."

그는 어깨를 으쓱였다. 뭐가 당연하다는 건진 모르겠지만, 그가 그랬듯 수아도 실바코프에게 장단을 맞춰주었다.

"하긴 책에서는 엘프가 조화를 추구하는, 아름답고 자비로운 종족이래서 좀 의심하고 있었어요. 책이 잘못된 게 아니었군요."

"어이, 어이."

똑똑. 그때 노크 소리가 들려왔다.

"저녁 식사입니다."

이제야 시간이 이렇게 됐나. 시간이 어떻게 가는지도 모르겠다고 생각하며 수아는 자리에서 일어났다. 입맛은 없었지만, 아무래도 먹긴 해야 할 것 같았다.

해가 빨리 져버린 것이 짜증이 났다. 하르페니언은 임시로 묵게 된 오두막 안에서 살짝 잦아들었다고는 하나 여전히 세차게 내리는 비를 보며 혀를 찼다.

그에게는 이런 비 따위, 그리고 밤이 되었다는 것 따위는 아무런 문제도 되지 않았다. 혼자라면 곧바로 영지로 달려갔을 것을. 예정보다 조금 일찍 돌아가게 되었다는 생각은 이미 그의 머리에 없었다. 그저 당장에라도 수아를 보러 달려갈 수 있음에도 그러지 못하고 있다는 것에 대한 초조함만이 가득 차 있었다.

그녀가 위험할 거라는 생각에서가 아니었다. 그녀의 호위를 전담으로 맡긴 실바코프 이아스라는 마법사는 이 영지에서 오래 일한 자였고, 영주의 신뢰도 상당히 두터웠다. 혹시나 하여 떠나기 전 수아를 무사히 보호한다면 큰 상을 내리겠다고 일러두고도 왔으니 평범한 마법사라면 황족을 적으로 돌리면서까지 매수당하는 미친 짓은 하지 않으리라.

단지 그는 그녀가 그리워서 미칠 것만 같았다. 그의 애칭을 부르는 목소리를 듣고 싶었고 그를 향하는 미소를 보고 싶었다. 한 팔에 들어오는 그녀의 가는 허리와 따뜻한 체온, 부드러운 살결과 머리칼. 겨우 며칠 만에 이런 기분이 들 거라고는.

이미 마법사를 시켜 내일 낮에 돌아간다는 소식을 전해놓았으니, 그녀 또한 그를 기다리고 있을 터였다. 아마 돌아가면 수아도 기뻐해 주겠지.

그녀의 말대로, 다치지 않고 무사히 돌아왔다고 하면 잘했다고 해주려나.

이제 그녀가 없으면 정말 숨조차 편하게 쉴 수 없을 것 같았다. 앞으로는 절대, 이런 식으로 떨어져 있는 일은 만들지 않을 것이다.

어차피 이제 영지에서 할 일은 없었다. 돌아가면 그 즉시 황궁에 보고서를 써 보내고, 바로 떠나자. 그리고…….

그때 갑자기 주머니에 넣어둔 마석이 빛났다. 하르페니언은 용 문양이 빛나고 있는 주머니를 쥐었다. 동시에 저쪽의 마법사, 실바코프 이아스가 전달한 메시지가 머릿속으로 직접 들어왔다.

그리고 그 뜻을 이해한 동시에, 그의 안색이 희게 질렸다.

—아가씨를 해하려는 무리 포착. 보호 중. 급귀환 요망.

다음 권에서 이어집니다.

케얀

Postscript

후기

안녕하세요, 케얀입니다.

다시 뵙게 되어 반갑습니다. 기다려주시고 구입해주신 분들, 정말 감사합니다.

이번 4권을 집필하는 2015년에는 유난히도 일이 많았습니다. 인생의 중요한 일 중 몇 가지는 정말 『메마른 빛, 이슬 한 방울』 4권과 함께 보낸 것 같습니다. 그리고 마지막으로 마감을 치는 이 순간까지. 정말 책이 나온 걸 보면 감회가 많이 새로울 것 같아요…… ㅠㅠ

이번에는 연재분과 전체적인 내용은 같지만 한 권을 거의 통으로 다시 썼습니다. 세부적인 내용에 가감이 있으니, 연재분으로 보신 분도 함께 즐겨주셨으면 합니다.

함께 해주신 편집 기자님, 그리고 언제나 멋진 일러 맡아주시는 니시님, 그리고 글을 봐주시는 교정자님. 이번에도 여러모로 폐를 많이 끼쳤습니다. 그리고 읽어주시는 독자님까지. 여러모로 과분한 관심과 반짝반짝하는 작업물을 받았네요. 이번에는, 다음에 좀 더 일찍 뵙겠다는 말이 공수표가 되지 않도록 하겠습니다!

감사합니다. 다음 권에서 뵙겠습니다!

2015년 12월

케얀

후기

니시

Postscript

오래간만에 『메마른 빛, 이슬 한 방울』 4권이 나왔습니다!
글 써주신 케얍 작가님. 기다려주신 독자님들.
감사합니다!

좋아하는 실바코프를 표지부터 시작해
잔뜩 그릴 수 있었던 한 권이었습니다.
실바코프는 1권 작업도 전부터 기다렸던 등장인물이고
이미 그때부터 4권 표지는 실바코프로 정해져 있었던지라
그때부터 쭈욱 기다리고 있었습니다.

다음 권은 금방 내주신다고 하셔서 기대하고 있습니다.

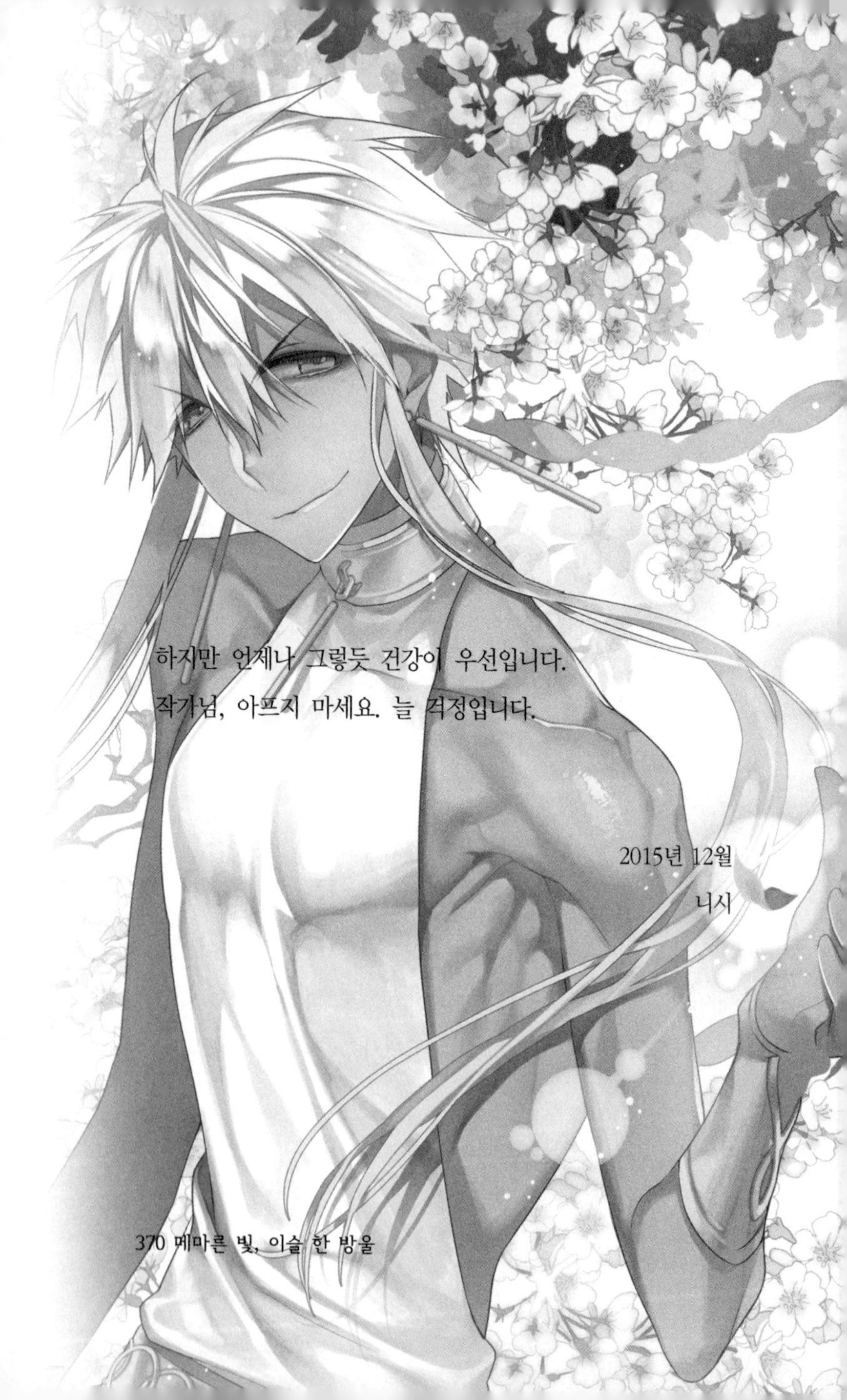

하지만 언제나 그렇듯 건강이 우선입니다.

작가님, 아프지 마세요. 늘 걱정입니다.

2015년 12월

니시